全民微阅读系列

一匹有思想的马

YIPI YOU SIXIANG DE MA

申平 著

江西高校出版社
JIANGXI UNIVERSITIES AND COLLEGES PRESS

图书在版编目（CIP）数据

一匹有思想的马 / 申平著. — 南昌：江西高校出版社，2017.6
（全民微阅读系列）
ISBN 978-7-5493-5533-4

Ⅰ. ①一…　Ⅱ. ①申…　Ⅲ. ①小小说—小说集—中国—当代　Ⅳ. ①I247.82

中国版本图书馆 CIP 数据核字（2017）第 123366 号

出版发行	江西高校出版社
社　　址	江西省南昌市洪都北大道 96 号
总编室电话	(0791)88504319
销售电话	(0791)88592590
网　　址	www.juacp.com
印　　刷	北京一鑫印务有限责任公司
经　　销	全国新华书店
开　　本	700mm×1000mm　1/16
印　　张	16
字　　数	180 千字
版　　次	2017 年 6 月第 1 版 2020 年 7 月第 2 次印刷
书　　号	ISBN 978-7-5493-5533-4
定　　价	39.00 元

赣版权登字-07-2017-578

日益崛起的岭南小小说

——《岭南小小说文丛》总序

杨晓敏

近年来，岭南小小说在申平、刘海涛、雪弟、夏阳、许锋等人的大力倡导下，涌现出一批又一批的小小说热爱者，他们中间有成熟作家、评论家，也有后起新秀，他们的写作或深刻老道或清浅稚嫩，却无一不表现出一种蓬勃向上的喜人态势。今天的岭南小小说也可说春光旖旎，风光无限，老枝新叶，次第绽放新颜。《岭南小小说文丛》这套丛书，可谓近年来岭南小小说创作的一次集体大检阅，名家新锐，聚于一堂。入选的众多作家，来自不同的行业领域，对生活与艺术有着各自的观察切入点和表现力，其作品自然各具特色、各臻其妙。

广东已成为全国小小说创作强省之一：2010 年在惠州创建“中国小小说创作基地”；2013 年打造“钟宣杯”全国优秀小小说“双刊奖”；2012 年著名作家申平先生被聘为《小说选刊》小小说栏目特约责任编辑，同年，惠州学院文学与传媒学院成立了小小说创作研究中心；2016 年成立了广东省小小说学会，还有广州、佛山、东莞等地活跃的小小说学会等。一些有能力、有责任感的小小说倡导者，逐步健全组织机构，发展壮大队伍，坚持定期举办笔会，推新人、编选集、搞联谊、设奖项。这些举措不断激励着

广大写作者的创作热情，绩效卓异，引起了全省乃至全国更大范围的关注，引领出了一支数以百计的小小说作家队伍。这支队伍先后出版小小说作品集和理论著作数百部，涌现出申平、刘海涛、韩英、林荣芝、何百源、夏阳、雪弟、许锋、韦名、朱耀华、吕啸天、李济超、肖建国、海华、石磊、陈凤群、陈树龙、陈树茂、阿社等一大批在全省、全国产生影响的小小说作家、评论家，先后荣获小小说领域最高荣誉“金麻雀奖”以及“蒲松龄微型文学奖”“全国小小说优秀作品奖”“冰心儿童图书奖”等，并且获得“小小说事业推动奖”“小小说星座”“明日之星”等荣誉称号。《头羊》《草龙》《记忆力》《捕鱼者说》《马不停蹄的忧伤》《蚂蚁蚂蚁》《爷父子》《最佳人选》等不少作品被选入各类精华本、语文教材以及译至海外，成为广大读者耳熟能详的精品佳作。

能把故事尤其是传奇故事讲得一波三折、九曲回肠、跌宕起伏又不纯粹猎奇，不能不说是写作者赢得读者青睐的一种有效手段，事实上有不少小小说写作者都因此而取得成功。广东的小小说领军人物申平深谙此道。近些年在南方的生活打拼，使他对文学的理解愈加成熟。他说，故事与小说的差异在于，前者是为了故事而故事，后者是故事后面有故事——回味无穷。现实生活中会有不同的故事，而要成为小说，则需要作家在生活中提干货、取精华，在故事这个“庙”里，适当造出一个“神”来。我以为作者所说的这个“神”，实际上就是文章的“立意”。这是作家从创作实践中悟出的真知灼见。申平是国内著名小小说作家，作品诙谐幽默，主题深刻，特别在动物小小说创作方面独树一帜，深受读者好评。此次申平推出了自己 2012 年至 2016 年期间发表的作品精选，这 80 篇作品可以清晰地看到作者这几年的思考和跨越，“头羊”一下子变成了“一匹有思想的马”。

当代小小说领域的写作者云集如蚁，此起彼伏，亦如生活中，各色人等各领风骚。关于人生，关于文学，关于小小说，夏阳曾写下了自己的理解。他说："小小说首先是一门艺术。语言的精准，具有画面感的场景，独到的叙述手法，极具匠心的谋篇布局，加上恰到好处的留白，方寸之地，凸显小小说的大智慧。"夏阳在出道极短的时间里，以文质兼具的写作，进入一流作者的方阵，细究起来答案其实简单——不懈的读书思考和丰富的生活阅历，直接关乎写作者的人格养成。耿介而不追名逐利，不媚俗并拒绝投机主义，使夏阳在庞杂的小小说作家队伍中更显得言行坦荡，特立独行。夏阳的《寂寞在唱歌》，精选了45篇作品，用音乐点燃小小说，用小小说诠释音乐，可谓别出心裁，意在创新。该书质量整齐，笔法老道，人物描写细腻，是一部有艺术特色的小小说作品集。

《海殇》是李济超的又一本作品结集，内容大致分为"官场幽默讽刺、社会真善美、两性情感"三类。李济超刻画人物入木三分，把普通而有特殊意味的人和生活巧妙地奉于读者面前，引导读者在阅读中沉思，在沉思中感知生活。他常将官场比作战场，撇开危言耸听之嫌，官场上不仅要有斗智斗勇的应变能力，还要有百毒不侵的强健心智才行。李济超的官场作品，似乎和"领导"较上了劲：《千万别替领导买单》的弄巧成拙，《白送领导一次礼》的功利认知，《不给领导台阶下》的误打误撞，无不说明了领导在其官场作品中难以撼动的堡垒地位。《今天是个好日子》更是将领导的官场伎俩表现得淋漓尽致。有很多作家热衷官场题材的写作，且以揭露、讽刺为侧重点，此类题材能成为写作热门，绝非因官场文章好做，而是耳闻目睹，有话可说。

幽默是一种智慧，既能兼顾严肃的主题，又能令情节妙趣横生。海华的小小说中，常常体现出这种幽默风格，此次他推出的《最佳人选》风格亦然。比如其中的小小说《批判会》，虽然写的是特殊年代的一件司空见惯之事，却寄寓深远，读罢令人浮想联翩。海华善于一语双关，旁逸斜出。其作品语言紧贴人物，诙谐幽默，绵里藏针，极有生活气息。旺叔和七叔公两个人物形象刻画尤为成功。二人巧于周旋，挥洒自如，化解矛盾于无形，大庭广众之下，宛若上演了一出滑稽剧，既捍卫了村民的权利，又对社会生活中的不正常现象进行了淋漓尽致的抨击，是一篇幽默而不失含蓄的批判现实问题的作品。《最佳人选》所选作品，既有机关生活的展示，亦有市井生活的描绘，注重思想性，选材独特，文笔犀利，可读性强。

陈树龙专职从事空调行业二十多年，与民众多有交道，丰富的生活阅历使他的作品贴近生活本色。他善于将问题隐于深处，以轻松调侃的姿态开掘出来，读来生活情趣盎然。《顺风车》中的作品幽默诙谐，其中的《藏》可谓滴水映日，以小见大。阿六担心老婆戴着金首饰旅游不安全，让其藏匿于家，可是藏在家中哪里却成了一个棘手的问题，即便是自己的家，也未必是安全所在，还要提防小偷不请自来，于是揣摩小偷思维的反心理战术开始了。老婆准备将金首饰藏匿于衣柜、床垫、书房、米桶等等的惯常思路被阿六一一否定，畅想有个保险箱也被阿六调侃是“此地无银三百两”的愚蠢做法。老婆气恼先去拦的士，阿六藏匿好首饰，甚至打开了电视和灯光唱起了空城计，谁知却被再度返回的老婆无意中破解了。于此有了结尾处滑稽的一幕，阿六自认为天才小偷也找不到藏匿于垃圾桶垃圾袋中的首饰，却被老婆临走时顺手丢了。阅读至此，让人在哑然失笑之余，不免陷入对生存环境的思索。任何文学作品都要根植于现实生活的土壤中，小小说也不例外。每一篇作品就像一粒种子,埋藏在作者生活阅历及情感的不同节点,点点滴滴的生命感受一旦萌芽,或喜或悲的命运都会长成一棵开花的树。

陈树茂的小小说《1989 年的春节》讲述了一个家庭的生活节点,同时也是这个家庭中每一个人的生命节点。这一年无疑是这个家庭最困难的一年,家中修建祖屋欠债难还,以致年三十的团圆饭都没有荤腥,父亲没有出门和牌友小乐,母亲冒雨挨个给借钱的亲朋好友送菜,希望过年期间不要来讨债,大哥考上大学发愁学费,大姐顾念家庭要求辍学,小妹尚小闹着要吃肉,而“我”偷偷切块祭拜祖先的卤肉给了小妹,看着母亲因为淋雨高烧、看着父亲偷偷抹泪却束手无策。这一年的年三十,对于这个家庭中的每一个人,都是苦不堪言的情感记忆,宛若一个心结难以解开,让人读之不禁为其忧伤:这一大家人的明天在哪里?雨停了天晴了,并不代表所有的困难不复存在了,可是作者就这么轻描淡写化解了,每一个人对未来依然心怀希望,一个家庭对未来依然抱有坚定不移的美好憧憬。父亲母亲对于苦难的隐忍倒在其次,乐观的生活态度才是影响孩子精神生活的支点。作品也因为这神奇的一笔,一扫全篇的阴霾压抑气氛,字里行间透着丝丝缕缕的暖阳。该书以家庭传统题材、另类服务系列、徐三系列及工地、社会题材为主,直面剖析社会现象和人性问题。

阿社属于年轻一代的实力派作家。《英雄寂寞》入选作品较全面反映了作者近年来的创作成就和艺术风格。其作品生动传神,寓教于乐,在轻松的阅读中给人以美的享受。时下,系列写作逐渐成为诸多作者选择的一个创作方向,以此架构一个具有自我标识性的文学属地。游迹于庞杂社会,或名或利的诱惑,人自然难以免俗,于是阿社的《包装时代》应运而生了。包装什么?名

誉、头衔、身份等等，只要你想到的都可以有，甚至你没想到的也可以有。作品以人物的各种生活需求、社会需求、人生需求为线索，对主人公实施了一系列的改头换面行为，成功地将老师被包装成了大师。显然，包装师擅长攻心术，他深谙人们的欲望和浮夸心理，加上巧舌如簧，不仅利用包装身份满足了人物的虚荣心，还让其人性继续膨胀到不可一世，读来触目惊心。阿社的包装系列可谓琳琅满目，写实不失荒诞，揭示直抵人性。生活无小事，处处皆民生。

官场题材是陈耀宗创作的侧重点，《寻找嘴巴》中形形色色的官场人物活灵活现，语言或犀利或诙谐或调侃，但是归根结底还是在探究官场的生存法则，无外乎描绘官场为人处世的谨小慎微，甚至扭曲的生存心态。人际关系历来都是官场交流中不可避免的焦点，《人前人后》化繁就简，三人为例，集中展示了一个办公室中明争暗斗的有趣一幕。科长、科员甲、科员乙都是笔杆子，时有文章刊发，闲来两两互评，阿谀奉承乃至互相褒奖，而不在场的第三人就无辜中枪了。互损的结果只有两败俱伤，只不过大家已经习惯了这种官场游戏，人前人后，倒是彼此相安无事。“后来，好像什么事情也没有发生过，三支笔杆子似以往那样，两两对答着。一到三人都在一起，就不晓得说什么才好。”作者深谙官场生态体系，娓娓道来不失诙谐成分，讽人前的道貌岸然，嘲人后的阴暗猥琐，宛若上演了一出新时代的官场现形记。

胡玲是惠州市的小小说新秀，她的《心花朵朵》，是其几年来创作的结晶。该书细腻地描绘出人性的种种形状，开掘着人性的丰富内涵，用阳光的心态传达积极健康的能量，以接地气的文字书写社会底层小人物，如农民工、小贩、司机、临时工、保姆等，描写他们的生存之痛，他们的窘状、尴尬、困扰与快乐。胡玲还善于挖掘人性背后的束缚甚至异变,发现人的弱小和缺陷,以不同的文学视角写出“完美人物”的与众不同之处。比如《英雄之死》便是这个大背景下诞生的一篇作品,它意在警惕和呼唤:人,最终要成为“人”,而避免成为某些先入为主的观念的祭品。

在这次出版的《岭南小小说文丛》中,还有一卷要引起我们特别的注意,那就是《桃花流水鳜鱼肥——惠州市小小说10年精选》。这本由著名小小说评论家雪弟主编的作品集,收入了惠州市小小说作家的63篇精品力作,可以看作是“惠州小小说现象”的最好诠释。雪弟先生对广东小小说事业的不懈推动,值得尊敬。

《岭南小小说文丛》的出版,一定会成为2017年全国小小说领域的大事之一,也是一件值得广大小小说读者期待的事情。

是为序。

(作者系河南省作协副主席,中国小小说事业的倡导者、组织者,著名评论家)

目录

2012 年

2013 年

2014 年

2015 年

2016年

2012年

三

黑龙与老杆儿

黑龙是一匹马，老杆儿是一个人。

黑龙是打山上捡来的，老杆儿是村里土生土长的。他们两个亲密接触，皆因老杆儿是队里的饲养员。老杆儿的真名实姓人们早已忘记，大人孩子都叫他老杆儿。这其中的原因大概有两个：一是他瘦，站在那里像根木杆子似的；第二他是光棍，独杆一个。

黑龙来的时候当然不叫黑龙，这名字还是老杆儿给它取的。那年夏天，黑龙在老杆儿的精心调养下，腰身全长开了。只见它，头细颈高，蹄大裆宽，四肢修长。它的皮毛黑黑的、柔柔的，简直就像黑缎子一样漂亮。谁见了它都会说：哈，真的是一匹好马啊！这时老杆儿的脸上就会露出慈父一样的笑容来，他说：这不是一匹马，这是一条黑龙啊！渐渐地，黑龙就成了这马的名字了。

可是这年秋天，黑龙一接触农活，形象立刻彻底轰毁——从人人喜爱变成了人人讨厌。老杆儿为它可没少吃挂带。

先是让它去打场。那时生产队很少有脱粒机，无论是打麦子还是打谷子，用的办法就是马拉碌碡。一排碌碡由七八匹甚至十几匹马拉着，由人指挥在场院里旋风般旋转，眨眼就把庄稼压得粒是粒、杆是杆的。为了让黑龙适应，开始并没有给它上套，而是把它拴在老马的脖子上让它跟着跑。这样跑了两天，这才把它套上。谁知这家伙一圈还没跑完，就开始高声嘶鸣，尥起了蹶子。它一闹腾不要紧，所有的马匹全乱了套。场院里一时烟尘四起，人喊马叫，乱作一团。要命的是黑龙竟然拖着一盘碌碡，飞一样朝人群冲来，吓得人群四散奔逃。就见黑龙拖着碌碡直奔场院围墙。三米高的围墙它居然一跃而过。碌碡也被它带着飞起来，卡在墙上，一声巨响，墙倒了半边，套在它身上的皮套应声断裂。黑龙这次闹事的直接后果，是造成村里三个男劳力受伤。队长气得把它拴在树上，抡起皮鞭拼命抽它。老杆儿闻声赶来，一下抱住队长说：它还小呢，以后就会好了。

接着让它去拉车。赶大车的老板子知道它烈性，开始也不敢套它，让它跟车跑了一段才小心翼翼让它当梢子马。他发现这家伙不但跑得快，而且力气特别大。如果车在路上陷住，它一弓腰就能把车拖出来。老板子一高兴，让它拉川套，以后甚至还想让它驾辕。没想到这天出门，路上有一队骑兵驰过，黑龙突然暴跳起来，发了疯一般拖起车来就跑，结果把其他的马也搞毛了。大车失去控制，溜平的道竟然翻倒，将老板子生生砸瘫，再也没能站起来……

有了这两件事，村里再也没人敢用黑龙干活了，任由老杆儿把它闲养在圈里。可是它偏偏不给老杆儿长脸，为争草料它不是把这匹马踢伤了，就是把那匹马咬坏了，黑龙成了一匹害群之马。于是队里就开始商量将它杀掉或者卖掉。

老杆儿一听这消息，急忙找到队长说：黑龙可不是一般的马，它是一匹天马、神马，可千万不能杀啊。老杆儿还引经据典地说：你听说过伯乐相马的故事吗？当年伯乐在路上看见一匹马在拉盐车，累得呼哧呼哧地喘。他一看，我的妈，这不是一匹千里驹吗！急忙把它买下来献给楚王。结果它为楚王立下了汗马功劳。老杆儿接着提议道：队长，我们也把黑龙送到部队去吧，那里才有它的用武之地呀。我保证……

可惜老杆儿在队里的社会地位实在太低了，还不等他说完，队长就不耐烦地说：我没空听你扯谈！明天，你就烧好汤锅等着吃马肉吧。

夜里，老杆儿抱着黑龙的脖子直掉眼泪。他问黑龙：你到底是从哪里来的呢，你来这里干什么呢！当年猪八戒投错了胎，你是投错了地方了。黑龙无法跟他对话，只是伸出舌头来舔他的脸，还打着响鼻。后来老杆儿突然产生了一个大胆的想法，乘着浓浓的夜色，他把黑龙偷偷地放跑了。老杆儿说：快去，找军队去！

第二天，队长领着屠夫带着刀来杀马，黑龙却不见了。队长就开始审问老杆儿，老杆儿拍拍胸脯说：是我把它放了，你爱怎么着就怎么着吧。队长气得七窍生烟，当即就宣布撤销他饲养员的职务。其实老杆儿早把行李打好了，二话没说扛起来就到场院屋去住了。

想不到黑龙对村子或说对老杆儿的感情还挺深。它就在村子附近转悠，人们不时看见它。有时候，还见老杆儿一大早上山，拿自己的口粮喂给它吃。

后来队长就找了几匹快马去对黑龙围追堵截，却见黑龙宛如一道闪电，眨眼就跑到天边去了。围了好几次，连它的一根毛也没抓着。黑龙成了一匹野马。

那时村里的民兵连还有枪。这天在队长的鼓动下，他们分成几队去追杀黑龙。听着山上一阵阵枪声响起，老杆儿蹲在场院屋里，浑身发抖。结果到了下午，一阵喧闹声传来，说是黑龙被打死了。就听老杆儿大叫了一声，口吐鲜血昏倒在地。

当天晚上，村里人兴高采烈分马肉、吃马肉。也有人给老杆儿送来一块，却被他扔了出去，老杆儿还在屋里哭骂：你们缺大德啊，神马都敢吃啊！你们会后悔的。村里人不以为意，笑一笑，还说老杆儿疯了。

又过了几年，有一天，村里来了两个军人，说是军马研究所的，来这里寻找和研究良马。村里人就把他们领到了老杆儿的场院屋。老杆儿已经老得不能动，但是一听他们说明来意立刻来了精神。他拄着拐杖，带着两个军人来到后山上，指着一个坟包说：你们挖开化验吧。是我当年把黑龙的骨头收起来埋到这里的。

研究所的人最后带着几块马骨头走了，走了不久又回来了。他们说：化验结果证明，黑龙有汗血马的基因。我们这里靠近边境，不知道是它的爹还是妈跑过来生下了它。这马如果活着，简直价值连城。

一村人立刻把肠子都悔青了。老杆儿用拐杖敲着地，大声地说：我说你们会后悔吧，怎么样？怎么样啊！你们不只是缺德啊！

人们都低下了头，不敢去看老杆儿的眼睛。

（原载《小说月刊》2012 第一期）

冬子买车

冬子想买一部车，想买一部不太贵的小轿车。

冬子的这个想法在他的肚子里反复酝酿，直到发酵，他才鼓起勇气向老爸老妈请示汇报。冬子惊讶地看到，二老的脸就像两扇风吹过的窗户，呱嗒一下就撂了下来。

刚刚工作三天半，就想买车？老子工作一辈子了，也没说要买车哩！爸爸说。

儿啊，你骑自行车上下班很好啊。现在提倡低碳生活嘛！买个车，你出门入户我不放心哩。妈妈说。

但是冬子仍不死心，他跑去找自己的叔叔。叔叔听了把眼一瞪：你小子，刚二十出头就想买车，穷得瑟吧？要买你自己想办法，我可没钱借你。

冬子接着去找自己的舅舅。这次他先不提买车的事，只求舅舅借他四万块钱。

你借钱干啥？舅舅问。

舅，你是我舅，问那么详细干啥？你就说借不借吧。

借不借我都要问个明白。你是不是在外面欠人赌债了？

哎呀你说什么呢！我想买车。

买车？你可真敢想啊！你舅我还没想过哩。你爸你妈同意吗？

他们同意我还来找你干啥？

那我也不同意。我不能借了钱，又得罪了人。

不借拉倒！冬子气哼哼地跑了出去。

冬子在大街上转了几圈，眼看着一辆又一辆各种牌号的小汽车从身边呼啸而去，特别是看见对对年轻情侣开着车亲昵飘过，他馋得眼睛都要伸出手来。我一定要买部车！冬子几乎喊了出来。他掏出手机，打给远在外省的姐姐。

啊，是冬子啊，想死姐姐啦。打电话有事吗？

姐，有件事求你。我想买部车，便宜点的就行。你能不能借我几万块钱啊？

什么，你想买车？太夸张了吧？你参加工作才一年多，过两年再买不行吗？

姐，早买晚买不都是买吗？再说现在不是讲超前消费嘛！我们单位的年轻人个个都有车，就我没有，好掉价啊！再说，没个车，连个女朋友都追不到……

弟，你说的也有道理，可是姐最近手头挺紧，过一段时间再借你行吗？

冬子一下把电话按掉了。我就不信！他狠狠地说，模样像要跟人干仗似的。

天无绝人之路。过了不久，冬子申请到了贷款。当他满面春风把车开回家的时候，老爸老妈虽然骂骂咧咧，却也无可奈何。没过几天，所有的亲戚朋友都知道冬子成了有车一族了。

先来用冬子车的是叔叔。叔叔说：冬子，我星期天要去市里办事，你开车带我去吧。冬子说行。冬子是个不记仇的人。一趟市区跑下来，油费再加过路费，花了三百多块。可是叔叔除了请他吃了两顿饭，却不提这个。毕竟是自己的亲叔叔，哪能分得那么清？冬子只好自己垫上。

接着是舅舅来用冬子的车。舅舅要去乡下办事。冬子说行，我开车带你去吧。舅舅说不用。舅舅说：我在部队就是汽车兵哩，还用你开？看着舅舅把车开走了，冬子的心里很不是滋味。可那是自己的亲舅舅啊！可气的是第二天舅舅还他车时，竟发现车身被剐蹭了好几块。舅舅不好意思地说：多年不开，手生了。你的车上了保险没有？没有的话，修要花多少钱，舅舅给你报销。冬子说：已经上了，没关系舅舅。其实保险还没来得及上哩。结果修车花了一千多块，冬子不好意思说，只有自己扛着。

再接下来，来用冬子车的人就更多了。七大姑八大姨，你方唱罢我登场。他们用完车还说：冬子，我们敢坐你一个新手的车，是高看你哩！最后竟连发誓说“死也不坐你的车”的父母，也高看起冬子来了：你拉我们出去兜一圈吧，我们要看看你的车技到底怎么样。冬子无法拒绝任何人的任何要求，他业余时间几乎都在替人跑车，他的车俨然成了公车。

这天姐姐又打来电话：冬子，我回家看咱爸咱妈，明天坐火车到市区，你开车来接我呗？冬子嘴上爽快答应，心里却在想：我的工资除了还车贷，早已吃了探头粮，去接姐姐，油费过路费怎么办呢？

冬子只好向父母开口。父母虽然给了他一千块钱，同时也把一顿数落赠给了他：哼，不让你买车你不听，这回知道厉害了吧？冬子觉得很委屈，他想：等把姐姐接回来再送走，这部车，我说什么也得卖了。

（原载于2012年11月23日《文艺报》）

张切糕 李切糕

县志上记载着两个卖切糕的人物：一个是张切糕，一个是李切糕。张切糕是英雄，李切糕是汉奸。

在日本鬼子进入本县之前，张切糕和李切糕原本都在相安无事地做切糕、卖切糕。只不过张切糕的名气要大一些，李切糕的名气要小一些。

说起切糕，乃是北方一种百姓喜欢的食品，亦称年糕。做切糕的主要原料是黄米面和芸豆。基本做法是在沸水的大锅上铺上篦子，然后撒一层芸豆，再撒一层面粉。就这样一层层地撒下去，直到半筷子多高。这时由于下面的热气不断冲上来，切糕已经半熟。随后盖上笼屉，加火蒸之。待火候到了，端出笼屉，将切糕倒扣在板上。高手做出的切糕，金黄细腻，黏而不沾，香气四溢。不会做切糕的要么做夹生了，要么就黏成一坨，甚至黏在锅里取不出来。

张切糕之所以比李切糕名气响，除了切糕做得犹如黄金片，劲道爽口之外，还有一点是他的切糕块头格外大。多大？有头号笸箩那么大，直径足有两米。做这么大的切糕无疑需要大锅，奇怪的是张切糕家里根本就没有大锅。无大锅能做出大坨的切糕来，这本身就是一绝。此技艺是他家祖传的，秘不示人。而李切糕呢，不但切糕做得一般，而且他只能做小坨的切糕，直径连一米都不到。就这每天还卖不完。人家张切糕的切糕做好了，打开门推出来，门口早有人在等候了。张切糕也不用秤，你说要多少，他一刀下去，保证八九不离十。用不了两个时辰，切糕就卖完了。而李切糕呢，却要把切糕用车推着，走街串巷地喊："卖切糕啊！热切糕啊！"有时从早喊到晚，切糕早都凉透了，他还在喊："切糕热啊！"嗓门倒是挺亮，隔几条街都能听得到。

且说自从日本人占领了县城，实行经济封锁，很快张切糕和李切糕都失业了。做切糕的原料根本买不到，再说老百姓也吃不起了。这日张切糕正在家中凄惶，不想伪县衙有人来请他。去了才知道，原来是日本参事官想吃中国的切糕。他打听到张切糕最有名，就请他来一展厨艺。不料这张切糕却不给他面子，他对参事官说："我会做切糕不假，可是我只会给中国人做切糕。给日本人做切糕的手，我还没长出来呢！"任凭参事官软硬兼施，张切糕就是不肯就范。参事官恼羞成怒，就把张切糕弄进大牢折磨他。但是不管怎么折磨，张切糕还是不肯做。参事官没办法，又派人把李切糕请来。一开始，李切糕也表现得挺英勇。可是当日本人

也把他弄进关张切糕的牢房,他看到伤痕累累的张切糕时,就有点动摇了。他想:不就是做个切糕吗,给谁做不是做,何必弄丢性命。而且就在这时,他的脑子忽地一闪……

既然成了狱友,两个做切糕的人开始对话。这是他们平生第一次对话,以前可是老死不相往来的。论年龄张切糕要比李切糕大不少,现在又有伤在身,李切糕就表现得格外殷勤小心。他一口一个张师傅地叫, 还撕开自己的衣服为张切糕包扎伤口。很快,张切糕就被感动了。张切糕说:反正我都一大把年纪了,世道又这么乱,我也不想活了。可你还年轻,没必要和我一起死。李切糕赶紧说:不行,让我去伺候日本人,还不如和你一起死了呢!张切糕说:可是……我做切糕的绝技总得有人往下传啊,我没有儿子,你我都死了,岂不绝根儿了吗!李切糕一听,扑通一声跪在地上,连喊师父。张切糕就说,你俯耳过来。

张切糕传授给李切糕的第一项绝技,就是如何把切糕做大。原来方法也很简单:就是在锅上架上木桶撒切糕。木桶很深,蒸出的切糕为柱体,随后用木板蘸上凉水拍打,直至拍成圆饼状为止。

原来如此!李切糕闻听此言,不由拍手击掌。不想他的这个举动却使张切糕心下一沉。张切糕看着李切糕继续说:我现在教你的是保命求生活的法子,你要是想求富贵,我这里还有一个绝技……李切糕迫不及待地说:师父快说!

李切糕很快出狱。因为他满足了参事官的食欲,参事官特批为他提供原料,他的生意重新开张。又由于张切糕死在狱中,他没有了竞争对手,且获得了张切糕的独门绝技,他居然也名噪一时。李切糕春风得意,经常出入县衙。开始,只是为日本参事官送切糕,后来就开始打小报告,成了一个名副其实的汉奸。

日子久了,参事官对他的切糕也腻了。这时李切糕突然想起张切糕教给他的另一项绝技，就是往切糕里加东西。他小心一试,参事官果然吃得兴高采烈。而且从此欲罢不能,每天都要吃他的切糕,并把他树为良民商人代表,给予嘉奖。

李切糕更得意了！他在街上走路开始打横。他雇起了师傅,当上了甩手掌柜,整天花天酒地,作威作福。

谁知这天,日本宪兵队却突然拘捕了他,罪名是谋杀日本参事官。原来参事官死于慢性中毒,经化验,毒药来自切糕。

李切糕很快被枪毙。临死他说:张切糕,你可真高啊!

(原载于《小说月刊》2012 年第 10 期,入选《小说选刊》2012 第 12 期)

杀鸡给夫看

1. 傍晚,夫妻俩到江边去遛鸡。

男人怀里抱着公鸡,女人怀里抱着母鸡;他们走到江边,一起把鸡放下,然后说:龙龙,花花,你们自己去玩吧。

两只鸡好像听懂了他们的话,撒欢蹦跳跑向草地;他们呢,也坐在一棵树下，互相依偎着偶尔私语。落日的余晖洒在江面上,江水金光闪烁;落日的余晖也洒在鸡和夫妻俩的身上,他们就变成了金鸡和金人。

女人指着公鸡说:龙龙其实就是你,你看它有多帅！迷死人了。

男人指着母鸡说:那你就是花花咯。你看它有多漂亮,爱死人了!

两人相视一笑,居然忘情地搂在一起。那边,公鸡捉到一只虫子,咯咯地呼唤母鸡过去吃。母鸡吃了,又冲公鸡咯咯地叫,很亲切、很幸福的样子。

鸡和人,组成了一个童话世界。

2. 傍晚,夫妻俩又到江边去遛鸡。

男人怀里抱着母鸡,女人怀里抱着公鸡。他们把鸡放在草地上,又到树下卿卿我我。

男人说:龙龙和花花来咱家有一年多了吧?女人说:是啊,买的时候它们就像小绒球,没想到现在也长大成鸡了。我们每天来遛鸡,还有人笑呢。男人说:管他!什么东西养久了都有感情。女人说:忘了告诉你,花花昨天下了一个蛋呢。男人说:真的啊?他的目光在女人身上逡巡,忽然在女人耳边说:你是不是也该给我下个蛋了?女人推了男人一把:去你的!

那边,传来公鸡母鸡嘶哑的叫声。望过去,原来是公鸡骑到了母鸡的背上。男人便坏笑,女人的一张脸便像母鸡生蛋一样红。

3. 傍晚,夫妻俩再到江边去遛鸡。

男人一手抱着公鸡,另一只手抱着母鸡。女人走在他的身边,可以看见她的肚子已经隆起。男人把鸡放在草地上,又搀扶妻子慢慢坐下。女人就势躺在男人的怀里,手抚肚子发出轻轻的娇吟,样子就像一只幸福的母鸡。

两个穿着暴露的女子从他们的身边走过,男人的目光便有点游移。

女人说:看啥呢,不许看!男人说:没……没看啊!

那边,又传来一阵鸡叫。望去,不知道江边何时多出了几只母鸡。龙龙兴奋异常,在母鸡群里东奔西跑。花花站在一旁,一副很失落的样子。

女人说:天哪,龙龙好花心啊!快去把它捉回来。男人说:管它干什么!好公鸡只有一只母鸡是不够的。女人看了男人一眼,突然站了起来,她冲花花大声喊:花花,走!我们回家。

4. 傍晚,女人挺着肚子,独自到江边去遛鸡。

女人把两只鸡放在草地上,然后艰难地坐下来。她呆呆地望着夕阳,目光中充满忧郁。

手机响了,里面传出男人的声音:老婆,今天我真的又有重要应酬,对不起。女人说:你已经连续二十多天有应酬了。男人说:人在江湖,没办法……男人话音未落,手机里却传出一个女人放荡的笑声,手机马上挂断了。

那边又传来鸡叫声,望去,那几只母鸡又来了。龙龙又把花花扔在一边,去和那几只母鸡嬉戏。

女人的脸上充满了怒气。她起身走过去,一把抓住了龙龙的脖子,把它提了起来。我让你花心!她在龙龙身上使劲打了两下,然后把它丢开。龙龙清醒以后,却又去追逐那几只母鸡。它爬到一只母鸡的背上,和母鸡一起快活地大叫。

女人站在那里,眼睛里渐显杀气。她走过去再次抓住龙龙,从口袋里掏出了一把水果刀,对着它的脖子就是一刀。龙龙耷拉着脑袋,在地上痛苦地挣扎,最后倒下。几只母鸡早已逃得不知去向,只有花花呆若木鸡地站在一旁。

女人掏出手机，大声地说：你赶快到江边来吧。我把你给杀了！你再不来，我把自己也给杀了！说完，她瘫坐在草地上。

二十分钟后，男人开车赶来。他一眼看见倒在血泊中的龙龙，不禁大叫一声，也呆若木鸡地站着。这时花花跑到龙龙身边，开始咯咯地叫，声音凄惨。奇妙的是垂死的龙龙听到叫声，居然重新睁开眼睛，再次摇摇晃晃地站起来。这一幕令男人女人都震撼了。女人立即跑过去，跪在地上把龙龙的脖子复位，并掏出手帕给它包扎，边包边哭道：龙龙，对不起，我不该杀你！我杀你是为了给他看呀！男人泪流满面，掏出手机拼命拨打120……

5. 傍晚，男人独自到江边去遛鸡。

男人的怀里只有母鸡。他走到江边，放下母鸡，说：花花，你自己去玩吧。然后就坐在树下，冲着夕阳发呆，目光中充满懊悔。

花花在草地上形单影只，它咯咯地叫着，东张西望，显然在寻找龙龙。它不知道，龙龙已经死了。尽管医院破例为它做了一次缝合手术，但是因为刀口太深，流血太多，龙龙虽然坚强地活了两天，还是死了。这两天，花花几乎不吃不喝，不停地呼唤着，仿佛在说：龙龙哥，你快回来啊！

男人摇头叹气，他掏出手机，一遍遍地拨打一个号码，但里面总是在说：您拨打的用户已关机。男人并不气馁，继续一遍遍拨打着……

（原载于《中国铁路文艺》2012年第八期）

那层膜

第一章

老伍的少年时代，曾被竹膜所害。

那时他读师范。他读师范是因为师范生食宿免费，两年即可毕业参加工作，工作就可挣钱养家。他家生活困难，就指望他咸鱼翻身呢。不想他一念之差，险些断送了一生前程。

原来当时学生都吃定量，人手一张饭卡。你去食堂打饭，大师傅给你盛好饭菜，便在你的卡上打一个戳，表示你已经打过饭了。老伍来自农村，食量大，那点定量他只能吃个半饱，所以他每天必须忍饥挨饿。

这日他和同学一起去竹林游玩，无意间发现竹子的空心里有一层薄而透明的膜，同学说这竹膜的用途就是做笛子上的音膜，但是老伍心里却是一动。他小心地带回一片竹膜，并剪下一块贴在下次要打戳的地方。

第一次作弊，他的一颗心几乎要跳到了嗓子眼儿。谢天谢地，大师傅没有发现。随着“咔”的一声响，热气腾腾的饭菜递了出来。他松了口气，立刻逃一样离开。他狼吞虎咽吃完这一份饭，然后偷偷揭下竹膜，再次来到窗口打饭……

老伍靠着竹膜，一连吃了几天饱饭。可是好景不长，有一个细心的大师傅注意到了他。为多吃一份饭，老伍付出的代价是惨重的：严重警告，在班级公开检查。更要命的是，毕业分配险遭淘汰，最后被分到偏远山区的畜牧站工作……

第二章

老伍的青年时代，曾为处女膜所困。

老伍在山区苦扒苦熬，二十七八岁还没有娶上媳妇。家人和他本人都很着急。

偏巧邻近乡镇也有个大龄女青年，因为当初择偶标准太高而成剩女。经人介绍，二人见了面。老伍一看女人生得眉清目秀，顿时心花怒放。女人呢，见老伍虽然条件一般，但毕竟是工作干部，也就秃子当和尚，将就了材料。二人很快谈婚论嫁，结为百年之好。

谁知新婚之夜却出了问题：老伍感觉女人没有处女膜。于是最幸福的时刻变成了最痛苦的时刻。老伍觉也不睡了，声声逼问女人跟过谁。女人连气带羞，直管哭泣。她一哭，老伍更觉得问题大了。联想到女人长得这么漂亮却老大未嫁，突然一种上当受骗的感觉袭上心头。第二天，老伍就和女人闹起离婚来。

老伍离婚以后，长时间躲在婚姻的阴影里走不出来。直到三十多岁，才在家人的一再催促下解决了终身大事。这次为防重蹈覆辙，他娶了一个其貌不扬的农村姑娘。新婚之夜一试，果然那膜好端端的还在。

谁知就为这层膜，老伍一生又付出了惨重的代价。女人长得丑、没文化不说，脾气还挺大。她仇视老伍的每一个亲人，闹得全家怨声载道。这倒罢了，关键是老伍进城后为她的户口、工作等问题简直费尽了心机。有时老伍想起第一个老婆，不由得暗问自己：自己当初不分青红皂白就为一层膜和人家分手，值吗？

第三章

老伍的壮年时代，曾被塑料薄膜所累。

那年老伍好不容易调入县畜牧局工作，举家迁进县城。本来给他办调动的局长很信任他，把他放在办公室，准备合适的时候提拔他一下。谁知局长交给他的第一件事，他就办砸了。

那时机关办公都在平房。到了冬天，为了保暖，都要在窗外钉一层塑料薄膜。老伍量好尺寸，计算出多少窗户需要多少尺薄膜，就去商店购买。买时他突然又是灵机一动，想到自家的那几扇窗户也要钉塑料薄膜，于是他就多买了五十尺，顺路送回家去。老伍自以为做得神不知鬼不觉，不想报账时局长却问他：老伍，每年钉窗户的塑料薄膜都是四百平尺，今年怎么多出五十平尺呀？老伍脸一红，忙说：局长啊，那五十平尺弄坏了，损耗了呀。局长说：损坏的东西在哪儿啊？老伍说：我扔掉了啊！局长意味深长地看了他一眼。其实已经有人给局长打了小报告，说老伍偷偷往家拿塑料薄膜。局长当时还有点不信，这回算把他看透了。

接下来的事情不言而喻，老伍为了区区几块钱的塑料薄膜，再次葬送了自己的政治前程。直到退休，他还是一个普通科员。

第四章

老伍的老年时代，曾被一层看不见的膜所成。

老伍退休以后，整天在家无所事事，抑郁寡欢。儿子见他如此，就在自己和几个老板合开的矿山上给他找了一份打更的活

儿,每月工资两千多块。

日子久了,老伍看出矿山只顾出矿,一点不讲安全生产。他看见儿子,就跟他唠叨。可是儿子说:我只是一个小股东,说了不算。再说你打好你的更得了,管那么多事情干吗?下次他再说,儿子就不耐烦地说:就你思想好!那你工作一辈子怎么才是个科员啊?噎得老伍好几天喘不过气来。

这天矿山真的就发生了瓦斯爆炸,死伤十几人,按理应该是特大事故。可是大股东却命人把死人抬到一边的山沟里去,拿苫布盖上,只留下受轻伤的人接受上级检查。检查前还给他们发了红包,教他们怎么说。调查组来的时候,一切都弄得天衣无缝。调查组查了半天,没有发现什么大问题,吃喝一通就要走人,这可急坏了老伍。

老伍参与了抬尸,他当然知道事情真相。可是现在真相却被一层看不见摸不着的膜给罩住了,要命的是没有一个人敢捅破这层膜。老伍想到自己毕竟是个退休干部,不管怎么说也受党教育多年,这时我不站出来谁还能站出来?犹豫许久,他终于寻机拉住一个调查组的人,把手往山沟那边一指……

老伍这一指,使得那层保护膜砰然粉碎,真相大白,老伍一时成了英雄。但是,他也为此付出了代价:儿子和他断绝了父子关系,更夫也当不成了。但是老伍并不后悔。他说:我这辈子被这膜那膜害惨了,最后总算打了个大胜仗。

(原载于《小说月刊》2012 年第 12 期)

狼 精

大概在二十世纪七十年代以前，我们这一带经常闹狼灾。村里动不动就有家畜神秘失踪。记得那时生产队的羊圈，大墙的周围都朝外压着荆棘，羊倌上山放羊，身上都背着洋炮，准备随时和狼开战。

有一阵子，传说山里出了狼精，说它能化成人形闹鬼，十分恐怖。传说经人不断加工，最后变成了这样一个故事：山里有个伐木工棚，住着几个工人，这天晚上他们包饺子吃。忽听外面有人敲门，一看是个抱着孩子的妇女。妇女进来把孩子放在炕上，说："各位大哥，我来帮你们包饺子吧。"工人们想，这深山野谷的，黑灯瞎火哪来的女人和孩子。但又不好意思盘问，也就让她帮着包。包完了，她又主动去厨房煮饺子。这时一个工人忽然看见她一边往锅里下饺子，一边还不断把生饺子放进嘴里。再往下一看，天哪，裤脚下面隐隐露出了一截尾巴。工人们拿起大斧，进屋就劈，那妇女一声嗥叫，两眼放出蓝光。吓得工人往后一退，它立刻四脚着地冲了出去，它身上的衣服片片飘落，仔细一看都是树叶。大家忽然想起炕上还有个孩子，立刻冲进屋里，但见那孩子忽然化成一只野鸡，扑棱一声飞了出去……

这故事越传越广，越传越玄，而且还不断有续集创作出来，一时使我们这一带人人谈狼变色，天一黑，家家关门闭户，任谁叫门也不开，生怕狼精变人前来闹事。

那一阵子，山上的狼也真的多了起来，有时青天白日的，也能看见狼的身影。为了消除狼患，公社成立了打狼队，专门配了一台军用吉普和一挺轻机枪，另外每人还配了长枪短枪。公社武装部的齐部长亲任队长，带着几个人驱车进山，去向狼精和狼群宣战。

没想到他们进山第一天就遇到了狼精。那家伙虽未化成人形，却真的是非常狡猾。车正在山上颠簸行驶，远远看见前面的草丛里有一只狼在慢慢前行。看见车来，它并不惊惶，甚至还像人一样站起来朝车看。齐部长立刻操起长枪瞄准，“呯”的一声，那狼应声栽倒。

汽车很快开到了狼栽倒的地方，大家透过车窗往外看，却不见有狼。齐部长说声“怪了”，推开车门下来察看，却听见“啪”的一声，车顶上有只狼爪伸出，在他的头上重重地抓了一下，他的帽子立刻飞了，头上出现几条血痕，等到大家反应过来，车顶上和四周哪里还有狼的影子。

这显然是个下马威，齐部长用纱布把脑袋包了一包，骂道：老子就不信你这个邪！他命令汽车继续上路。

打狼队在山里转了三天，却再也没有见到狼的踪影。这天他们老早出发，终于发现前面有一群狼在行走，他们立刻开足马力追了上去。

群狼看见汽车，立刻狂奔起来，却有一条老狼故意落在后面，好像在掩护群狼逃跑。齐部长说：我看这狼就是那个狼精，大家一起瞄准，坚决打死它。

三条枪一起瞄准，“呯呯呯”三声，狼精又栽倒了。他们开车过去，看清它还卧在那里，身上在流血，就端着机枪下了车。还不等他们站稳，就见那狼精一跃而起，疯狂地朝他们几人扑来。他们几个急忙闪身，举枪欲打，却见那家伙“嗖”的一下钻进了汽车里。

这一下几个人傻了眼，他们想往汽车里开枪，却怕打坏汽车，不开枪吧，狼又在里面。正在犹豫，却见车子向前滑行起来。

原来汽车没有熄火，狼在里面左刨右蹬，不知怎么踩中了油门。车子越滑越快，直向一边的悬崖冲去，齐部长大喊，快向车胎开枪。但是已经来不及了，车子和狼一起顺崖而下，直摔进了深谷里。

几个人费了很大的劲才下到谷底，一看汽车已经摔烂，气得他们把狼精从车里拖出来，对准它一阵猛烈扫射，把它的身体打成了筛子眼，但是在心里感觉到底还是输了。

狼精的故事从此传得更邪乎了。

（原载于《新课程报·语文导刊》2012 第 7 期）

恐虱症

自从在儿子的豪华别墅里住下来，姚老太每天晚上都做噩梦。她梦见成群结队、大大小小的虱子在自己的身上爬。惊醒之后，姚老太就打开灯到处乱找，却什么也找不到；但是一闭上眼睛，虱子又来了。这情况她又不敢对儿子说，只好开着灯坐在床上，一直到天亮。

虱子，这可恶的东西，这专门喝人血的寄生虫，姚老太曾经跟它们战斗了大半辈子，后来终于取得了胜利。难道现在它们又

要卷土重来了?

那时候,家里穷,大人孩子一年到头都穿一身衣服、盖一条被子,当然要生虱子。每天晚上,她有一项任务就是捉虱子:把大家脱下的衣服翻过来,捉住一个就扔火盆里或用两个大拇指挤死。耳边噼噼啪啪地响,手上一片片地红。老话说,捉不尽的虱子拿不净的贼,家里的虱子真的是捉也捉不完啊!为了省事,便在数九寒天把衣服拿出去冻,或者是把衣服放到开水锅里煮;后来街上有卖虱子棒的,买回来把所有的衣服都涂一遍,那股味道熏得人脑袋疼。可是虱子仍然消灭不完。直到后来生活彻底好转,有条件讲卫生了,虱子才在生活中彻底绝迹。现在它又出现在梦里,是报复呢还是有什么说道呢?

艰难地待了些天,姚老太小心地跟儿子提出申请,能不能让她回去。儿子一听就恼了,硬邦邦地扔过两个字:不行!接着他又说:妈,你怎么不识好歹呢!儿子说完这话,钻进小轿车绝尘而去。儿子在市里当领导,说话一言九鼎。姚老太只好挨着,精神一天不如一天。

儿子很忙,他在城里还有几处房子,一个星期才来别墅一次。他一来就有一些人提着大包小裹跟踪而至,儿子跟这些人笑语喧哗,根本就顾不上姚老太。这天儿子终于主动来看她,不由得吓了一跳:妈,你这是怎么了?姚老太欲言又止,儿子就把全家人召集起来训话。儿子说:我是让我妈来这里享受荣华富贵的,谁敢对她有半点不敬,老子跟他没完!一看事情闹大了,姚老太只好把儿子叫到一旁,小声说出了原因。儿子一听竟然差点笑得背过气去。

虱子!这怎么可能啊!儿子说,你以为这还是当年咱家啊?但是儿子最后还是下达了清查虱子的命令。行动进行得轰轰烈烈,但是连一个虱子毛也没有发现。儿子说:妈,这回你放心了吧?放心享福吧,啊!

但是姚老太还是不断梦见虱子。面对锦衣玉食,面对皇太后般的待遇,虱子依然在她的身上爬来爬去。再待下去,姚老太感到自己非疯掉不可。

在一个宁静的早晨,姚老太不辞而别。她回到了自己居住多年的乡下老屋。当天晚上,虱子果然从她的梦里消失了。但是儿子过几天又来找她,他非常不高兴:妈,我这么忙,你折腾我玩啊!姚老太说:儿啊,你老实说,你在外面没干见不得人的事?儿子愣了一下:妈你说什么呢!姚老太说:儿,我怎么觉得这不是什么好兆头呢!我就想,你虽然是领导,可是工资也是有数的。你怎么就能买得起那么多的房子,花钱像流水似的呢?那些来给你送礼的人,都是什么人啊?

儿子听了这话,显得非常不耐烦,他甩下脸子说:你这个老太太怎么这么不识抬举哩?让你享福你啰唆什么!啥也不懂,快跟我走吧!姚老太也撂下脸来:你自己走吧。你那个家,打死我也不敢去了。

儿子拂袖而去。他走的当天晚上,虱子又回到了姚老太的梦里。这一回来势更猛,不但她的身上,而且连儿子站过坐过的地方,也堆满了虱子。姚老太老屋也不敢住了,就去其他子女和亲戚家里躲避。

这天夜里,虱子再次进入姚老太的梦境。奇怪的是这次只有一个,但是个头巨大。那家伙显然是个饿疲虱子,全身发白,目光凶狠,它张开血盆大口朝姚老太扑来,姚老太连连后退,惶急中操起菜刀砍过去,只听一声惨叫,却是人的声音。姚老太定睛一看,虱子变成了自己的儿子……

姚老太再也不敢睡了,她找来几个亲人连夜进城,说就是绑也要把儿子绑回来。可是姚老太还是来晚了,儿子已被"双规"。姚老太的精神登时失常,她不肯上床睡觉,脱下衣服乱扔,每天都在惊恐地喊叫:虱子,大个的虱子……

(原载于2012年2月12日《南方日报》,入选《小小说选刊》2012年第7期)

猫虎新传

地球人都知道猫与虎的恩怨故事:当年猫给老虎当师父,猫老谋深算,留了上树这手绝活,最后保住了性命。从此老虎怀恨在心。后来,它悄悄遁入深山之中,与世隔绝,一心一意练起上树的本领来。

要说老虎的意志还真坚强,它在山中一练多年,最后居然真的把上树的本领练成了。这时的老虎变得身轻如燕,十几米高的大树,只消三纵五纵,就会爬将上去。站在高高的树上,老虎哈哈大笑,它放开喉咙大喊:猫啊猫,这回我看你还往哪里跑!老虎的笑声和叫声犹如炸雷,震得山鸣谷应,草木抖动。

这天,老虎一路吼叫,威风凛凛冲出山来。但奇怪的是路上没有一个子孙来欢迎它,其他野兽也难得见到一个。老虎东张西望,心中充满疑惑。又翻过几座山,老虎突然嗅到了一股强烈的人类气息。天啊,当年这里可都是我的领地,人迹罕至,怎么现在他们都跑到这里来了?这太不好了,啊呜!

老虎再往前走，果然就看到了人类的田地，还有远处袅袅升起的炊烟。老虎在一座山头上蹲下来，开始思考问题的严重性。后来它看到树上有几只猴子，就将身一纵，闪电一般也爬上树去。几只猴子立刻吓得魂飞魄散，连叫虎大王饶命。老虎说：你们不用怕，我只想问你们，我的孩儿们和山里的野兽都到哪里去了？猴子们七嘴八舌地说：启禀大王，你的孩子还有许许多多的野兽都被人类杀死了。那么猫呢，它们也都被杀死了吗？没有，猫都投奔人类去了。它们被人养起来享福呢。老虎一听咬牙切齿：我说它就不是什么好鸟嘛！现在你们快去想办法把老猫给我找来，就说我有话说！猴子们诺诺而去。

却说猴子们费尽周折，终于在一座山城里找到了老猫。老猫不但老，而且胖，它说什么都不愿意上山去见老虎，最后硬是被猴子们绑架到了山上。老虎一见猫的模样，差点笑出声来。它说：亲爱的师父，你怎么变成这副尊容了？可以和肥猪有一比了。猫干笑了一声说：没办法，主要是人对我们太好了。怎么样，你如果想去，我可以替你介绍。老虎突发一个虎威，吓得老猫屁滚尿流，接着它单刀直入地说：我找你来，是要跟你算一笔旧账的。老猫心里明白，却假装糊涂地说：这么多年过去了，我们师徒之间还有什么账好算啊？老虎说：有！当年你留着本领不教，你不觉得这是一种欺骗吗？猫说：那我也是没办法。我不留一手，还能活到今天吗？老虎说：我不管你那么多！我今天来还想告诉你，不用你教，上树我也会了。

猫听老虎这么说，不由吃了一惊。它说：你会上树，开玩笑吧？老虎也没说话，看准身边的一棵大树，嗖嗖几下就爬了上去，接着又利索地跳下来。这一回猫可真的有点绝望了。这些年它和子孙们都成了人类的宠物，每天养尊处优，所有的武艺几乎都荒废了，甚至像捉老鼠、上树这样的基本谋生手段也生疏了。来的路上它还想凭借上树再逃一劫，现在看就算是比赛上树，它也不是老虎的对手了。天啊，我该怎么办啊……猫一边打着主意，一边拼命挤出几丝笑容说：虎兄弟，好歹我也教过你几天，你真的忍心吃我？都这么多年的事了，你何必记仇呢……

不行！老虎斩钉截铁地说：我在山里苦练多年，为的就是找你雪耻！再说看你现在这副样子，活着也是丢人。我的肚子正好饿了，你就准备受死吧！说着，老虎便以泰山压顶之势向肥胖的老猫扑来。

说时迟，那时快，就在生死攸关的最后一刻，老猫使尽平生力气向前一冲，“嗖”的一下，竟然钻进树洞里去了。老虎气得在外面发疯、吼叫，但是猫躲在里面就是不肯出来。最后猫还自嘲地说：怎么样，你没想到我还有钻树洞的本领吧？

老虎慢慢冷静下来，它推来一块大石头，把树洞一下子堵死了。它听见猫在里面发出阵阵哀鸣，不由再次得意地狂笑起来……

（原载于2012年5月20日《南方日报》）

惊吓

有朋友自深圳来，他讲了个“北佬”和“南妞”的故事。

这个“北佬”，真的来自北方的一个偏远乡村。他是一位中学教师，因为妻子红杏出墙便愤然与之离婚，随后又毅然南下。在求职屡挫的情况下，为了糊口，他不得不给人做起了家教，没想到越做越好，居然在深圳站住了脚。

据说深圳这地方的男女比例是一比七，中年男人在这里特别走俏，被称为“钻石王老五”。这个“北佬”正值中年，且一表人才，于是便有热心人为他牵线搭桥，给他找了一位有车有房的富姐。这富姐是个“南妞”，说不上多么漂亮，但身材、气质俱佳。她是两家公司的财务总监，年轻时因为忙于奋斗，加上阴差阳错，一直未觅到如意郎君。如今已三十多岁了，很想尽快了却终身大事。

两个人见了面，彼此都有一些感觉，随后就开始“拍拖”起来。

“北佬”文质彬彬，老实厚道，很快令“南妞”着迷。

“南妞”热情似火，落落大方，很快让“北佬”心仪。

他们约会的密度越来越大，在一起吃饭的次数越来越多。

“南妞”特别善解人意。她知道“北佬”没钱，每次吃饭，如果钱多，她就主动买单；如果钱少，就让男人买单。她很怕伤了男人的自尊。

他们在一起的时候，谈论的话题很多，但“南妞”最喜欢谈论的有两点：家庭和性。按理，“北佬”是过来人，又是男人，他应该在这两方面给“南妞”以更多的启迪。但是这位“北佬”却偏偏太不开化了，又受过伤害，所以一说到这两个话题他就立刻回避，特别是对一些南方姑娘都敢公开谈论的“性”，他更是讳莫如深。在他看来，性是只可意会，不可言传的东西。公开地谈论它，特别是男女之间谈论它，是属于“很不好意思”的事情。

于是，“南妞”在探讨这一话题时经常碰壁。但越是这样，她就越想探讨，甚至到最后她竟有点跃跃欲试了。

“北佬”当然感受到了“南妞”的热力，但是每到这时他就会想，眼前这个女人将来会不会也像自己的老婆一样呢。如果再碰上一个给自己戴绿帽的放荡女人，那可就太悲惨了。

这天，“南妞”终于决定邀请“北佬”来家里做客。“北佬”一进屋就惊呆了，她的家装修得富丽堂皇，现代家具一应俱全。“北佬”站在门口，竟有点自惭形秽。“南妞”热情地拉他进屋，并且暗示，这里的一切将来都是他的。

“南妞”准备了丰盛的酒菜，两个人边吃边喝，渐渐情意绵绵，不知不觉，已是午夜子时了。

“南妞”这时醉眼蒙眬地站起来进了洗手间，转眼间换了一件透明的内衣出来，她小鸟依人般依偎进男人的怀抱，声音有点发嗲：你……今晚就……别走了嘛！

这要是换了别的男人，简直是求之不得。送到嘴边的肉，不吃白不吃！他会饿虎扑羊般把女人抱进卧室……但是这个“北佬”居然被这女人的话吓了一大跳，他不由自主地推开她说：这怎么行呢，我得明媒正娶你才行呀！

女人暧昧地笑起来：明媒正娶？看你那傻样！现在都什么年代了，遍地都在风行试婚、同居。只要感情好，结不结婚都无所谓嘛……

男人又给吓了一跳：什么，你说不结婚无所谓……

女人肯定地点点头：是啊，我们先在一起玩两年试试再说嘛。

男人这次又给吓了一大跳。他有点结巴地问：你是说玩……玩两年再说？

女人坦然地说：是啊，这很正常啊！

这一回男人简直可以说是受了惊吓，他目瞪口呆愣了片刻，感到唯一的选择便是夺门而逃。他坚定不移义无反顾，一路狂奔下楼，来到大街上兀自喘息不止。

朋友讲到这里又补充说：因为太晚了，地方又偏，那家伙在街上走了很久很久才打到车，到家时天已亮了。

那么后来呢？

后来……后来那个“南妞”对朋友说：我真是瞎了眼，左挑右选，最后挑了个精神病！那晚他的表情和举动，差点把我给吓死。

（原载《小说月刊》2012 年第 8 期）

刻碑

小石匠进了大宅三天，还没见过小寡妇的面。

小石匠是来给小寡妇刻碑的。小寡妇因恪守妇道，夫亡后一直不肯再嫁，上奉公婆，下敬家人，一时间惹得美名传扬。又不知如何惊动了皇帝老儿，居然来了个“御旨旌表”，封为“贞节烈女”，慌得地方乡绅赶忙请人为她刻碑。小石匠恰从异乡而来，荣幸当选。

又过两天，小石匠手里的石料已有了碑的形状，但他依然无缘得见佳人。不过凭着第六感，小石匠知道上房内有一双眼睛在不时偷窥自己，而且他能想象出那是一双极其美丽犹如深潭能淹死男人的眼睛。小石匠便故意甩掉上衣，露出强健的胸肌，动作夸张地凿着石碑。

但是小寡妇的公婆很快就出来干预了。先是婆婆给他送水的时候说:小伙子,还是穿起衣服吧,小心着凉。接着公公也拎条拐杖走过来说:小石匠,这光天化日的,你不要赤身裸体的嘛。咱是孔孟之家,这样有违礼数。

小石匠立刻就知道他见不到小寡妇的真正原因了。后来他跟长工熟了,长工悄悄告诉他,小寡妇嫁的是个痨病鬼,没过一年就死了。小寡妇的公婆把她看管得很紧:大门也不让出,二门也不让迈,还不如猫狗自由哩。他说,有天夜里他亲耳听见小寡妇在屋里偷偷地哭哩。小石匠拐弯抹角地问长工,小寡妇到底长什么样啊? 长工回答他两个字:天仙。

这天夜里,小石匠心中想着“天仙”,有点心猿意马。他翻身爬起,蹑手蹑脚来到了院子里。院子很大,也很静,只有牲口棚里传出马儿吃草喷鼻的声音。小石匠屏了气息,贴着墙根慢慢向上房接近,他想亲耳听听小寡妇的哭声。

突然,他听见上房的门有响动,接着火光一闪,里边走出两个人来。小石匠一惊,紧贴墙根不敢动弹。他看见两个人影走了出来,手里举着一根麻竿,麻竿的一端燃着了,火珠一明一灭地照亮了脚下的路。火亮太微弱,看不清人脸,但是可以分辨出是两个苗条的女人。她们脚步轻盈地飘向院子一侧的茅房。

小石匠赶快溜回自己的屋子,手扒门缝往外看。过了一会,火珠从茅房飘出来,却不回房,一直飘到仓房前,飘到牲口棚里,最后向这边飘来,一直飘进了大门洞。火珠暗下去了,其中一个把麻秆凑到嘴边,噗噗地吹着,啊!小石匠终于看到小寡妇了。火光之下,那是一张多么俊俏的脸啊! 真的就像是仙女下凡哩。另一个也凑过来吹,看样子她是个丫鬟,居然也长得眉清目秀。小石匠目不转睛地看着,恨不能立刻就冲过去。火珠又飘动起来,小石匠看到二位妙龄女子在检查门闩是否插牢, 随后飘回了上房……第二天夜里，此景重复出现。小石匠想啊想啊，忽然有个大胆的计划在心中翻腾。随后他问自己：这样能行吗？如果被她公婆知道了怎么办？后来一想：管他呢，顶多老子不要工钱走人便是。

这日深夜，小寡妇和丫鬟又上茅房，之后又来检查门闩。火光一闪，她和丫鬟都不由惊叫了一声，麻秆掉到了地上。她们看见一个赤身裸体的男人，正仰面朝天躺在门洞里睡觉。

小寡妇压低声音喝道：是谁？哪个大胆狂徒！回答她的却是阵阵鼾声。

丫鬟小声说：好像是那个小石匠……要不要去告诉老爷？

小寡妇沉默了一下，好像咬牙切齿地说：这个该死的，他怎么跑到这里来了？停了停又说：咱们先回房吧。

两个人麻秆也不要了，脚步慌乱地跑回了上房。

第二天，小石匠做好准备走人。但奇怪的是竟然没有动静。他心中窃喜，看来小寡妇并没有声张。他的胆子更大了，夜里如法炮制。一更时分，他听见上房的门又响了。仔细听听，却是一个人的脚步声。小石匠叉腿挺腰，命根高举，故作鼾声。耳朵却在捕捉着细微动静。

火珠再次移来，这一次没有惊叫，只有一声轻微的叹息。脚步没有停留，就从他的身边走过去。小石匠分明感到脚步变轻变缓，他还听到了有点急促的喘息声。小石匠的胸脯也剧烈起伏起来。

一连三天，都是小寡妇一人如厕、查夜。小石匠明显感到，她留在门洞里的时间越来越长，脚步越来越犹豫，喘息越来越急促。到了第四日，小寡妇又来了。小石匠突然跳起来，不由分说将她扑倒了。他听见小寡妇低低骂了一声：该死的，你要毁了我呀！

全身却软得面条一样任其摆布……

从此，干柴烈火便开始猛烈燃烧。先在大门洞里燃烧，又转到小石匠的住处去燃烧，直烧得噼噼啪啪，火星四溅。这样，碑就刻得格外地慢，又加上叉花凿了一盘磨和一盘碾，快两个月过去了，字还没有最后刻完。

公婆就有点聒噪。小石匠也不在乎，一天又一天地拖着。这天夜里，小寡妇却急火火地来到他的房间：不好了！我……好像有了，你真的毁了我啊！小石匠却说：有了好啊！我早想好了，你就跟我走吧。小寡妇惊道：跟你走？去哪里？小石匠说：去我家，给我当媳妇啊！小寡妇说：那这个家怎么办？我一辈子的名声怎么办？小石匠冷笑道：什么名声！什么刻碑，你觉得还有什么比我们在一起更好的吗？小寡妇默然。

早上，阳光照样明亮。公婆起来，觉得家里似乎有点异样。仔细一找，屋里不见了他们孝顺的儿媳还有丫鬟，院里不见了那个小石匠。只有一块刚刚刻好的石碑，凄惶地躺在大院深处，上面“贞洁烈女”四个字好像格外刺眼。

（原载于《中国铁路文艺》2012 年第 11 期，入选《小小说选刊》2013 年第 2 期）

蝈 蝈

每年冬天，老韩家里都要养两只蝈蝈。

喂蔬菜、喂水果、喂水、保暖……他每天就像照料婴儿一样照料它们。有时候，老韩半夜还会爬起来，打开蝈蝈笼子看看，生怕蝈蝈死了。

漫长的冬天终于过去，当万物复苏、清明来临的时候，老韩就会带上蝈蝈，再带上几只苹果，当然还会带上香烛纸钱之类的东西，然后驱车回乡，去故乡的后山上去祭奠自己的老父老母。

春日的阳光很好，照得山野暖洋洋的。老韩在墓前摆好水果，烧化纸钱，然后打开蝈蝈笼子，把两只蝈蝈放出来。这时老韩就会轻声说：爹，您老人家快来吃苹果吧；娘啊，您老人家快来听蝈蝈叫吧。

说也奇怪，两只获得了自由的蝈蝈在墓前玩耍一阵以后，竟然摆头振翅，"蝈蝈蝈"地叫起来。老韩听着，不觉泪流满面……

老韩觉得自己这辈子最对不起的，就是自己的爹娘。

爹死的时候，老韩还是小韩。那时家里穷啊，穷得老爹一辈子没吃过苹果。他死时抓住小韩的手说：儿啊，我想尝尝苹果是啥味道。小韩和娘一起翻箱倒柜，找出了仅有的两毛钱，小韩三更半夜跑到镇供销社，拼命砸开门，给人家说尽了好话，终于拿到了一个苹果。他两手捧着苹果，一路狂奔回家，可是父亲已经咽气了。小韩大哭，只好把那只苹果塞进父亲手里一起安葬了。

小韩发誓要让母亲过上幸福生活。他进城,他打工,他当老板,他终于在城里安营扎寨。接着,他就把老母亲接来和她一起居住。

新鲜劲儿过后,老母亲有一天忽然对他说:儿啊,城里热闹是热闹,可是怎么就听不见蝈蝈叫哩?在咱乡下,这时候蝈蝈也该叫了。

老韩说这好办,第二天就去街上买了两只蝈蝈回来。两只蝈蝈放在一个用麦秸秆编成的精巧笼子里,老韩把它挂在客厅里,于是,屋里就充满了蝈蝈悠扬的合唱声。老母亲坐在沙发上,她听着蝈蝈叫,脸上写满幸福。

但是过了几天,孩子老婆就提抗议了。原来那蝈蝈并不懂得人要在中午和晚上休息的道理,越到中午它们越是叫得欢;夜里呢,也照叫不误。老韩开头还顶着,渐渐觉得蝈蝈的确吵人。这天他就跟母亲商量:娘啊,这蝈蝈叫你也听得差不多了吧?咱往后改听音乐行不行?

母亲打了个愣,问:怎么了?是不是蝈蝈吵着你们了?老韩抓了抓头皮说:是有点吵,闹得大家睡不好觉呢。母亲就说:那,把蝈蝈笼子挂我屋里去吧。关上门,打开窗,就没那么吵了。

老韩只好照办,果然声音就小多了。

不过这样一来,老母亲就经常一个人待在卧室里了。除了吃饭上厕所,她一般很少出来。蝈蝈叫的时候,她就如痴如醉地听,蝈蝈不叫了,她就絮絮叨叨地跟蝈蝈说话。老韩一看这样也不行,又去劝母亲听音乐,而且还花了几百块钱买了音乐会的门票,带着母亲去享受高雅艺术。谁知刚听了一会,母亲就睡着了。

老韩只好带母亲回去接着听蝈蝈叫。

但是小区物业的人又找上门来,说左邻右舍投诉你家,蝈蝈扰民，请你们立即把蝈蝈处理掉。

老韩这下子可犯了难，最后只好横心咬牙，去跟母亲说明情况。老母亲呆愣了一会，幽幽地说：不让养就不养吧。儿啊，我看你干脆把我送回老家去算了。在那里听蝈蝈叫，没人管哩。老韩说：那怎么行啊！老家也没什么人了，谁来照顾你？再说不就是个蝈蝈叫吗，也不当吃不当喝的，非听不可吗？娘，你不要身在福中不知福啊！

老韩这么一说，老太太不言语了。而且从此以后，老太太再没有对老韩提过有关蝈蝈的一个字。只是在老韩和家里人都出去的时候，老太太才满屋乱转地开始寻找蝈蝈。实在熬不住了，老太太就拄了拐杖，慢慢腾腾地挪下楼去，再一点点地往街上挪，想找个有蝈蝈的地方去听一听那美妙的叫声。但是当她走出小区，映入眼帘的却是铺天盖地的高楼、无穷无尽的车水马龙。城市的噪声震耳欲聋，哪里还有什么蝈蝈叫呢！每一次，老太太都失望而返。

老太太的身体越来越差，很快走到了生命的尽头。她最后拉住老韩的手，艰难地说：蝈蝈，我要听……蝈蝈叫……老韩哭得撕心裂肺。

（原载于2012年7月22日《南方日报》）

贼小子

“贼小子”是我同学周文的外号。这个“贼”字并不是小偷的意思,而是特别聪明的意思,这里头当然也包含着聪明过头的意思。

周文天生一副机灵相:他的脑袋很大,前额突出,一双眼睛滴溜乱转,说话走路好像都要比别人快半拍。从小学开始,我就经常感受到周文给我造成的压力。因为在课堂上,他的反应总是比我快。常常是老师刚一提问,他的手就已经高高举起;考试呢,他总是第一个交卷。害得我经常抱怨父母,你们为什么不让我的脑袋也长得像周文的一样大呢!

尽管周文聪明,我也不笨,但是我们却都生长在一个动乱的年代。刚上中学,“文革”就开始了。在好长一段时间内,学校停课。我们一时成了野孩子,上树掏鸟,下河摸鱼,还去山上挖药材卖钱。无论干什么周文都比我能干,就算是去偷西瓜,往往他也要比我多偷一个。我对他真是既佩服又嫉妒。

后来终于开学了。不用考试,我和周文等孩子就稀里糊涂地成了中学生。不久,周文便又开始在学习上显露头角。在同学老师的一片赞扬声中,我发现周文越来越喜欢显示自己。平时大家在一起说话,他总是摆出一副比别人高明的架势,好像天下的事情没有他不知道的;在课堂上,他为了表示与众不同,老师在上面讲课,他不是小声地接下音,就是摆弄东西。后来发展到上数学课他看语文书，上语文课他看数学书。到期末考试，他的成绩居然依然名列前茅。大家既惊讶又有点不服气，“贼小子”的外号就这么诞生了。

如果“贼小子”生在今天，如果他再踏实一点，也许考个清华、北大没有问题。可惜那时毕业的唯一出路就是上山下乡。我和周文本来就是农村人，所以只好回到家乡去务农。我这人比较老实，在农村一边劳动，一边也不忘学习，有时还写点文艺作品投稿。尽管发表的不多，但是毕竟巩固了文化知识。周文呢，毕业后一天也不想在农村待，他到处挖门子、找关系，想进城去当工人。可是忙了半天，只弄了个砖厂的临时工。但是他又受不了那累，干了一段时间又跑回来，接着再去折腾。在农村三年时间，周文的屁股很少落地，整天东跑西颠，那点文化知识就着干饭也吃得差不多了。有一天他来我家串门，看见我还在学习，他竟然惊讶地说：你怎么还这么死心眼啊！过去说学好数理化，走遍天下也不怕；现在是不用数理化，只要有个好爸爸。你快点把这些都收起来吧。

我没有听“贼小子”的话，我坚定地认为：学好文化知识，早晚都会有用。果然，国家就恢复了高考。复习的时间只有一个月，因为我一直不忘学习，所以一举考了个本科院校；而周文呢，尽管他很“贼”，结果只考了个中专学校。这是我有生以来第一次打败他。

据说，周文躲在家里好几天不出门，我上学走的时候他也没来送我。后来家里人写信告诉我，说周文没去读中专，他在家里继续复习，发誓说一定要考个名牌大学超过我。第一次高考和第二次高考只差半年，我放暑假回家的时候，听说周文这次又考砸了。平时复习，他比谁都明白，还动不动给人讲课，头头是道。可

是一进考场，他就哆嗦、出汗，大脑一片空白。人说这叫晕考症，是压力太大所致。我弄不明白他为什么会这样。

接下来周文就开始了年复一年的考试，每一次他都是满怀希望地去，垂头丧气地回。直到我大学毕业参加了工作，“贼小子”周文仍然没有考上大学，甚至连个中专也没有考上。据说他对当年没去读中专痛悔异常，说起来就号啕大哭。

从我上大学开始，我就没有见过周文。我曾去他家看过他，但是他避而不见。后来他干脆就不在村里住了，听说他去了外地亲戚家，改名换姓继续考试，结果仍然屡试不第。“贼小子”的“贼劲儿”似乎消失殆尽了。

“贼小子”一连考了八年大学也没有考上，终于放弃了。他的“贼劲儿”，最后倒是在赌场和酒场上显露出来。听说他成了一个专业赌徒，在赌场里赢的时候多，输的时候少；赢了就往死里喝酒。终于有一天，他喝得醉醺醺的，被一辆汽车当场撞死。我怀着万分痛惜的心情回乡为他送行。望着他那曾经聪明无比的大脑壳，我在心里默默地说：贼小子啊，但愿你来生不要那么“贼”了。

（原载于《新课程报·语文导刊》2012 第 11 期）

祭　狼

孟和巴特决计要干掉敖包山上的那几只狼，起码也要把它们赶跑。

孟和巴特也知道狼的身份现在不一样了，成了保护动物了。

特别是敖包山上的这几只狼，它们刚刚从遥远的地方迁来，简直就成了草原上的稀罕物。可是那些家伙也太猖狂了，竟然接二连三地吃了他十来只羊。他也把情况向嘎查、苏木的领导反映过了，但是他们道理讲了一勒勒车，就是不采取行动保护牧民利益。好，你们不管，我自己来管！

孟和巴特开始准备打狼的工具，选来选去他选中了一条扁担。这扁担是一个汉人几年前留在他家里的，紫色的木头，很结实，在手里耍了几下，很合手。孟和巴特搞不到枪，刀又太短，他觉得扁担最为合适。这天一大早，他安排老婆到远处去放羊，他独自骑马向敖包山跑去。

刚刚八月，草原早晨的风已经很凉。巴特打马冲上山顶，举目四望。但见草原浩瀚无边，风吹草低，牛羊片片，却不见半只狼的影子。巴特下了马，并让马自己去吃草，然后他拿起扁担，大踏步向山下的几条沟走去。他横握扁担，一条沟一条沟仔细搜索，但是除了发现一些狼粪，还是没有发现狼的影子。

巴特有点失望地从沟里钻出来，突然发现不远处的一片树林旁，有什么东西在草地上窜窜跳跳。他手搭凉棚望过去，不禁打了个冷战，是狼！只见几条狼分工合作，正在围捕野兔。这几年草原上的野兔和黄鼠大量繁殖，给牧人带来很多麻烦，现在狼倒装起好人来了！孟和巴特大吼了一声：坏东西们，哪里走！手提扁担猛冲过去。听见人吼，几只狼停止捕猎，一起朝这边张望。其中一只狼突然把嘴巴伸向天空，发出了一声凄厉的嚎叫，好像在恐吓孟和巴特。但是巴特却走得那么沉着冷静，雄赳赳、气昂昂，仿佛身后跟着千军万马。野狼从来没看见过这么胆大的人，很快被震慑了，纷纷掉头朝树林里逃窜。只有一只狼原地不动，它就是刚才嚎叫的那只狼。它居然蹲坐在地上，目露凶光盯着孟和巴

特。

狼和人的眼睛紧紧胶着在一起。在只差十多步的时候，那只狼才起身逃跑了。但是它跑跑停停，还不断扭头看着孟和巴特。这显然是只头狼，个头大，身体壮，孟和巴特看见它眼神复杂，但他读出的却是讥笑：来呀，你敢来吗？孟和巴特突发一声喊，高举扁担追了上去。头狼也马上奔跑起来，后腿一颠一颠地装瘸。一直追到一片林间空地上，头狼不跑了，转过身来跟他对峙。

人狼大战一开始，孟和巴特才知道选择扁担错了：扁担太宽，打在狼身上缺少杀伤力。头狼信心大增，一跳两三米高，嗖嗖地从孟和巴特头顶上窜过，每窜一次就往他身上撒一股尿，搞得他全身骚臭。孟和巴特气急败坏，东扑西打，扁担不是打空就是没使上劲，只一会工夫，就气喘吁吁的了。头狼突然一口咬住他的扁担，就像拔河一样和他抢夺起来。头狼的劲头好大，孟和巴特的扁担突然脱手，头狼叼起来就跑，放到老远的地方又返身跑回来……

孟和巴特有点害怕了。惶急中他看见地上有块石头，赶紧把它捡到手里。这时头狼已经冲来，它将身跃起，张开血盆大口，直取他的喉咽。就在千钧一发之际，孟和巴特突然出手，把手里的石头狠狠塞入狼口，再一用力，竟送入它的喉咙。头狼怎么也没料到孟和巴特会来这一手，立刻倒地翻滚。孟和巴特猛扑上去，将它骑住，双手死死扼住它的脖子，直到头狼气绝身亡。

干掉头狼之后，孟和巴特总算是出了一口气。他悄悄把狼皮扒了，把狼肉埋掉，装得没事人一样。他满以为日子会恢复平静，不料他的羊却依然在减少，大都是那些还没有长大的羊羔子。难道余下的狼又回来报复了？孟和巴特这几天夜里干脆埋伏在羊群附近查看。

月亮地里，孟和巴特发现几只比狼要小得多的黑影潜入羊群，它们熟练地追赶羊只，并将其中的一只小羊放翻，然后大吃大嚼。孟和巴特亮起手电照过去，眼前的景象令他瞠目结舌：那竟然是几只狐狸！发现有人，它们居然一边学狼叫一边撤退。天啊，狐狸真的成了精了！

孟和巴特这时才知道自己一不小心弄了个冤假错案。他不由回想起头狼那天看他的眼神，人家分明在说：我没吃你的羊，我们是冤枉的啊！该死的狐狸，它们是从什么时候学会吃羊的呢？

这天，孟和巴特手提一只野兔和一只黄鼠，来到埋狼尸的地方。他把东西放在头狼的“坟”上，用只有自己才听见的声音说：对不起啊！

孟和巴特抬起头，他在想怎样去把事情说清楚，并对付那些狡猾的狐狸。

（原载于2012年10月7日《南方日报》，入选《小说选刊》2012年第12期）

兔儿爷拜兔

在村里，吴老汉是公认的猎兔高手，人送外号“兔儿爷”。他善于追兔、套兔、打兔……栽在他手里的兔子不计其数。他家很少养猪养鸡，但却经常飘出肉香。不用说，那是兔肉的香味儿。

几十年前的一天，兔儿爷骑车外出。路过一片鱼塘的时候，惊起了一只在路边吃草的兔子。野兔慌不择路，"扑通"一下跳进了鱼塘。兔儿爷一看有门儿，急忙跳下车，跑到鱼塘边上去捉兔子。野兔这时正在鱼塘里拼命游水，水面上只剩下两只兔耳和一张兔嘴。兔儿爷见它往东游，他就跑到东边的岸上去等它，它又折返往西游，兔儿爷就跑到西边去等它。野兔东游西窜，最后筋疲力尽。它不顾一切靠了岸，被兔儿爷揪住耳朵抓个正着。好家伙，这野兔足有七八斤重，兔儿爷白捡了个大便宜，回去一家人美美地吃了一顿兔肉。

那时正是饥饿年代，这顿兔肉吃得兔儿爷满口异香，终生难忘。从此他就喜欢上了捉兔子。他当然不会像古代那个"守株待兔"的人一样蠢，每天到鱼塘边去等兔子。他开始钻研猎兔技巧，包括怎样瞄踪，怎样下套，怎样在雪天带狗出击，总之他成了兔子的克星。他家的孩子几乎都是吃兔肉长大的。

但是有那么些年，山上的野兔越来越少了。兔儿爷有时一两个月也吃不到一次兔肉，急得抓耳挠腮。没办法他就开始自己养兔子，主要供自家吃。但是他说，家养的兔肉怎么也比不上野兔的肉香。

这几年，封山育林见了成效，山上的野兔又多起来。兔儿爷不再养兔，他重操旧业，又开始进山猎兔。

可是兔儿爷突然发现，山上的兔子好像比过去聪明了许多，他以前总结研究出来的那些猎兔经验几乎都不灵验了。比如下套，过去只要找准野兔经常走的路径，放好用细铁丝做成的套子，一般都是十拿九稳；但是现在却往往白费心机。要命的是他已经老了，腿脚也没有过去灵便了，追兔子的活儿当然也干不了啦。兔儿爷经常望兔兴叹。

经过重新研究，兔儿爷又发明了用弓弩射杀兔子。他做的弓弩可以连发,使用起来比枪都方便,只要兔子被他瞄上,非死即伤。这样,兔儿爷就又可以常吃野兔肉了。

这样过了两年,兔儿爷家里的野兔皮又攒下一大堆。这天,他把野兔皮拿到集上去卖,竟然卖了个好价钱。兔儿爷高兴,就去饭店喝了几两小酒,然后唱着小曲,晃晃悠悠地往回走。他走过山冈,就对着山林大喊:兔子们,你们听着,你们就是爷爷我的肉囤子、钱匣子,你们要好好孝敬我兔儿爷!他走过当年捉到第一只兔子的鱼塘,又对着鱼塘喊:兔孙子们啊,你们往后要多多地往水里跳啊!喊完以后,他突然停住脚步,使劲揉一揉眼睛,他吃惊地发现,那口早已干涸的鱼塘中间,竟然有几只小兔子在蹦蹦跳跳。

兔儿爷真是喜出望外,也没多想就疾步奔了过去。说也奇怪,那几只小兔子不但不逃,反而蹦跳着向他迎过来。兔儿爷更高兴了,他张开两手往过走,嘴里不停地说着:哎呀,兔崽子们,你们好孝顺啊!就在他得意忘形猫腰要抓兔子的时候,冷不防屁股上被什么撞了一下,接着是一阵尖锐的疼痛。兔儿爷扭头一看,竟然是一只体型很大的兔子,正用一双红红的眼睛愤怒地盯着他;他伸手一摸,我的妈,屁股流血了!兔儿爷正想向大兔子进攻,屁股却又被撞了一下,又是一阵尖锐的疼痛。再回头,又是一只大兔子在虎视眈眈地看着他。兔儿爷大吼一声:你们难道还成精了!不顾屁股疼痛舞动拳脚欲打,没想到四面八方都有兔子冲过来,一起对他猛扑猛咬,兔儿爷一下陷入重围之中……

兔儿爷的酒立刻被吓醒了,他狂呼乱喊:来人啊,兔子成精了!只恨爹娘少生了两条腿,一路狂奔进村,直到跑进自家院子,兀自狂叫不止。人们看见他的裤子被撕开多处窟窿,还流着血水,急问怎么了,他比画了半天才把事情说明白了。大家不信,一起去鱼塘那里查看，发现鱼塘里明明有水有鱼。兔儿爷懵了：我的天，难道我刚才是在做梦？可我的屁股是啥家伙咬的呢？

兔儿爷突然冲着鱼塘跪了下来，三拜九叩，口中嘟囔不止。人们只听清了一句话：今后我死也不打兔子了。他站起身来的时候，大家发现他两眼赤红，两耳抖动，活像是一只老兔子精。

（原载于2012年9月2日《南方日报》）

泥鳅精

大林再次对女人说：你不要再去水潭那里洗衣裳了，那里真的有个泥鳅精呢。

女人就说：泥鳅精，它长啥样啊？

大林说：好多人都看见了，它有水桶那么粗，十几丈长。有时候它就从水潭里立起来，好像个黑橛子一样……

女人就撇撇嘴说：骗人吧，我怎么就没有看见过呢。

大林说：等你看见就晚了，真的。

女人说：好了，我知道了。可是这话说完还不到两个时辰，大林女人就又抱了一些衣裳，哼着小曲奔水潭那里去了。

女人走过百草滩，看见滩上又有人在开荒。

女人拐过小山嘴，看见山上又有人在砍树。

女人看见这些就像没看见一样，仍然哼着小曲往前走。前面就到了水潭。

水潭很深，深不见底；水潭很大，几亩方圆；水潭很清，浅水的地方可以清楚地看到水底的石头和游动的鱼虾。水潭就像一面大镜子,映出了蓝天和白云。女人走过来,她的身影立刻浮现在水面上。

可惜女人不懂得欣赏这些。女人把脏衣裳往潭边一扔,就朝水潭粗喉大嗓地喊起来:泥鳅精,你在吗?你敢不敢出来让我看看呀?

水潭静静,毫无反应。女人就像鸭子一样"嘎嘎"笑了起来,她又说:我说他们就是骗人吧。老娘才不信那个邪哩。女人接着就开始动作夸张地洗衣服。她看见洗下来的脏东西和肥皂沫一起一点点地往潭里渗,她说:泥鳅精,你也尝尝人是什么滋味嘛。

洗着洗着,女人觉得下身有点湿滑,低头一看,原来是每月一趟的东西来了。她站起来东张西望,在确信无人之后,她飞快地把底裤脱了下来,然后她也索性走到水里去,她一边洗底裤,一边泡澡,她把水面搞红了一大片。

当天晚上,女人对大林说:你往后别再跟我提什么泥鳅精了。如果有,也让老娘用红汤把它灌死了。说完又是一阵浪笑。当大林弄明白红汤是什么时,不由长叹了一声:作孽啊!你这样我们会遭报应的!

此后的好长一段时间,百草滩上的人们并没有遭到报应。大家仍是日出而作,日落而息,相安无事。不同的是百草滩已经全部变成耕地了,山上的树木也差不多砍光了。水潭仍在,只是比过去小了许多。大林女人仍去那里洗衣服。不但她去,村里的许多大姑娘、小媳妇都相跟着去,去了就闹得水潭像开了锅。

那天女人们又来水潭,她们把所有的脏衣服洗完以后,又坐在水边吃零食,把乱七八糟的东西直往水里丢。后来她们还觉得不过瘾,就跳进水潭开始疯闹,互相击水,把稀泥往身上抹,水潭

里的水被她们搅得浑浊不堪。天忽然就阴沉下来，水潭里的水似乎开始翻腾。女人们害怕了，她们慌忙爬上岸，慌忙往家走。路上猛一回头，她们真看见了一个巨大的黑橛子。

天啊，那东西上顶着天，下接着地，身躯旋转着正朝这边冲来。所过之处飞沙走石，大树连根拔起；在它背后，黑云正在聚拢，巨雷声声炸响。女人们吓得号叫奔逃，自称胆大的大林女人差点昏死了过去。

一连几日，百草滩暴雨如注，接着遭遇了百年不遇的洪水。洪水吞没了村庄、田野，吞没了人们这些年辛辛苦苦创造的一切，活着的人说这是泥鳅精干的好事。

百草滩从此不复存在。

（原载于《中国铁路文艺》2012 年第 4 期）

明星梦

终于有机会当演员啦！伟豪兴奋得几乎一夜没睡。

伟豪家住农村，他在报纸上看到电影剧组要招聘群众演员的消息，立即搭乘班车赶到市区，东打听西问才找到了剧组下榻的酒店。进去一看，前来应聘的人还真不少。报名、排队，等了一个上午，有个被称为“吴导”的大胖子才接见了他。吴导把他从头到脚看了一遍，点点头说：嗯，条件还不错，留下联系方式，回去等通知吧。那一刻，伟豪高兴得差点跳起来。

演电影，当明星，是伟豪从小的梦想。梦里，他不止一次成为万人仰视的明星大腕,那种滋味,可真叫一个爽歪歪啊!现在,终于就要“触电”了!伟豪回到家里,吃饭睡觉都把手机放在手边,生怕不能及时接到剧组的通知。等啊盼啊,一个月以后,伟豪终于接到了剧组的电话,要他第二天一早赶到一个叫作松坑的镇上去。伟豪在地图上查了查,松坑在市区的另一边,离自己家有六七十公里的路程。他计划好,先坐班车到市区,然后再打的到松坑。自己虽然收入不多,但是关键时刻还是要舍得花钱。舍得,舍得,有舍才能有得嘛!

天还黑着,伟豪已经穿戴一新,站在路边等车了。他一定要赶上第一班车,才能准时到达市区。还好,班车按时来了。车子开动以后他总是觉得开得太慢,他有时候还莫名其妙地担心,怕车子在半路上坏掉。谢天谢地,班车顺利抵达市区,他也顺利地拦了一辆的士。司机要价六十元,伟豪咬了咬牙答应了。他想,“六”和“路”相近,说不定自己的明星之路真的由此开始了。

找到剧组,就像找到了亲人。那个大胖子吴导却不问伟豪吃饭没有,立即指挥人给他化妆。人家给他穿上一身破军衣,又往他的脸上抹草木灰,在头上缠上绷带,一切忙完了,就让他去一棵树下耐心等待。伟豪发现和他一样打扮的还有不少。他明白这是要他们饰演伤兵,虽然是小角色,但毕竟能在电影里露脸啊。

整整等到中午一点多,大家饿得前心贴了后背,才有人给他们送来发馊的盒饭,让他们继续等。又等到晚上,才有人来通知,说是那场戏取消了,让他们回去。大家一听,纷纷骂娘。伟豪没有骂,也没有回去。他千方百计找到了那个大胖子吴导,满面笑容地向他诉说衷肠,并乞求说:吴导你看我大老远地为梦想而来,你怎么也要让我出一下镜吧。吴导正在和一个漂亮的女演员吃饭,不知被他感动了还是不耐烦,他挥挥手说:那你明天再来找

我吧。但是食宿问题你自己解决。

伟豪没在乎这些，他去买了一个面包，又喝了点自来水，然后就在镇上闲逛。一直逛到街上见不到一个人，他就在一个门洞里坐下，倚着墙睡下了。虽是夏天，后半夜还是有点凉，他就抱紧双臂使劲挺着。

第二天伟豪的运气还好，他穿上了一身日本军官的衣服，真的出镜了。戏里，他在接受一个更高级别军官的训斥，那军官先是左右开弓给他两记耳光，然后呜里哇啦一阵喊叫。他两腿并拢，不断低头弯腰，嘴里喊着：嗨、嗨！这场戏一共拍了四遍，伟豪共挨了八记耳光，而且一次比一次打得狠，最后他的嘴都被打出血来。但是伟豪什么也没说，他觉得搞艺术就是要有点牺牲精神。拍摄结束，大胖子吴导（伟豪这时才知道他只是个导演助理）走过来，拍了拍他的肩说：演得不错，去财务领劳务吧。伟豪兴冲冲去了，一签字才知道，只有五十块钱。

伟豪一年以后才看到那部电影。尽管他和家人瞪大眼睛，从头至尾却怎么也找不到自己的脸。和他有关的只有一个背影，一动一动地在“嗨、嗨”！

（原载于2012年7月30日《羊城晚报》，入选《意林》2012年第9期）

老照片

古镇上出现第一个照相师傅时，慈禧老佛爷还没死。这老东西看见火车，连叫“妖怪”。那个高鼻子蓝眼睛的“老外”就是在这个背景之下来到古镇的，他也带来了一个“妖怪”——一个黑匣子。这匣子会“砰砰”地起火冒烟，发出刺眼的镁光。“老外”看见古镇的美景，一边摇头晃脑地喊“OK”，一边拿着它东扫西瞄。那黑家伙咔嚓咔嚓地响着，仿佛要把整个古镇吃进去。古镇人惊慌失措，人人避之犹恐不及。只有小五子他太爷不怕。他主动上前跟“老外”搭讪，还为他充当向导。“老外”就用生硬的中国话给他讲照相的道理，还教他如何冲洗照片。

“老外”在镇上住了几日，一个可怕的谣言开始到处流传。都说那黑家伙会抽人血，说如果给那家伙照上，你的灵魂就会被“老外”带走。镇上的几个头人一商量，这天夜里，一伙蒙面人便冲进“老外”的住处，把他痛打至死。在混乱之中，小五子的太爷机智地取走了“老外”的照相机，把它藏了起来。

过了些年，小五子的太爷开设了古镇第一家照相馆。他除了给人照相以外，也喜欢像那个“老外”一样到处去拍摄，把许多珍贵的历史镜头定格下来。接着，小五子的爷爷子承父业，也积累了许多古镇的老照片。到了小五子爸爸这一辈，情况有点不妙，因为一场“红色风暴”席卷而来。

这个时候，小五子他们家的老照片已经分门别类地堆满了

一间屋子。小五子当时只有十几岁，他经常偷偷潜入这间屋子，翻看那些老照片。照片上奇异的风景和人物，给他留下了深刻印象。

忽然就有人说他家里藏满了“封资修”大毒草。小五子的妈妈非常害怕。这天她乘小五子的爸爸不在家，就让小五子协助她搬出一捆捆的照片，用它来点火做饭。正烧着，小五子的爸爸回来了。他一看，撕心裂肺一声大叫，一脚踢翻了正在烧火的小五子，又把做饭的老婆暴打一顿。晚上，爸爸召开家庭会议，小五子似懂非懂地听爸爸说：这些老照片记载的就是古镇的历史，价值连城。咱家的人就是丢了性命，也要把它们保护好。

当天夜里，小五子在迷糊的状态下感觉到全家人一起行动，好像在转移那些老照片。搬到后半夜才消停下来。天亮后造反派就冲进他家，横冲直撞到处搜查，可是一无所获。全家人一口咬定：老照片已经全部烧掉了。造反派不信，就把爸爸抓走了。他们批斗他、甚至拷打他，可他就是一句话：照片烧了。

接着，镇里当年“老外”下榻的龙王庙就开始闹起鬼来。不止一个人看到，每到夜深人静之际，那个“老外”就从龙王庙里走出来，他手里端着照相机，在镇上到处飘荡。有人甚至听见他用生硬的中国话喊：还我的命来，还我的照片来！鬼影后来居然飘到造反派头头家的窗前，他叫：你不是要老照片吗，我给你送来了，你出来拿啊！吓得头头一家险些窜稀。古镇一时充满了恐怖的气氛，一到天黑，家家关门闭户，人人自危，造反派们再也不敢提老照片的事情了。

奇怪的是随着“文革”结束，鬼也不再闹了。又过了几年，小五子的爸爸因病去世。临终，他把小五子单独叫到身边，郑重交代了一件事情。小五子涕泪滂沱，连连答应。

时光流逝，当小五子即将成为老五子的时候，国内外一批又一批的有钱人不断光临古镇，纷纷以高得令人咋舌的价格来找他收购老照片。但是小五子要么说没有，要么说不卖。后来他说，照片不属于他一个人，他在等待最早一批老照片主人的后代到古镇来。

终于有一天，有一对高鼻子蓝眼睛的外国人来到了古镇。经过反复考察询问，小五子最后确信他们就是当年那个“老外”的后人。小五子带着他们来到龙王庙后院的一个储藏室，打开门，首先映入眼帘的是一张桌子，上面摆放着一架相当古老的照相机，还有一套外国人的衣服。小五子指着这些东西说：这就是你们的先辈留下来的。小五子又用手摸着那套衣服说：这套衣服的料子很好，这么多年都没有坏。家父还曾穿着它装鬼，保证了老照片的安全。

走到储藏室里边，就看到了一捆捆、一箱箱早已发黄的老照片。小五子找出其中的一箱说：这就是你们的先辈最早拍摄的老照片了。两个年轻的外国人手抚这些东西，唏嘘不止。

双方协商的最后结果，是把老照片全部无偿捐赠给当地政府。政府在古镇建立一个展览馆，整理展出全部老照片，并为外国人汤姆逊和中国人赵据（小五子的太爷）、赵汗青（小五子的爸爸）在展览馆里塑蜡像。

展览馆投入使用那天，小五子和那两个“老外”不断在现场合影留念。他说：再过一百年，这也会变成老照片的。

（原载于《小说月刊》2012 年第 10 期，入选《小说选刊》2012 第12 期）

2013年

三

大力王

据说大力王的力气是关公爷给的。小时候的一天，大力王在关帝庙里睡着了。他梦见关公走过来，说孩子，你给我掏掏耳朵，我给你一臂之力。他醒过来，便爬到神台上去看关公的耳朵，果见里面住了一只蜘蛛。他把蜘蛛掏出来踩死，立刻觉得浑身增添了无穷力量。出得庙门，一下子举起了门前的石狮子。

这说法真实与否无从考证，但凡见过大力王的人，都能讲出他的几段故事。

首先，大力王的媳妇便是他凭力气“抓”来的。那一年，街上来了一对卖艺的兄妹。哥哥指着妹妹说，谁能把她从地上抓起来，便可以把她领回家。否则，就交二两银子。

众人看了那女子，齐声喝彩。真是柳眉杏眼，千娇百媚。她在腰上扎了一条宽大腰带，当然是供人们抓举用的。立刻就有一些后生上前去试，但那女子不知是用了什么办法，两脚就如在地上生根一般，任你有九牛二虎之力也无法撼得动她，眼看一个又一个好汉败下阵来。就在这时大力王来了。

大力王本是路过这里，众人有认识他的，便一齐撺掇他上前去试。大力王上了场，从后面抓住了女子的腰带，似乎只是轻轻地一提，那个女子便离开了地面，再一用力，竟把她举过了头顶。在欢呼声中，大力王理直气壮地把女子领走了。

大力王虽有力气，但生活却不如意，不过是个赶大车的“老板子”。尽管如此，他也一样与众不同。一次他赶车拉脚，荒野里碰上一个野和尚，拦住车马不让走。和尚把脑袋搁在车辙上，说：想走，就从我的脑袋上压过去。他还说，洒家的脑袋是铜的，不怕压。

大车就这么一辆一辆被拦在路上，谁也不敢过。大力王说，看我的。他让另一老板子替他赶车，他则站在野和尚跟前，眼看车轮就要压上和尚头了，却见大力王猛地上前，“嗨”的一声，竟将一边的车轮提离地面，悬空着从和尚头上过去了。和尚一看，说了声：你乃真神也。爬起来灰溜溜地跑了。

后来，日本人侵略中国。为显示大和民族的强大，这年他们从国内请来一些相扑运动员，在城里进行表演。那相扑队员就穿着一小块布条，浑身赘肉，一个个恰如肥牛一般。他们自己练着不过瘾，便通过翻译向人群挑战。众人看他们一个个如狼似虎，当然无人敢应，日本人便不断地嘲笑中国人。

有人想起了大力王，就飞跑去找他。这时的大力王已有四十岁了，他听了摇摇头，不愿去惹麻烦。这时又一人跑来，报告说日本人把一个上台的中国人给摔死了。大力王听了，脸色陡变，骂了一声：狗娘养的！就推开拦挡他的当年抓来的媳妇，一路奔街上走去。

大力王见那日本人精赤条条，知道不好下手，就叫人上前去说，能不能穿衣服比赛。日本鬼欺中国无人，竟答应了。大力王便迈开大步走上台去。

日本相扑队员依仗自己膘肥体壮，上前猛扑大力王，大力王顺势抓住了对方的衣服和腰带，两人搭着架子走了两趟，大力王突然一发力，“嗨”的一声，便将那日本相扑队员抡了起来，一圈圈地抡了十来圈。一松手，那家伙“扑通”便栽到台下去了。大力王拍拍手，纵身一跳，便消失在欢呼的人群中。等日本人醒过神儿来，哪里去找大力王！

大力王随后便隐居去了乡下。日本人到处找他也没有找到。大力王重新现身，是在新中国成立以后。有一天，一个村庄里发生了一起惊车事件。这时，一位老汉正在树下哄孙子。看见惊马拖着车狂奔过来，但见这老汉一手把孙子往腋下一夹，噌噌几步冲上去，一手便从后面拖住了马车，再看那马，任怎么嘶鸣咆哮，车也纹丝不动。众人赶来制服了马，一齐惊叹老汉的力气，但此时却听见老汉撕心裂肺一声痛叫，原来，腋下的小孙子也被他夹死了。

大力王就那么抑郁而死。

（原载于《小说月刊》2013 年第 7 期）

老倔和他的小山羊

老倔做事就是和别人不一样：人家现在都讲究玩猫遛狗，养鸟赏鱼，可他偏偏养了一只小山羊。

老倔把小山羊侍弄得非常漂亮：他给它做了一个笼头，上佩红缨，下缀铃铛，再配上小山羊的犄角和它的胡子，嘿，简直神气得不得了。老倔走哪把小山羊带到哪，往往还没见到人影，已经听见小山羊清脆的铃铛声了。

老倔的小山羊是从乡下亲戚家里要来的。刚来的时候才一点点大，老倔天天给它喝奶粉，后来又喂它豆面，再后来就骑车出城去给它割青草，一转眼，小山羊就长大了。老倔给它起了个好听的名字:小白。

老倔这人从小就倔,他认准的理儿八头老牛也拉不回。他非常喜欢和人较真,动不动就说:我就不信那个邪哩!就为这,他在工厂提前下岗了。下岗后他曾经到街上去炸过油条。有人告诉他,你炸油条要往面里放一点洗衣粉,这样炸出的油条漂亮好卖。不想他却把人骂了一顿。他说:往吃的东西里放洗衣粉,你是想让我缺德损寿啊!他坚持用好面好油炸油条卖。结果呢,他炸出的油条就是没人家的好看,买的人也不多。他炸一个月油条,赔了好几百块。后来他又去倒腾蜂蜜。人家卖蜂蜜,那是真真假假,往蜂蜜里头使劲掺糖。也有人告诉老倔掺糖的办法,可是老倔又说:糖是糖,蜂蜜是蜂蜜,我就不信人家分辨不出来。他坚决卖百分百的纯蜂蜜,还做了个大大的牌子写上:货真价实,假一赔十。可是买蜂蜜的人看看他的牌子,笑一笑说:你挺能忽悠啊!结果又赔了个底儿掉。

好在他的儿子研究生毕业,在深圳找到了工作,工资相当高。儿子对他说:爸你就别折腾了。你就在家颐养天年吧。老倔就在家里养起了小山羊。

人说谁养的动物随谁,这话还真有点道理。老倔这只小山羊,表面看上去挺温顺,可是如果你招惹它,它就会顶你没商量。而且它还特别会听老倔的口令,如果老倔看谁不顺眼,说声,小白,顶他!小山羊就会把头一低,身子一纵一纵地冲过去,一头又一头地撞你,只要老倔不喊停,它就会追着你撞个没完没了。

有小山羊陪伴,老倔的日子显得生动而平静。夏天的时候,老倔早早地就起来了,带着小山羊到城外去。他锻炼,小山羊吃草。等小山羊吃饱了,老倔就带它回城,直奔市场,买一天吃的菜。老倔和小山羊每天都是市场的一道风景。老倔会把一些不太

重的东西搭在它的背上，他在前面走，小山羊在后面颠颠地跟着。红缨耀眼，铃儿叮当，满街的人都笑着对他们指指点点，老倔非常得意。

这天，老倔去买牛肉。他左看右看，牛肉好像不对劲。摸一把，湿淋淋的满手是水。老倔就说：卖肉的，你这牛肉是注水肉吧？卖肉的就不高兴了：你买就买，不买拉倒，乱说什么呢！老倔说：我怎么是乱说呢！不信你让大伙过来看看，你这肉都要流出水来了。哎，大家过来看啊……老倔一喊，卖肉的慌了，他连连向老倔作揖：你是我祖宗你别喊了。我实话告诉你，这肉我也不想卖……卖肉的在老倔的耳边嘀咕了几句，老倔听明白了：市场的牛肉给人"霸"了，所有的牛肉必须去一个叫老黑的人家里去批发，据说老黑手眼通天，黑道红道通吃。

一股冲天大火就在老倔的胸膛里熊熊燃烧起来，他的倔劲一下子就上来了，大声骂道：这清平世界，朗朗乾坤，还没王法了呢！你打电话把他叫来，我看他杂种到底是三个鼻子还是六只眼！卖肉的打了电话不一会，市场外就来了一辆高级轿车，车上下来一个黑胖子，还跟着一个文了身的年轻人。黑胖子老远就喊：是谁在跟我叫号呢，也不去打听打听大爷我是谁！老倔斜眼看着他，见他走近了，就喊：小白，顶他！往死里顶！小白得令，将身一纵，箭也似的冲过去，嗵！对准黑胖子的肚子就是一头。黑胖子猝不及防，立刻来了个四脚朝天，满街的人一阵哄笑。黑胖子刚想爬起来，小山羊又一头撞过去，黑胖子惨叫一声，原来小山羊这下正撞在他的脸上，给他来了个满脸蹿花。那个年轻人急忙冲上来踢小山羊，小山羊掉头对他又是一阵乱撞，吓得那家伙东躲西藏……

在众人的喝彩声中，老倔喊住了小山羊，他对黑胖子说：这回你知道你自己是谁了吧？我现在就去工商局告你，老子就不信你那个邪！

老倔带着小山羊得胜而去。

（原载于2013年11月17日《南方日报》）

都市狼嗥

嗷——呜——！凌晨两点多钟，那该死的嗥叫声又响起来了。

阿威一下被惊醒，他拿起手机拨号，连拨两遍无人应答。他嘴里一边说着怎么搞的，不是说好了吗？一边穿戴利索，手提一条提前备好的大棒，“蹬蹬蹬”冲下楼来。无论如何，今天也要给那个每天深夜嗥叫的家伙一点教训了。

阿威家住城郊，小区的后面就是一座大山。这地方远离城市的喧嚣，颇有世外桃源的味道。阿威当初选在这里买房，主要是图便宜，还有就是清静。可是这些天来，每到夜深人静，那类似狼嗥的声音就会响起，让人毛骨悚然。小区的业主们白天议论纷纷，天黑却都关门闭户，没有一个敢出来察看。起初，阿威也忍着，但是新婚妻子却和他闹起来，骂他买的什么破房子，一生气竟然回了娘家。武警出身的阿威气不打一处来，他恨死了这个令人讨厌的声音。他分析了声音的来源，确定那家伙就在山上。你等着，老子来跟你算账！

嗷——呜——！那声音依然在叫，而且在楼外听得更加清楚。阿威走到小区门口，看见两个保安缩在保安亭里发抖。他冲他们喊：走，跟我打狼去！两个保安连连摇头，面露惊恐之色。阿威呸了一声，脚步轻快地跑出去。

昨天下午，阿威搭本单位唐副局长的便车回家，路上说起了这些天山上狼叫的事情。不想唐副局长居然一脸的惊讶：怎么我没有听到呢？我住的小区比你更靠山啊！阿威看了一眼唐副局长，神态不像是装的。他转业到局里工作的时间不长，对唐副局长的印象是这人比较能装。他凡事都喜欢和稀泥，当老好人，人送外号"糖稀"。也正因如此，他在副局长的岗位上都干了十几年了，成了一棵小老树，据说最近又有一次提拔机会失掉了。阿威就邀他同去打狼。唐副局长竟然爽快地答应了：打狼？好啊！正好出口恶气。到时你给我电话吧！结果呢，嘁！

阿威沿着山路时跑时走，快速向山顶接近。嗷——呜——！声音越来越响，好像就在头顶上盘旋。近了，更近了，阿威的心开始狂跳起来。有一瞬间，他想掉头回去。是啊，狼叫就狼叫呗，打扰的又不是你一个人，别人都不管，你为什么要管呢。如果让狼咬死了怎么办？阿威的脚步慢了下来。

嗷——呜——！狼依然在叫，三两分钟一声，好像在向阿威挑战。阿威的倔劲儿又上来了：奶奶的，我就不信你这个邪，今天老子非要弄清楚你是个什么东西不可。本来嘛，这大都市的边缘怎么可能有狼呢！前一段网上说什么地方打死了一只狼，可后来又说那是一条狗……再说真的是狼又有什么可怕。阿威在武警部队的时候，有一次去原始森林执行任务，一个人曾经和三只狼遭遇，结果逃跑的是狼而不是他。他妈的，今天让你见识一下武警战士的厉害。

嗷——呜——！狼还在叫，好像近在咫尺。阿威弯下腰，两手握紧大棒,蹑手蹑脚向发声的地方接近。看到了,看到了,一团黑影伏在地上,伸长脖子,正在向着夜空狂嗥。声音凄厉悠长,如泣如诉。每叫完一声,黑影就会停下不动,仿佛在倾听山谷和城市发出的回声。我让你叫!阿威在嗓子眼里吼了一声,他将身高高腾起,手中的大棒挟着千钧之力直向黑影劈去……

但是大棒却在半空停住了,因为那黑影突然像人一样站了起来。阿威借着微弱的星光仔细看去,真的就是一个人啊!那是一个男人,他东摇西晃的,好像是喝醉了酒一样;再仔细看,他竟然只穿睡衣,嘴里好像在嘟嘟囔囔地说着什么,随后他开始步履蹒跚地下山。山下的灯光漫上来,阿威看清那人的脸时差点惊叫起来:那不是唐副局长吗!

这到底是怎么回事呢?阿威在他的身后慢慢地跟着,并且轻轻地喊了两声,但是唐副局长却一点反应都没有,直管摇摇晃晃地往前走。闹了半天,装神弄鬼的却是你。你一个堂堂副局长,一个大家公认的好好先生,为什么要这么干呢!唐副局长继续摇晃着往前走,忽然停住,就在路边躺下,发出沉重的鼾声……

什么都明白了!明白以后的阿威心里却更加犯堵。他在唐副局长的身边站了一会,左思右想,突然也发出了一声凄厉的嗥叫。再看地上那人,竟被一下子惊跳起来……

(原载于《当代小说》2013 年第 11 期)

大雁，大雁

砰——！枪声骤然在河边响起。枪声伴随着一股蓝烟袅袅升腾，仿佛风暴冲击着河水，也冲击着芦苇和孩子们的耳膜。正在河对岸饮水的二十多只大雁，好像被风暴刮得一愣，随即扑棱棱飞起，却有一只突然歪歪斜斜跌落尘埃……

这几天，我的脑子里老是重复出现这个场景——我小时候亲身经历的一个场景。这是为什么，是因为老板让我去把伟子的事情摆平吗？

我们全村二十多人来这座城市打工已经一年了，我们都在这家合资厂的流水线上做工。我因为比较有文化，成了线长。一个月前，伟子的一只手被机器绞断了，我正在帮助他向老板讨说法。

老板说：你如果不带头闹事，再把受伤的人摆平，我马上升你为主管，工资翻倍。

我感觉，我们就像河边那群饮水的大雁，而伟子，就像中枪的那个倒霉蛋。

砰——！枪声骤然在河边响起。站在河边的几个光屁股孩子看见有大雁掉下来，竟然一齐欢叫起来。他们随后像弹簧一般跃起，只听噼里扑通一阵乱响，他们已经越过浅浅的河水，一齐扑向了那只受伤的大雁。大雁并不甘心束手就擒，它贴着地面飞速跑动,左突右奔躲避着孩子们的追击……

我对老板说:我们不会闹事,你按《劳动法》执行不就行了?

老板不耐烦地打断我的话:这样我还找你干啥?你去给他说,医药费我报,再一次性给几千块钱,让他签个协议,马上回家,永远别来找我。

老板拉开抽屉,拿出一万块钱扔给我:这个你先拿着,是活动费。你可以请你们那伙人吃饭喝酒,一起劝他嘛。我说话算数,他走人,你升职!

我感觉,我们就像河边饮水的那群大雁,而老板,就是那个手持老铳开火的猎人。

砰——!枪声骤然在河边响起。一群孩子光着屁股,拼命追赶着那只受伤的大雁。也不知道追了多久,大雁终于跑不动了,孩子们一点点缩短着和它的距离。

我把钱拿在手里,感觉这钱有点烫手。我说:我去试一下吧。

晚上,我又去医院看望伟子。我把那一万块钱放到他的面前,我说:伟子,老板答应给你报药费,先补偿一万,出院签个协议再给几千,你看行吗?

伟子看着我,又看看那一万块钱,他说:哥,我的手残废了,我一辈子都完了。难道就值这点钱?你今天怎么和每天说的不一样了……

我无言,拿上钱往外就走。伟子在后面喊:哥,你要替我做主啊!

我感觉,伟子就像那只逃命的大雁,而我,正是追逐他的帮凶。

砰——！枪声骤然在河边响起。大雁精疲力竭，最后钻入一堆草丛。孩子们一拥而上，把它按住了。大雁拼命挣扎，甚至转过头来，用嘴来啄孩子们的脸。但是它太弱势了，又受了重伤，它的一切反抗都是徒劳的。孩子们蹚过河水，把大雁交给了猎人。猎人接过大雁，把它的脖子一拧，往自行车的后架上一放，飞身上车，哼着小曲就走远了。他连一句感谢的话都没有对孩子们说。孩子们呆呆看着他的背影，一个个悔青了肠子……

伟子打电话给我，他说：哥，不然算了，不让你为难了。就按他说的办吧。我是鸡蛋，人家是石头，咱斗不过人家啊！

我说：伟子，别急，再让我想想办法。我说着，突然感觉口袋那儿一阵火烧火燎。我知道，是钱在作怪。如果我拿了这一万块和别的好处，此生还会安宁吗？

我感觉，伟子就像那只被拧断脖子的大雁，而我，就是那发傻的孩子。

砰——！枪声骤然在河边响起。河边的几个孩子没有去追受伤的大雁，他们一起扑向猎人：你杀害野生动物，你站住！猎人就像兔子一样拼命逃窜……

我来到老板的办公室，我把那一万块钱放回他的面前。老板直视着我的眼睛：怎么，你不想当主管了？我说：我不想对不起自己的伙伴。老板冷冷地说：你真没出息！你走吧，我会另想办法！我说：你唯一的办法就是执行《劳动法》。

我感觉，我又重新回到了当年的河边，我和伙伴终于洗刷了当年的污点。我仿佛听见，一群大雁正在我的头上欢叫……

（原载于《啄木鸟》2013年第九期）

藏獒的最后时刻

杨军第一百零一次痛下定决心，一定要处死阿彩。

杨军为阿彩准备好了最后的晚餐，上好的牛肉，外加火腿。他拿着这些东西来到狗舍，想最后送阿彩一程。

听到他的脚步声，阿彩发出一声欢快的低吼，摇动尾巴表示欢迎。杨军拍了拍阿彩巨大的头颅，放下手里的东西说：快吃吧阿彩，吃饱了好上路。阿彩似乎很警惕地看了他一眼，又低头去嗅食物。杨军心里一紧，赶快又说：没事儿，放心吃吧！阿彩又看了他一眼，大概没发现什么疑点，就开始大口吞咽起来。

看着阿彩身上那秃一片癞一片的皮毛，杨军心里就像有一把刀在拉锯。几年前，阿彩和阿发刚来的时候是何等的威风凛凛。这两条藏獒，是杨军花了血本从兰州买回来的，买回来的目的就是要它们繁殖后代，他想靠卖小藏獒赚钱。但是人算不如天算，杨军什么都算到了，就是忘了算南方的天气。公狗阿发来了以后对异性彻底丧失兴趣，不到一年就一命呜呼。接下来，杨军把所有的希望寄托在母狗阿彩身上，照料它就像照料新婚妻子。好歹阿彩有了发情迹象，杨军便通过空运送它去兰州配种。阿彩终于产下六只狗仔，杨军高兴得就像喜得贵子。但是还没等他乐几天，六只小藏獒就死的死，亡的亡。杨军欲哭无泪。本以为留得青山在，不愁没柴烧，没想到阿彩却又闹起病来，生疮长癞，遍请狗医都治不好。杨军对阿彩终于彻底失去了信心，他开始让老婆

对阿彩暗下杀手。几次往狗食里下毒，但是藏獒真的是太聪明了，有毒的东西它就是不吃……

现在，杨军摸了一下口袋里的一支针管，心里在盘算什么时间下手。他的目光在阿彩身上逡巡，寻找着合适的部位。不想阿彩这时已经吃完，猛抬头看着杨军，感激的目光在一瞬间就变成了仇怨。杨军心里一跳，不出声地说了句真精，脚步趔趄，匆忙离去。

这一夜，杨军老是在自家院里徘徊。他不想睡觉，也睡不着。他的眼前老是闪现着阿彩哀怨的眼神。藏獒这东西，他养了以后才知道有多么聪明，对主人有多忠诚。从感情上来说，他实在不愿意处死阿彩。可是现在，他又实在没有能力再养它。而且他已经把狗舍卖给了别人，明天就来交接。这已经是他最后的机会了。

后半夜，杨军脚步沉重地来到狗舍，与阿彩隔着栅栏对望。他发现，阿彩的眼睛忽然变红，好像充了血。他开门进去，想察看一下怎么回事，不想阿彩却躲避着他，口中呜呜有声。他想到了口袋里的针管，就把它取出来放到墙头上。立刻，阿彩就亲热地扑过来，围着他撒欢蹦跳。他蹲下身，抚摸着阿彩的脑袋，喃喃地说：阿彩啊，我实在是没有办法啊！他感到自己的鼻子酸酸的，好像就要哭出来。阿彩立刻伸出舌头，开始舔他的脸。狗嘴里的气味还有它身上皮肉腐烂气味冲进他的鼻孔，他赶快站了起来。

阿彩，一千个一万个对不起，今夜你必须得死。为了你我已经从一个中产阶级变成了无产阶级，你不死，我就得死了。你再睡会儿吧，等会我来给你打针。放心，这是安乐死，保证你没有任何痛苦。

杨军走回自己的屋子，看见老婆孩子都睡得像死人一样。他倚在沙发上打盹儿，不想竟然睡着了。不知什么时候，他被一阵巨大的吼声惊醒。睁开眼，发现阿彩拖着半截铁链，正在他的面前凶猛地狂吠，血盆大口张开，巨大的身影仿佛泰山一般向他压来。杨军惊叫一声，第一个念头就是阿彩来找他拼命了。他立刻跳起来，从口袋里掏出针管，不管三七二十一就朝阿彩的身上扎去。阿彩好像并不躲避，继续狂吼。这时老婆孩子也惊醒了，冲到客厅里来打狗。阿彩转身朝门外逃去，一家人手持各种器械追了出来……

强烈地震就是在这个时候发生的。等一家人明白过来，他们的房子已经土崩瓦解。他们都呆呆地站着，就在余震中呆呆地站着。

阿彩！杨军忽然大叫了一声。这时候他们才发现，阿彩身上带着针管，它倒在地上，已经奄奄一息了……

（原载于2013年5月26日《南方日报》，获2013年度中国微型小说优秀作品奖）

传统爱情

年轻人，你懂什么叫作传统爱情吗？我给你讲两个故事，你就明白了。

第一个故事，是我亲身经历的。那时我还住在赤峰，楼上的邻居是对老夫妻，老头八十五岁，老婆八十三岁。按理他们都已耄耋之年了，应该安静生活才对，可是我经常听见他们在楼上吵架。吵什么听不清，摔盆砸碗的声音却听得清清楚楚。

怪哉！他们到底为什么吵架呢？有一天谜底揭开，我简直被“雷”得目瞪口呆——他们居然为了爱情吵架。

那天，他们的战火终于烧到了屋外。我听见楼道里有人吼叫，还听见拐杖砸得楼梯当当地响。从猫眼往外一看，只见老汉费劲地挪下楼来，每下一个台阶都很困难。他喘着粗气，脸上写满痛苦。

出于尊老爱幼的考虑，我急忙出门相扶，并劝老头回去。老头耳背，但还是明白了我的意思，他竟站在那里，像见到亲人似的哭起来。他对我说：“我……我丢人了！”

这使我愕然，不知他如此高龄，会有什么丢人的事情发生。急奔楼上敲门，请老太太出门相劝，却听见老太太在屋中狠狠道：“让他走吧，让他走吧！这个老不正经的东西！”复敲门，请求接见，老太太却道：“孩子，我知道你是好心，你要进来事儿就更大了。”

这真叫人发懵。后来还是妻子聪明，给他的儿女打了个电话。这时我们才知道，竟然是老头怀疑老太太“出轨”！那天老太太一个人上了阳台，往外多看了几眼，老头便勃然大怒，质问老太太在看谁等谁……

这真是让人喷饭的事情，但在捧腹之余，你不觉得这也是件很美丽的事情吗？

第二个故事，是一位厅级领导讲的，他说这是他的领导的真实故事，可见这个故事的主人公层次有多高。

领导退休多年，和老伴相濡以沫。每天的黄昏时分，是他们固定的散步时间。这天他们又散步，老伴突然问他：“喂，反正我们都这么大年纪了，你老实给我说，你年轻的时候那么帅，又当官，你就没有背着我搞个婚外恋什么的？”

领导一想也是，反正都七八十岁了，应该把心里的秘密告诉老伴了。都隐瞒一辈子了，再隐瞒下去说不定没机会说了。于是他就说道：“我要是说了，怕你受不了。”老伴笑道：“有什么受不了的，就怕你没有。”领导就说：“还真的就有一个。那年我在沙市当书记，和你两地分居，机关里有个女孩子，积极主动来照顾我的生活，结果那天夜里她就赖在我的房间里不走了……”

领导看着远处，仿佛走进自己的回忆之中去了。他没有注意到，身边的老伴已经脸色煞白。

“那你们……上床了没有？”老伴的声音都变了。

“上……上了……就一次。哎呀你怎么了？不是你让我说的吗？你看你！”

“没什么，真的没什么！走，我们回家吧。”老伴说着，掉头往回就走。领导只好在后面追赶，他知道这回大事不好。果然一进门，老伴抄起暖瓶砸的一声就摔在地上，然后指着领导的鼻子骂道：“你这个没良心的东西，我一辈子对你那么好，你居然背着我做这种事，还瞒了我这么多年。天啦，我可怎么活啊！”

老伴从此一病不起，没有多久就撒手人寰，临死她都没有真正原谅领导。而这位领导呢，终日都生活在悔恨之中。没过几年，竟也驾鹤西去了。谁也想不到，一对恩爱模范夫妻，结局竟然如此悲惨，真是令人唏嘘。

喂，我说到这里，你悟出传统爱情的真谛了么？

（原载于2013年1月13日《南方日报》）

错　位

魏局从会场出来，一路上头昏脑涨。他知道，自己的血压肯定又升上来了。

魏局心情不好，绝对不是因为刚才的会议上正式宣布他卸任退休，而是因为组织部宣布的他的继任者和他的想法大相径庭。黎青，他怎么能当局长呢！

这几年来，他一直都在悉心培养于柳成。于柳成担任副局长多年，老成稳重，踏实听话，让他接班自己还可以继续遥控指挥。可是黎青呢，能力是有，但这家伙总喜欢别出心裁，动不动就要搞什么创新。这么不稳定的人，让他继续当个副手还算勉强，让他执掌大权，不把单位搞乱才怪。

错了，组织部肯定是搞错了！当初他们来征求自己意见的时候，自己明明是充分表达了意见的啊，难道他们没有听清楚？如今木已成舟，今后该如何面对于柳成？人家还以为你根本就没有替他说话呢！还有黎青，他今后不报复你这个下台局长才怪。早知如此，还不如当初大力推荐他呢……

魏局迷迷糊糊走进家门，没想到迎接他的却是惊天动地的吵闹声。他定睛一看，却是自己的两个女儿战在一处，互相扯头抓脸疯狂对骂。老伴被夹在中间，早已哭成了泪人。魏局手指她们喊了句什么，竟眼前一黑轰然倒地。

魏局醒过来，发现自己已经躺在床上，只有老伴在他身边嘤嘤哭泣，两个宝贝女儿已不知去向。魏局活动了一下四肢，发现并无大碍，这才开口问道：她俩刚才是怎么了？简直太不像话了。

老伴擦了擦眼泪说：是为迈克。迈克不知怎么忽然相中咱家老二了，老大说老二横刀夺爱，不知羞耻。

哦？魏局嘴巴大张，半天没有回过神来。

这又是一件他意料之外的事情。魏局的两个女儿，外人谁看谁说绝非同一父母所生。老大面容秀丽，身材高挑，加上家庭背景，人人都说她是典型的白富美；而老二呢，用三个字来形容，就是黑矮丑。魏局两口子经常互相指责对方遗传基因不好，担忧这个老二将来嫁不出去。可是那个堪称高富帅的美国青年迈克，怎么竟然放弃了相处已久的老大而选择了她呢！错了，这肯定又搞错了。

魏局想了半天，还是没想明白。他又问：这个迈克不是在和我们开玩笑吧？

怎么会！老伴说，迈克上午到咱家正式向老二求婚了。还说今晚上请我们全家去五星级酒店吃饭。他刚走，老大就和老二打起来了。

魏局喃喃地说：这个老外，他的脑子没进水吧……

整个下午，魏局都躺在床上。他的脑子完全被单位和家里发生的两件事搞乱了。他想理清头绪，却越理越乱，最后他觉得整个世界都乱了。他不断地摇头叹气，反复问着自己：难道你真的老了，看人看事都不行了？

一会儿，出去侦察的老伴回来了。她的脸上带着莫名其妙的笑容，进门就说：我托人去问迈克了。你猜他说什么？他说他就是觉得老二漂亮。老大皮肤白不假、个子高点也不假，可是她能白过高过他们白人吗？要是那样他就不在中国找老婆了。你看，这

就是人家说的萝卜青菜,各有所爱。好了,快起来吧,我们准备赴宴去。

魏局的脑子忽地一闪, 似乎一下找到了今天两件事之间的某种联系,可是没等想清楚,偏偏老伴又叫起来:你看我穿什么衣服去好啊?魏局随口说:你就挑你最喜欢的穿呗!说完这话,思路便断了。

过了好久,老伴从衣帽间里走出来。魏局一看,差点昏过去。原来,她竟然穿了那件他平时最不喜欢看到的连衣裙,紫不溜秋的颜色,古古怪怪的样式,紧绷绷地箍着她那早已发福的身子,使她看上去活像一个大圆球。

你看怎么样,漂亮吧? 老伴兀自旋转着身子,不无自豪地炫给他看。

天哪! 魏局长叹一声,接着他狠狠地说:错了,都错了!

(原载于 2013 年 9 月 16 日《文学报》)

第十一大元帅

别看我们小镇地处偏远,却出了个第十一大元帅。

此人姓张名彪,由部队转业到地方工作。这张彪,生得膀大腰圆,说话粗喉咙大嗓,性格异常暴躁。他文化不高,心气却非常高, 一般人他根本就不放在眼里。他最崇拜的人是开国十大元帅,而十大元帅中,他最崇拜林彪。这倒不是因为他和林彪同占一个"彪"字,而是因为他出身四野,属于林彪部下。据他自己说,他还亲自给林彪当过几天警卫员哩。

那正是个人崇拜疯狂至极的年代。张彪家里除了悬挂领袖相，就是悬挂十大元帅相。悬挂还不算，他还弄来十大元帅的照片镶在相框里。张彪在部队是营级干部，也授过军衔，头戴大盖帽的他煞是威风凛凛。千不该、万不该，他不该把自己的照片与十大元帅并排镶在一起，来他家串门的人看见了，出去就说张彪自封为第十一大元帅。于是他的绰号便产生了。

十一大元帅的英雄本色，在“文革”中显现出来。一日，街上人马纷乱，两派红卫兵在街头先是辩论，后来渐渐剑拔弩张，刀枪并举，眼看一场流血武斗一触即发。就在这万分危急的时刻，突见一条大汉冲到两派中间，“哗”的一下抡了个光膀子，露出身上的几处枪伤，他啪啪地拍着自己的胸膛，霹雳一般吼道：都不许动！都给我往后退！我是老兵张彪，谁敢先动手，老子就先干掉谁！

十一大元帅伸开两臂，做出往两边推的姿势，哪边有刀枪伸出来他就挺着胸膛迎上去，全然不惧生死。他的气势顿时震慑了全场，两边的人不停后退，一场恶战偃旗息鼓。事后小镇人都说：不愧是十一大元帅，关键时刻就是有种！

十一大元帅制止武斗有功，他又在工厂工作，不久，就作为工宣队队长进驻了小镇中学，很快成为革委会主任。革委会主任其实就是校长。校长要有知识，十一大元帅偏偏没有文化。没文化的他倍感压力，上台讲话要么前言不搭后语，要么漏洞百出，常常闹出笑话。他还喜欢爆粗口，“他妈的”“老子”“毬”等词不离口，与校园气氛格格不入。

好在那时学校也不怎么上课，要学军、学工、学农，十一大元帅很快就找到了感觉。他最喜欢做的事情有两件，一是与部队联合搞军训，二是大讲特讲十大元帅的故事。那时的中学，也按部队编制，年级叫连，班级叫排，排内设班。这样，全校就有六个连，二十四个排，九十六个班。十一大元帅给每个班配备一名解放军战士训练，操场上口号震天，煞是热闹。每天早晨，十一大元帅都要让“部队”集合，他倒背两手或是叉着腰站在前面训话，颇有元帅之风。后来军训结束，每天早晨集合训话的习惯却保留下来。他训话的内容随心所欲，比如哪个学生在墙角偷偷撒了一泡尿被他看见，他就会把大家训上半天。但是他无论讲什么内容，最后都要落脚到十大元帅这里来。一讲十大元帅，他就眉飞色舞，忘了时间。

可是十大元帅有的去世，有的出事，最后只剩一个林彪。于是十一大元帅就天天讲林彪，把他说得神乎其神。但是忽然有一天，林彪也出了事，坐飞机外逃摔死。十一大元帅一下子蔫了，许多天不再训话。

更让他抬不起头的事情继续发生，他的女儿竟然死活爱上一个“地主羔子”。当十一大元帅知道这件事后，立即暴跳如雷。他连抽女儿两记耳光，点着她的额头骂：你不跟他断，老子枪毙你！没想到女儿就是他的翻版，昂首挺胸对着他：你听清楚，你枪毙我我也要嫁给他！第二天，竟跟那青年私奔而去，十一大元帅气得当即吐血。

后来，工宣队撤离学校。十一大元帅回到工厂，也没有什么好岗位安排。他在学校闹出的一些笑话开始在社会上广泛流传，再加上女儿一直下落不明，十一大元帅整日抑郁寡欢，借酒浇愁，身体越来越差。

在十一大元帅病重期间，他的女儿女婿从外地回来了。他们是开着一部红旗轿车回来的。女儿到了医院，一下子就扑到十一大元帅身上。她大喊着：爸爸，女儿回来接你了！你女婿现在已经是科学家，他特意买了一部红旗轿车来接你，想让你当一回真正的元帅！我的亲爸爸啊！

十一大元帅已经说不出话，但是他的眼睛里分明有泪光在闪动。

（原载于 2013 年 9 月 1 日《南方日报》）

独行侠

独行侠是塞外著名的抗日英雄。

据说独行侠从小出生在土匪窝里，他从五六岁时就开始练习打枪，十几岁时已经练成了百步穿杨的神枪手。他爹是土匪头子，又开始教他飞檐走壁、舞刀弄棒等本事，一心要把他培养成自己的接班人。

但是独行侠的母亲却是个良家妇女，且识文断字。她当年是被土匪头子抢上山来做压寨夫人的。她不愿意儿子当一辈子土匪，就慢慢讲一些做人的道理给他听。独行侠渐渐也有了一颗善良的心。

那年日本人侵略东北，烧杀掠抢。独行侠的母亲便劝土匪头子下山抗日。但是土匪头子说：日本人又没来占我的山头，抗日关我什么事！这天夜里，在母亲的掩护下，独行侠独自下山，去投奔了国军。

当了兵他才知道，原来国军也不抗日。眼看着日本人在眼皮

底下为非作歹，他们却假装没有看见。一天在街上，独行侠实在忍无可忍，痛打了几个日本人，回去之后却被关了禁闭。独行侠绝望至极，脱下军装，一路打出军营。他骂：你们不抗日，老子自己去抗！

独行侠是塞外打响抗日第一枪的人。他的第一枪，就射穿了一个罪大恶极的日本军曹的脑袋。他还蘸着这个日本人的血，在墙上写下了“杀人者独行侠”六个大字。一时山城震动，日本人如临大敌。他们到处戒严，全力搜索，却连独行侠的半根毫毛也未抓到。从此，独行侠成了山城里来无踪去无影的杀手。

独行侠的子弹，专打日本人和汉奸恶霸的脑袋。据说他一个人总带两匹马，一匹他骑，另一匹驮着他的生活用品。他走到哪里，哪里就是他的家。他一般都是傍晚的时候进城，先把马安置在城外隐蔽的地方，然后将身一纵，就跳上了几丈高的城墙，接着一路蹿房越脊，想去什么地方就去什么地方，想要谁的命就要谁的命。真实情况是不是这样不知道，但是不断有日本人和汉奸脑袋开花却是事实。他们有的正在喝酒，有的正在讲话，有的正在泡妞，有的正在散步，忽然一声枪响，也不知道子弹是从哪里射来的，反正总有人应声倒地。而且在死人附近，总会发现一张写有“杀人者独行侠”字样的纸条。

独行侠一时威名大振，日本汉奸个个胆战心惊。一到晚上，纷纷缩在窝里不敢出门。日本人恼羞成怒，抽调力量专门对付独行侠。但是独行侠却越来越胆大，青天白日也敢进城杀日本人，搞得日本军威扫地。

日本人不得不求调特高课的精英人物前来消灭独行侠。经过半年多的努力，一天终于把独行侠围在一座古寺里。他们调集了重兵，将古寺里三层外三层地围困，必欲置独行侠死地而后快。谁知独行侠凭借有利地形，不但一枪一个打死二三十个日本人，最后还乘夜色化妆成日本人逃脱，把日本人气疯了。

随着独行侠名气越来越大，就有共产党的人想办法找到他，给他讲单枪匹马的坏处，希望他能加入革命队伍。但因为以前的经历，独行侠谁也不信，继续独来独往。之后独行侠又被围数次，虽侥幸逃脱，却负伤挂彩。

独行侠不服气，伤好后继续和日本人较量。

又过了半年，独行侠再次被日本人包围，这次他却没能逃脱。

英雄难过美人关，独行侠爱上了一个叫"一品红"的妓女。这"一品红"风情万种，也拼死拼活爱上了独行侠。先是独行侠经常出入妓院，后来他干脆替"一品红"赎了身，带她来到密林深处，搭建一座木屋，开始秘密同居。这样的日子久了，"一品红"便耐不住寂寞，经常要求独行侠带她到城里逛逛，结果暴露了目标。日本人跟踪而至，将小木屋围成铁桶一般。

独行侠一看，这次是跑不掉了。他把所有的枪都找出来装满子弹，近的用手枪打，远的用长枪射。他的子弹就像长了眼睛，只要日本人一露头，就立刻"咬"上去。日本人从几十人增至几百人，打了大半天，死伤几十个，仍然攻不破小木屋。日本人便运来小钢炮轰击。成十上百发炮弹打过去，直到小木屋被夷为平地，日本人还久久不敢靠近。

过后日本人惊叹：这个中国人武艺如此高强，且如此英勇善战，他一个人的战斗力就相当于中国军队的一个连或者是一个营。如果他不是一个人单打独斗，日军是无法战胜他的。

（原载于《小说月刊》2013 第 8 期）

鹿儿血

天刚放亮,乌日娜就已经赶着鹿群穿过了贡格尔草原。再往前走，便是莽莽苍苍的大兴安岭山脉了。只要把鹿群往山里一撒,斜眼巴图就是再有本事,他也找不回鹿群了。我的小鹿们,这样你们就得救啦!

嘚嘚！乌日娜大声吆喝着,用力打坐下的小青马。她恨不能长翅膀飞进山去。

终于进山了,乌日娜先是松了口气,接着又是一阵心痛。天哪,我真的要跟鹿群分别了吗,我可爱的小鹿们哪！乌日娜的眼泪不由流了出来。她使劲眨了几下眼睛,把泪水强憋了回去,然后她朝鹿群挥起了皮鞭:走吧你们,快点走吧,走得越远越好！她喊叫着,声音带着明显的哭腔。鹿群果然向前奔跑起来。但是这个地方它们太陌生了,跑了一会它们又停下,回头去望它们的主人。它们惊讶地发现,平时寸步不离它们的美丽主人,此时正打马向山外冲去。

长有七叉犄角的头鹿莫日根好像突然明白了什么，它“呦呦”一声长鸣,带领鹿群飞快地追了上去。近了,更近了,乌日娜无奈地勒转马头，她先是看见了头鹿莫日根明亮而又充满疑惑的眼睛,接着她又看见了几十双明亮而又充满疑惑的眼睛。乌日娜感到自己的心一下子就碎了。

你们快走啊！跟着我干什么呀？乌日娜声嘶力竭地喊叫,它挥舞着鞭子吓唬它们,可是它们统统站着不动。接着她的鞭子真的打到了莫日根的身上,可是莫日根并不躲避,还是那么直直地站着。在晨光熹微之中,乌日娜看到莫日根的七叉犄角昂然挺立,身上的梅花朵朵闪烁,眼睛里盛满了难以言说的柔情。

乌日娜一下跌下马来。她上前搂住了莫日根的脖子,对它喃喃说道:我的莫日根,你带着鹿群快去逃命吧,啊!你还不知道,现在不少城里人都变成狼了。他们开着车跑到鹿场来,排着队要喝你们的血。兑上酒喝,喝得一张张嘴红赤赤的像是吃了死孩子。已经有好几头鹿被杀了啊!你们再不跑,早晚都得死啊!

莫日根眨了眨眼睛,它好像听懂了。它晃了晃犄角,跺了跺蹄子,想走却有点犹豫不决。忽然一阵喊叫声由远及近。乌日娜回头,看见斜眼巴图带着两个汉人骑马追来。其中一个汉人身上还背着一杆枪。

快跑!乌日娜推了莫日根一下。莫日根一声嘶叫,带领鹿群飞快地冲向山里。斜眼巴图追了几步,又调转马头冲到乌日娜面前,用马鞭子指着她的鼻子,咬牙切齿地骂:好啊,你好大的胆子啊!我雇你养鹿,你却要把我的鹿群放跑!

乌日娜把头扬了起来,狠狠地盯住巴图那双斜眼。这斜眼为赚钱什么缺德事都敢干。过去他抓百灵鸟往城里卖,现在他又卖鹿血,他的心肯定不是肉长的。

哼,谁让你杀鹿!你杀,我就放它们走!

黄毛丫头,我的鹿,我想杀就杀,你管得着吗!

可它们是我养大的,它们都是我的孩子!

哟,你的孩子?你结婚了吗,没结婚你就生出这么一群鹿娃来?哈哈哈!

乌日娜感到脸上有点发烧,但是她挺住了:这你也管不着。

你甭想追上它们!

乌日娜,闲话少说!这两个人你不认识吧?这是城里来的两个领导。他们今天来要买一头整鹿,活的死的都行,送给高级领导!我知道鹿群听你的。你把它们喊回来,我给你双倍工资。听话,啊!

呸!你休想!

你这个不识好歹的死丫头,反了你了!巴图的一双斜眼简直就要斜到天上去。他跳下马来,伸手揪住乌日娜的头发,扬起马鞭子威胁:你叫不叫?!

不叫不叫就不叫!你打你打给你打!

巴图的鞭子举了再举,终究不敢落下来。两个人在草地上转着圈子。突然一股旋风刮起,只见头鹿莫日根高高挺着七叉犄角,风驰电掣般冲来,一头就把巴图撞翻在地。巴图在地上连翻几个跟头,杀猪般嚎叫道:快!快打死它!它是头鹿,打死它别的鹿都听话了。千万不要伤到它的角,七叉鹿角最值钱……

两个汉人跳下马来,带枪的人举枪瞄准。说时迟那时快,乌日娜张开双臂扑过去,她毫无惧色拦在枪口前面,喊道:我看你敢!要打先打死我!汉人愣住了,接着他看到,头鹿已经放平犄角,对着他冲了过来……

枪是怎么响的,事后那个汉人在法庭上竟然说不知道。反正枪的确响了。子弹就像陀螺,先是击穿了莫日根的脖子,然后又击中了乌日娜的胳膊。他们两个都倒下了。不同的是临死之前,莫日根故意摔碎了自己的七叉犄角;乌日娜则在昏厥之前,爬过去替莫日根堵伤口。她的血和莫日根的血汩汩地流在一起……

(原载于《文学港》2013 年第 8 期)

魔

小时候，我最恐惧的东西就是魔。魔和鬼往往相提并论。鬼十分可怕，但是鬼那东西起码有个大概的形象，而且据说鬼一般都躲在坟地里、破房子里，只有夜晚才出来活动，你可以有意识地避开它；魔这东西就不同了，它没有具体的形象，也没有固定的活动场所，也不分白天黑夜，它会随时出现在你生活的任何角落，一不小心就会把你吓个半死。

我第一次看到魔，才十几岁。那天，我和二嘎去村外割草。白天，艳阳高照。出村不远，有一条大沟，大沟之上本来架了一座桥，但是桥被山洪冲毁了，还没有修好。行人只好沿着斜坡从沟底通过。我和二嘎刚下到沟底，二嘎突然惊叫了一声：妈呀，你看那是什么！我抬头一看，立刻惊呆了：只见我们前面不远的沟里头，竟然站立着一个巨大的黑影。那家伙无头无脑，黑森森地立在那里，说不清是什么形状，感觉是一团黑气却又好像是一大堆黑木头——惊慌之间，我们根本就不可能把它看得那么仔细，我们撒腿就跑，一直顺着沟底往前跑，隐约感到那家伙就在后面追赶。我和二嘎丧魂失魄跑出大沟，草也不去割了，绕了个大弯回到村里，立刻向大人报告了刚才遇到的情况。有的大人就说：你们是遇到魔了。接着就有几个大人拿着家伙随我们到沟里察看，哪里还有半点魔的影子！

有了这次遇魔的经历，以后再出门入户我就小心了许多。但

是越怕越有鬼，那年我和二嘎进城读书，暑假放假回家的时候，在路上又遇到了魔。

那天我们从学校出发的时候就已经很晚了。十几里山路，全靠两条腿走，刚走到一半，天就完全黑了。幸亏那天有月亮，我和二嘎互相壮着胆，加快脚步，恨不能一步就迈进家门。快到村子的时候，要转一道山弯。山弯那一段路很窄，一面是山，一面是悬崖，白天走都要加倍小心。当我们走到那里的时候，二嘎突然停下，我打了个激灵，往前一看，天哪，我们又遇到魔了！

在山弯路上矗立着一个巨大的白影子，看不清模样和形状，看不清构成材料。但是它的确真实地拦在那里，无声无息地向你散发着极端恐怖的气息。你想，上次我们遇魔是在大白天，尚且吓得半死；现在是夜里，这一惊真的是非同小可。我和二嘎下意识地惨叫一声，掉头就跑。没想到由于惊慌失措，我们两个的头重重地碰在一起，随后一起摔倒在地。这一下我们都懵了，开始在地上哭爹喊娘，胡滚乱爬。等到稍微清醒一点，再一抬头，我的妈，我们竟然爬到魔的脚下来了。那一时刻的恐惧我终生难忘，我仿佛觉得魔正在低头向我狞笑，张开血盆大口要把我吞进去。我大叫一声昏死了过去。

我再次醒来的时候，发现自己躺在家里的炕上，爹娘还有哥哥姐姐都围着我在叫我的名字。我努力回忆了许久，才想起发生的事情，立刻又浑身发抖地哭起来。第二天恢复正常我才知道，原来是村里的拖拉机经过山弯，看见我和二嘎在路上昏睡，就把我们拉了回来。当听完我们各自的讲述，大人都说：这两个孩子是怎么了，前几年遇见黑魔，这回又遇见白魔，能捡条命就算不错了。

后来我和二嘎都上了大学。我查资料得知，其实我们看到的所谓魔,就是一种地气,是由特殊的地理环境和气温湿度等条件形成的自然现象。也就是说,世界上根本就没有什么魔。不过多年以后,二嘎却偏偏又被魔打倒了。

大学毕业后,我从文,二嘎从政,我们成了村里的骄傲。二嘎这家伙头脑灵活,胸有韬略,还不到四十岁已经干到了副厅,眼见得政治前途不可限量。但是有一天,却传来了他落马的消息。令人扼腕叹息的是,他落马的原因竟然是中了人家的"美人计"。纪委查他,发现他经济上很清白,工作上有业绩,政声颇佳,就是一段不雅视频把他给毁了。二嘎最后被撤销职务,开除党籍,老婆也和他离婚了。据说他自杀未遂,便更名改姓,下海经商去了。

我想尽一切办法,终于和二嘎取得了联系,他在电话里对我说:魔!都是魔害了我啊。你还说世界上没有魔哩,怎么没有?遍地都是。最可怕的魔就在人的心里!我和它搏斗多年,到底还是败了。兄弟,你好自为之吧。

我以为然,遂作此文。

(原载于2013年3月31日《南方日报》)

傻娃他爹

"疤瘌眼,去赶集/买个辣椒当甜梨/咬一口,辣辣的/再也不买带把儿的"。这是我们儿时给傻娃他爹编的歌儿。那时,村中没啥风景,傻娃和他爹便成了一道动人的风景,也是我们千看万看不厌的风景。

说起傻娃,那可真是笑死人了。夏天,他会撅着光光的屁股,在村旁的高岗上拉屎;冬天,傻娃挑着瓦罐去井上担水,井绳冻得硬硬的,傻娃不懂要把瓦罐拴住再往下放的道理,他就把瓦罐挂在井绳的冻弯上放下去,结果不是打碎了,就是沉底了。傻娃有时也想跟我们玩,我们便把吃剩的萝卜皮、黄瓜把递给他吃,他拿起便吃,不是被辣着了,就是被苦着了。我们开心地大笑,傻娃竟也咧开嘴嘿嘿地笑……

我们对傻娃实施恶作剧的时候,必须要躲开他爹的视线,否则,他爹会立刻猛虎一般扑上来,轻则臭骂我们,重则追打我们。他瞪着一双赤红的疤瘌眼,凶恶无比,那神态恰如一条护崽的母狗。

听大人说,傻娃小时候本不傻,都是他的疯妈把他害了。有一天,他的疯妈在灶前烧火,不知怎么就把傻娃包好,放进了灶里。亏得他爹抢了出来。傻娃因被棉被包着,并没有烧伤,但不知是因为烟熏的还是惊吓的,却从此傻了。他爹也因为不顾一切去救傻娃,结果烧伤了手,也烧伤了眼皮,就成了现在的疤瘌眼。

傻娃的疯妈后来死了,他爹一把屎、一把尿的把他拉扯大。长大的傻娃居然也知道想媳妇, 而且他能够准确判断村上哪个女人长得最漂亮。记得那年,傻娃缠上了“村花”王霞。他每天都跑到王霞家门口去站着,王霞一出来他就嘿嘿地笑,直言不讳地嚷:“王霞好看,王霞好看,给我当媳妇吧! ”王霞打他骂他,王霞家里人打他骂他,都不能阻挡他对王霞的“爱情”。结果村里闹得沸沸扬扬。王霞家里人一生气,早早把她嫁了出去。据说彩车来接王霞的那天,要不是疤瘌眼拦着,傻娃肯定会冲出来闹事的。

现在,给傻娃娶媳妇便成了他爹最大的心愿,他经常打酒请客,找媒人为傻娃说媒,但因傻娃太傻,无论怎样也没有说成。于是在长长的黑夜里，我们便经常可以听到疤瘌眼的巨大叹息声：唉！我啥时能吃上儿媳做的饭，穿上儿媳做的鞋呀！

傻娃他爹的梦想终于未能实现，眼看着傻娃过了三十，又过了四十，他爹也渐渐地死了这条心。谁知这时傻娃忽然由傻变疯，百般折磨起疤瘌眼来。

傻娃的疯态是以两手护住两眼，或撅屁股趴在炕上，或蹲在他家门口，清清楚楚点着他爹的大名，臭骂他的祖宗八代。不知为什么，他的叫骂中还掺杂着："疤瘌眼，你这辈子算完了，绝后了！"这样正常人才能说出来的话来。

每当傻娃叫骂的时候，村人便一批批跑来看热闹。这时，总看到他爹坐在一边，默默地抽烟、流泪。村人见他可怜，有的就出主意说，这傻子太可恶了，干脆把他赶出去算了。但他爹连连摇头。还有的村人说，傻娃这是中了邪了，肯定是黄仙（黄鼠狼）或是白仙（白兔子）在什么地方闹鬼。于是便找来给驴戴的套包子，给傻娃套在脖子上，又拿针往他的身上乱扎，问"它"在什么地方。众人正闹得来劲，却见傻娃爹一头撞进来，赤红着疤瘌眼把套包子摘下来扔出去，他吼道："你们别糟蹋他了！他是傻，可他会好的！俺不用你们管他了！"

被解救的傻娃并不领他爹的情，继续痛骂他。傻娃就这么疯了一个多月，渐渐他爹习以为常了，该干啥干啥，尤其不忘一天三顿做饭给他吃。

后来傻娃停止了叫骂，开始满世界地疯跑。每到晚上，就看见他爹到处找他。村人便嗤之以鼻道：那么个又傻又疯的家伙，他还拿着当宝。

一晃，傻娃已经有五十岁了，但他依然又傻又疯地活着。他爹快八十岁了，但他依然里里外外地忙碌着。他经常说；我可不能死啊，我还得养我的傻儿子呀！他还对一些邻居说，要是哪天我有个好歹，你们可要帮我照顾他呀！

但是傻娃却先于他爹去了。他死那天，人们看见傻娃他爹一双疤瘌眼哭得像烂桃似的。葬了傻娃，他在傻娃坟前呆呆地坐了半日，回来便病倒了。他再也干不动活，下不得地了，仿佛一下子被人抽去了筋似的。

傻娃死后不到一个月，他爹也撒手人寰，他临死睁着一双疤瘌眼大叫：福顺、福顺，爹看见你好了，爹来看你了！

只有很少的人知道，福顺是傻娃的名字。

（原载于《精短小说》2013 年第 7 期）

小狍子

刘青上山去拾柴，拾到了一只小狍子。

在冰天雪地的山上，小狍子正在一个雪窝窝里挣扎，眼看命在旦夕。

刘青四外张望，看不到大狍子的身影。他急忙上前把小狍子抱在怀里，柴也不拾了，急急忙忙往回走。走出不远，他看到了一大片血迹，还有人的杂乱脚印。他明白，一定又有人来偷猎了，小狍子的妈妈一定被人打死了。刘青在心里骂了几声，又看了几眼怀里的小狍子，觉得它挺可怜。才出生不久就没了妈，这不就成了孤儿吗！刘青轻轻地对小狍子说：你不用怕，有我呢。我来救你。我可是个好人哪！说也怪，那小狍子这会儿缩在他的怀里，安静得如同一个婴儿。

刘青来到自家门前，忽然发现邻居苏大嘴家的门口有一溜血迹。谁都知道苏大嘴喜欢偷猎，莫不是……刘青不敢往下想，赶紧开门进院，大声地喊道：孩子他妈，我给你捡回一个宝贝来！媳妇从屋里出来，看见小狍子既惊讶又欢喜：老天爷，你这是怎么抓到的啊，是狍子还是鹿啊？刘青说：应该是个狍子。快，去小卖店买牛奶去，这没妈的娃，咱得救救它啊！媳妇答应着出去了，刘青就把小狍子放在热炕头上焐着。一会媳妇提了一箱牛奶回来，嘴里说道：我怎么闻着苏大嘴家肉香呢，门口有血印，是不是这家伙又缺德了？刘青说：不管他，他缺德让他缺去，早晚他会遭报应。来，咱喂喂这个小可怜吧。

小狍子就这样在刘青家住了下来。冬天和春天一过，它已经长得挺大了。小狍子和刘青一家人亲得不得了，整天在院子里撒欢蹦跳，逗人开心。这天刘青下地干活，不提防它也跟了出来。刘青赶它回去，正碰上了苏大嘴。苏大嘴一看见小狍子，两眼直放贼光。他说：啊，狍子，哪里来的狍子！狍子肉可是最香的了。刘青看他一眼说：也不知道是那个没屁股眼子的，把它的妈给打死了。我就把它捡回来，我养它是为救它，可不是为了吃肉。苏大嘴讪讪地走开了。

谁知道第二天下午，就有一辆写有林业公安的车停在了刘青的家门前。车上下来两个警察，他们对刘青说：狍子是国家二级保护动物，不许私养。这只狍子我们没收了。刘青一听急了：没收，你们想把它弄到哪里去？警察说：我们要送它回山里去。刘青说：那样还行，就让我们最后喂它一次奶吧。和小狍子分别的时候，刘青一家人哭得稀里哗啦，连警察都感动了。

哪知小狍子走的第三天，它自己又跑了回来。身上伤痕累累,看样子跑了很远的路。刘青一家人围着它又亲又摸,给它喝牛奶,给它吃青草。小狍子将息了几天,完全恢复了。不料林业公安又来了,又把它给送走了。这次他们开车跑出两百多公里,把它放到了山上。可是日怪得很,过了几天,小狍子又自己跑了回来。刘青主动向林业公安报告,他们无奈地说:既然这样,那你们就养着它吧。

过了两年,山里开辟了旅游线路。一车又一车的城里人进山来旅游,那天刘青的儿子带着小狍子去看热闹,没想到旅客一看小狍子,争先恐后跟它照相。有主人在身边,小狍子非常听话,它摆出各种姿势让人拍照, 一下子成了明星。第二天刘青灵机一动,他说拍照可以,但是拍一次要交十块钱。十块就十块,城里人根本不在乎。一天下来,小狍子居然为刘青创收四五百块。后来进山的人越来越多,创收数目一路飙升。小狍子成了刘青家的摇钱树。

对门苏大嘴看着眼气,他每天上山去搜寻,也想抓个小狍子养。可是他的身上有血腥气,狍子老远闻见就跑。后来,苏大嘴花了两三千块, 从一家鹿场买了一个小狍子。他一个劲给它灌牛奶,像供神一样供着它,巴望它一夜长大,好给他挣钱。这样养了三个多月,钱没少花,以为养熟了,就放开它让它自己在院子里跑。可是这天早上起来,院里哪还有小狍子的影子。

原来,小狍子夜间越墙逃跑了。

(原载于《文学港》2013 年第 8 期)

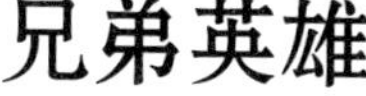

兄弟英雄

文天祥

文天祥从小就有一个志向，要做个名垂青史的人。他所处的宋末元初时代，为他提供了这样的机遇。

说起文天祥被俘，现在看是被假药害的。他本来已经吞下毒药，准备以死殉国，却不料那药不起作用，于是他便被元军抓了活的。

活捉了南宋的宰相，元军欢呼雀跃，将他解回大营。这样，文天祥就见到了元将张弘范。张弘范虽是汉人，但他效忠元朝，屡建战功。他早就听说文天祥文武双全，十分了得，一见面就劝他投降。文天祥看着他冷笑一声：你忘了祖宗倒也罢了，还要我也忘吗？张弘范闹了个大红脸，又逼迫他写信劝宋将张世杰投降。文天祥又是一声冷笑：这就更不可能了。教人叛逆，你难道要我背上千古骂名吗？

张弘范把文天祥关进牢里，一天数次苦苦相逼，文天祥便把自己前些天写的一首诗写给他看。张弘范起初不屑一顾，但当他读到“惶恐滩头说惶恐，零丁洋里叹零丁；人生自古谁无死，留取丹心照汗青”时，不由深受感动。从此，他不再逼迫文天祥了。

很快，南宋彻底灭亡。张弘范写奏折给元世祖忽必烈，请示如何处置文天祥。元世祖叹曰:谁家无忠臣啊!命令张弘范对文天祥以礼相待。随后,又下令把文天祥解往大都(现北京),他要亲自接见他。

路上,文天祥开始绝食。一连八日,居然不死。

元朝丞相孛罗先审文天祥。文天祥昂然上堂,只对孛罗行了个拱手礼。孛罗大怒,喝令他跪下。文天祥凛然答道:我乃宋朝宰相,岂能跪你?孛罗说:宋朝已经完了,你现在是我的阶下囚。必须跪下!文天祥说:士可杀不可辱,我脑袋掉了也不会朝你下跪。孛罗命令左右按他跪下。文天祥索性坐在地上,喊道:你快点把我杀了吧。孛罗怒道:你想死,我偏不让你死。把他一关三年。

这天忽必烈突然想起了文天祥,亲自在朝堂上召见他。文天祥又是昂然而入,长揖不跪。忽必烈知他气节,也不计较。他说:你在这里也待了好久了,应该知我大元国威。只要你以效忠宋朝的心来对朕,我立刻在中书省给你一个好位置。文天祥说:要降我早降了。你就成全我,让我把忠臣做到底吧。忽必烈不死心,让降臣留梦炎去现身说法。文天祥一见他,立即大喊:你给我滚出去!忽必烈还不死心,又让已经投降的宋恭帝赵显来劝他。赵显说:连我都这样了,你还坚持什么呀!文天祥双膝跪地,泪流满面,他说:我文天祥视名节为生命,圣驾请回吧。赵显羞愧而去。

忽必烈无计可施,叹息曰:好男儿,不为我所用,杀之可惜也!他又召见文天祥,让他再好好考虑一下。文天祥说:宁为玉碎,不为瓦全。我的国家已经灭亡了,没什么好考虑的,我只求速死。还是那句话,你杀了我,就等于成全了我——我可以留取丹心照汗青了。忽必烈点点头说:好吧,那我就成全你。

行刑那天,万民皆来为文天祥送行。文天祥神态自若,甚至面带微笑。三通鼓响,监斩官又上前来问:宰相还有什么话说,只要退一步就可活命。文天祥说:杀就杀,无话可说。他问清了方向,向着遥远的南方拜了几拜,然后说:我已经无愧于我的誓言了,请动手吧。

据说,文天祥人头落地的时候,在地上滚了几滚,最后仍然朝着南方。

文天祥果然名垂青史。

文天球

文天球是文天祥的弟弟。他自小受哥哥的影响,也想做个名垂青史的人,但是一不小心,他险些遗臭万年。

文天球倒霉,也与元军有关,当时他正在岭南惠州做太守。

这天早上起来,文天球感到一阵耳鸣眼跳。中午的时候,果然就传来了哥哥被俘的消息。文天球不由仰天长叹:此天亡我大宋,亡我文家也!他很快擦干了眼泪,命令兵士和居民人等赶快加固城墙,他说:据我估计,元军三日之内必然到达这里。我们要做好充分准备,誓与惠州城池共存亡。

事实上,元军两天以后就到了。

当时正在筑城的军民,先是看见西北的天空上腾起巨大的烟尘,接着就听见闷雷般的声音一点点逼近。众人正在疑惑,就听文太守大喊:是元军!所有人立即做好战斗准备!

说话间,元军的大队人马已经浩浩荡荡地出现在人们的视野里。元军真的是太强大了,可以说是旌旗蔽日,刀枪塞川。他们全部都是骑兵,随着马队的临近,整个惠州城都在马蹄声中不断地颤抖。南方人很少见马,何况是这么多战马,他们一时都被巨大的恐怖感牢牢地罩住了。

铁流终于在惠州城下停了下来，元军开始列队。口令声和战马喷鼻的声音都让人惊心动魄。军队越聚越多，黑压压地望不到尽头。仿佛他们往前一冲，惠州城就会被踏平了一样。文天球站在城楼之上，他看着眼前众多敌人，脸上没有半点表情，但是他的手却在微微颤抖。在此之前他还在想胸有韬略的哥哥为什么会被元军俘获，现在一切都明白了。

元军集结完毕，队中冲出一匹马来，上面坐的是一个汉人。他的声音在空气中爆裂开来：城里的官兵听着，请你们立即放下武器，打开城门投降。抵抗已经没有任何意义！如果在三个时辰之内还不投降，我大军攻入城池，将会屠城。就是要杀光你们所有的人，不论男女老少！请你们的太守好好考虑，不要使全城生灵涂炭！

汉人说完把手一举，就见元军刀枪并举，一起高喊：投降！投降！投降！吼声如惊涛雷暴，震得城墙簌簌落土。

全城的人几乎都听见了这喊声，所有人的目光都投向了他们的太守文天球。

文天球慢慢地走下城楼，走回他的住所。他屏退左右，一个人在祖宗的画像前跪了下来。他磕一个头，思考一阵；再磕一个头，又思考一阵。

情况已经很清楚了，抵抗的确没有意义。在强大的元军面前，惠州城真的就像是一枚鸡卵，只要他们抬脚，顷刻间就会碎如齑粉。但这也正是一个报效国家、杀身成仁的好机会。如果你带领全城军民奋起反抗，必定会彪炳史册，一举成名。但是就为这个，就要全城几万军民陪你殉葬吗？可是……如果你乖乖打开城门投降，等待你的必将是千古骂名，你将来有何面目去见列祖列宗，特别是你的哥哥文天祥啊！苍天啊，我文天球到底应该怎么办啊！

时间一点点地过去，眼看三个时辰已到，焦急的人们开始在外面大喊：文太守，是死是活你痛快点吧！我们就听你一句话了！又过了一会，人们听见屋内响起了一声长长的悲号。这悲号声穿过大街小巷，连三岁孩童听了，都会潸然泪下。

文天球脚步踉跄地走了出来，他好像一下子就变成了一个耄耋老人，他一手颤巍巍地扶着墙，用极度微弱的声音说：打开城门吧。然后口吐鲜血，轰然倒地。

元军入城，果然践行诺言，没杀一人，未抢一户。但是他们却怎么也找不到太守文天球，只好另行任命太守。

文天球从此人间蒸发。直到多年以后，居住在惠州城郊马鞍镇文家村的人，才吞吞吐吐地说出：他们的祖先是文天祥的弟弟文天球。结果他们招来的，是一阵又一阵的唾骂。随着文天祥名气的日益增大，文天球却越来越被人所不齿。特别是"文革"时期，文氏一门，统统被说成是叛徒、投降派之后，搞得他们走路都不敢抬头。

忽一年，新任镇长听说此事，经过认真研讨，提出了"忠孝文化"的概念。他们认为，文天祥乃大忠代表，文天球则是大孝代表。他宁可牺牲自己一世英名，也要保护地方百姓。此非不忠，何也？镇政府决定重修文天球祠，文氏一门喜极而泣。他们遍查典籍，欲为文天球立传。然史书浩瀚，却无关于他的只言片语。

（原载于《小说月刊》2013 年第 10 期，入选《小小说选刊》2014 年第一期）

炸你玩

大年根儿,企业老总龙威开着高级轿车,载着年轻靓丽的女朋友回乡下老家过年。他刚把大包小裹的东西搬进屋,村委会主任徐明已经闻讯而至。

哎呀是龙总回来了,失迎失迎,怎么也没提前打个招呼哩!他满脸都是讨好的笑容。

打个屁招呼吧!你看看你们这个烂村道,也不说修一修。我捐你们那么多钱,你们都干什么了?龙威说话一点也不客气。

就要修,就要修,只是资金还缺一点点……嘿嘿,还想请龙总支持一下。

这事过了年再说吧,啊,行了,你忙你的去吧,啊。说完不再理他。

龙威接下来给家里人介绍他的新任女友。家里人表面上欢喜,心里却都作怪:都四十多岁的人了,怎么女朋友还是一年一换哩。看今年这个女朋友,好像格外妖艳,眉儿弯弯,眼睛吊吊,怎么咋看咋像个狐狸精哩。

大年夜,龙威陪父母熬夜,包饺子,重温童年旧梦。话题不知怎么就扯到狐狸身上来了。爹说:这些年禁猎,保护草木,山上的狐狸又多起来了。不想龙威一听来了精神。他说:真的啊!那明天我就上山炸狐狸去。炸狐狸可是太好玩了。女朋友马上黏黏地贴过来:人家也要去嘛……

大年初一早上，龙威一个电话就把徐明招了过来：你看你们村也没啥好玩的。你去想办法给我整点炸药吧，我想去山上炸个狐狸玩玩。

这……徐明面露难色，龙总，现在禁猎哩。

好，你装！那行了，我不求你了，我自己想办法整去。

哎呀龙总你不要生气嘛！凡事都有个特殊，我马上给你想办法去。我这就去！

第二天上午，炸药果真整来了，是那种黄色的烈性炸药。龙威又让家里人给他弄来碎碗碴和猪肉，他就一个人躲到一边包起炸子儿来。龙威小时候就喜欢炸狐狸，为此还去邻村拜过师傅。可惜后来山上根本就没有狐狸了，英雄无用武之地。现在一听狐狸重现，他的心和手都痒得难受。半天时间，他小心翼翼地包了十几个炸子儿。

太阳压山的时候，龙威带女友上了山。他在林间崖畔转了一圈，果然发现了许多狐狸的踪迹。他按不同方位下好炸子儿，胸有成竹下山等消息。夜里，他在跟女友亲热时，隐约听见山上有爆炸声传来，不由心中窃喜。

一大早，龙威就一个人跑到山上。一看，真的炸到了狐狸，而且一下炸到了两只。多年没人炸狐狸，狐狸已经变傻了，不用“喂盘子”，见肉就吃。两只狐狸的嘴巴和脑袋都被炸烂了。龙威收好剩下的炸子儿，喜滋滋地拎着狐狸回了家。第一个扑过来的是他的“狐狸精”，连蹦带跳大呼小叫，还当着家人的面亲他：老公，你可真有本事啊！

本应该回城了，但是“狐狸精”不干。她缠着龙威撒娇，让他再上山，说是再炸两只狐狸好做个狐狸皮大衣。龙威心想反正在哪都是玩，下午就又去下了炸子儿。第二天，“狐狸精”老早就跟

他上了山。

日怪！今天不但没有炸到狐狸，而且昨天下的炸子儿一个都不见了。龙威在山上东走西看，心中充满疑惑。突然，他身边的“狐狸精”大叫起来。龙威抬头一看，头皮不由一阵发麻。他看见前面的一个小山头上，正蹲着一只红狐狸，恶狠狠地瞪着他。龙威听师傅说过，狐狸的皮毛如果变红，说明它年岁大了，对这样的狐狸要多加小心。他正想说什么，却见那红狐狸猛地倒地抽搐起来，接着直挺挺地躺在那里不动了。这边的“狐狸精”欢叫一声，也不听龙威的呼喊，飞也似的就去捡那条死狐狸。近了，近了，眼看就差两步远，忽然“轰”的一声巨响，龙威眼睁睁地看见女友的脚下蹿起一股黄尘，黄尘把她托起好几尺高，然后重重摔下。女友在地上翻翻乱滚，杀猪般嚎叫。再看那只红狐狸，早已跃身而起，犹如一道红色的闪电射向山林……

龙威急冲过去，看见女友的一双鞋炸没了，脚和腿都炸烂了。他抱起她的时候已经看明白了，原来是红狐狸把他的炸子儿都叼到一块埋起来，又装死引人过来，结果这女友就中了计，一脚踩在一堆炸子儿上。狡猾的狐狸啊！

龙威气喘吁吁背着那倒霉的“狐狸精”下山，马上发动车准备去医院。不想徐明偏又赶来啰唆，龙威一腔怒火无处发泄，便对他大吼：都怪你！我炸狐狸不过是想玩玩，你整那么大威力的炸药干啥！我老婆的腿要是有个好歹，老子就找你算账……

徐明一下愣在原地，干嘎巴嘴不知说什么才好。

（原载于2013年11月4日《文艺报》）

捉 鬼

这次回乡，最叫我吃惊的人是马二。

那个我们小时候就能斗倒斗臭的马二。

然而他现在却发了大财，他肩不担担、手不提篮就发了大财。

马二是个神汉。

“马二，你老实交代，你是怎么装神弄鬼骗人的？”

“说，快说！不说就给他挂上秤砣！”

“我说，我说……我去哪家捉鬼，我就事先用鸡毛绑个小人，里头放一根铁钉，乘人不注意扔到他家柜下或床底下，然后我就拿着我那把镶着磁石的木剑，到处追、到处砍，等到木剑把小人吸出来，鬼就抓到了，怕人看破了，赶紧烧掉……”

“好你个马二！打倒马二！”

“是是，我有罪，我该死！我向人民请罪！”

作为一名政府的文化干部，我决定去教训一下马二。

“你管人家干啥哩嘛，信神有神在，不信神不怪。你敢情是，说完他屁股一拍回城了，你为党立功哩，可我们还得在这住，低头不见抬头见的，得罪那人干啥？”爹说。爹当年曾是我们的坚强后盾。

“你快拉倒吧！人家也没偷没抢的。姜太公钓鱼，愿者上钩嘛！”二柱说。二柱当年也是批判马二的骨干分子。

“我觉着马二真的很神啊，你去动他，神可是不答应啊！”说这话的居然是一个青年人。

我说：“我去找他聊聊，看他神到了什么份上。”

“哎呀我的大领导，是哪阵风把你吹回来了？快，屋里请，屋里请！”

马二家屋宇峥嵘，他本人穿戴洋气，六十多岁的人了，脸上竟然很少褶皱，还泛着油光，看起来生活得相当滋润。

我没有进他的屋，我倒背两手站在他家院子里，居高临下地看着他。我说：“哈，马大师混得不错啊！”

马二似乎有点不好意思地笑了一下，他两手作揖，声音谦卑地说：“兄弟见笑，大哥不过是混口饭吃而已，请高抬贵手，高抬贵手！”

我说：“怎么，现在还给人捉鬼吗？”

马二又是一笑：“捉，当然捉了。不捉鬼我吃啥喝啥啊！对，不光捉鬼，我还给人批八字、看风水，你们城里不少大老板还有大干部都开着车来请我去哩。”

“是吗，看来我要拜你为师了……”

“不敢不敢，兄弟你还不知道我吗，他们要信，我也没有办法。”

正说着，一辆宝马轿车嗤的一声停在马二家的门前，车上下来一个胖司机，他朝院里喊：“马师傅在家吗？”马二应了一声，司机便说：“马师傅，我们老板让我来接您去。”马二得意地看了我一眼，他说：“好，等我拿上家什就走。”说着走进了屋子。我看那辆车的牌号是市里的，就问司机："请问你是哪家企业的？"司机看了看我："你问这个干什么？"我说："我是想告诉你，马二他是个骗子！我最清楚他怎么捉鬼了，不信我演示给你看。"司机说："我奉命而来，哪有工夫听你扯谈！马师傅，快点啊！"这时马二已经从屋里出来了，手里提着一个包，神气活现的样子，他朝我挤挤眼睛，说了声"失陪了，等回来我请你吃饭。"宝马车"嗖"的一下，绝尘而去。

这一夜，我失眠了。我的脑子里总在翻腾前五百年、后五百载的事情。

后来，我迷迷糊糊睡着了。我梦见自己也变成了一个神汉，并且应邀前去帮人捉鬼。我也手拿磁剑到处追，到处砍，最后居然在床底下真的捉到了一个鬼。这家伙的个头还不小，哆哆嗦嗦跪在我面前求饶。我听见他的声音很熟悉，仔细一看，原来竟是马二。好啊，这回我看你还往哪跑！我把手里的剑高高举起，奋力向马二当头劈去……

（原载于《精短小说》2013年第7期）

2014年

三

家猫·野猫

祁老板这几天正在跟自己家里的猫生气。不抓老鼠，这算什么鸟猫啊！

祁老板家财过亿，他家的人穿金戴银，猫也跟着享福。简单地说，这猫只吃油煎的鱼，其他食品闻都不闻。这猫还有一个好听的名字：赛虎。可是这家伙胖得活像一个大肉球，每天的大部分时间都在睡觉，哪里有半点虎影。

如果家里不闹老鼠，这种悠闲的日子本可以一直持续下去，但是不知怎么老鼠就来了。这些老鼠大概已经侦察好了：第一，这家富得流油；第二，这家的猫是个摆设。于是，它们便以十倍的仇恨和百倍的疯狂对祁家大举进攻：仓库、厨房甚至是客厅里的珍馐美食无一幸免。可是那只“赛虎”，竟然对此无动于衷！

祁老板及夫人起初还对赛虎抱着希望，每天夜里将它从卧室驱赶出去，让它去厨房和客厅值班。不想这厮竟然被老鼠吓得屁滚尿流，拼命挠门哀鸣。祁老板气不过，出来一脚把它踢个半死，但是它醒过来继续挠门嚎叫。

祁老板对付它的第二招是饿它。还想吃煎鱼，做梦！他以为它饿急了，天性也就自然恢复。没想到它天性全泯，直到饿得奄奄一息，依然不肯去捉老鼠，气得祁老板真想把它凌迟处死。最后还是夫人心软，说不要难为它了。我们当初养它也不是为了让它来捉老鼠的，而是为了好玩，当宠物。好歹也是条命，随它去吧。于是继续给它吃煎鱼，只是不像过去那样精心烹制和准时了。

但是老鼠毕竟要灭。祁家什么办法都想过了,但是现在的老鼠简直成了精,没有一只上当的。正当他们无计可施的时候,偏偏就来了一个救星。

这天，祁老板早起散步，发现院子里有一只野猫在探头探脑。这是只大黄猫,全身脏兮兮的。它一定是嗅到了老鼠的味道才来的。祁老板心里一喜,急忙对它示好,还喊夫人拿来本该给赛虎吃的煎鱼给它吃。那野猫也许饿了，也许它以前就是只家猫,所以居然不怎么怕人,转了几圈便上前大快朵颐。吃完鱼,它竟然舔着嘴巴,冲祁老板“喵喵”地叫起来。祁老板不失时机,继续对它实行怀柔政策,直至把它引进了房间。

谁知赛虎看见野猫进来,竟然一反常态,笨拙地冲过来要跟野猫干仗,却被祁老板一把抓住,把它关进一间空屋,不许它出来捣乱。

夜来了,家里人都躲进卧室谛听着外面的动静。不想耳朵里灌入的全都是赛虎委屈绝望的叫声,而那只野猫却是一声不响。后半夜,隐约听见厨房和客厅里有响动,还夹杂着老鼠“吱吱”的叫声,估计是野猫在行动。早晨起来一看,好家伙,野猫正肚儿圆圆地蹲在沙发上洗脸,地上还躺着两三只死鼠。家人乐得齐声夸赞:好猫,真是一只好猫呀!

为了奖励野猫,祁夫人打来一盆温水,想给它洗个澡,不想那家伙却东躲西藏，最后干脆从打开的窗口跃出，消失在树林里。祁夫人说:真是一只野猫！祁老板说:它毕竟和我们不熟嘛，慢慢来！这扇窗,就给它留着吧。

夜里,野猫又至,又干掉了好几只老鼠。第三天,老鼠踪影全无，估计已经全军撤退了。祁老板喜不自胜，一个劲地说野猫立了大功。经与夫人协商，他们决定无论如何都要把野猫留在家中，把它当功臣养着，当祖宗供着。

谁知野猫似乎并不领情。它来祁家，似乎只对煎鱼感兴趣。除此外，它总是瞪着一双充满野性的眼睛，警惕地注视着祁家人的一举一动，刻意和他们保持距离。祁老板下令：大家一定要善待它，它就是块石头也要把它焐热。

然而赛虎却听不懂祁老板的话。起初，家人还注意把它们隔离起来，后来疏忽了，两个家伙就不时爆发战争。赛虎依仗个头大、资格老，每每主动进攻，想把野猫赶跑。可是野猫根本不买账，它动作灵活，迅疾如风，每次都给赛虎迎头痛击。这天夜里，两个又战在一处。它们呜哇乱叫，从院里打到屋内，从楼下打到楼上，结果"哗啦"一声，将祁老板的一只珍藏古瓶撞落打破。

睡梦里的祁老板起来察看，心疼得直跺脚。这时，他看见野猫已将赛虎扑翻，正在对它狂抓猛咬。不知为什么，祁老板在一瞬间对野猫充满了怒气。他上前一把抓起它，说：你还想翻天啊！不想那野猫突然回头，在祁老板的手上狠狠咬了一口，然后跃窗而去。祁老板看见自己血淋淋的手，眼前闪过赛虎平时温柔的模样，好不生气。他追到窗前怒吼：喂不熟的东西，滚吧！滚得越远越好！

野猫果然没再出现。可是没过几天，老鼠却又杀了回来。这时，祁老板才又怀念起野猫来。

（原载于2014年4月3日《南方日报》，入选《小小说选刊》2014第14期）

俺村有个大作家

我给你说说俺村大作家老范的故事。按理,乡里乡亲的,我不应该出卖他。那就不说他的名字吧,也算给他留点面子。

老范比我大几岁,先是他没考上大学回村,后是我没考上大学回村,我们也算同病相怜吧。我俩还有一个共同的爱好,就是喜欢文学。在农村艰苦的生活环境中, 文学成了我们的精神寄托。

老范的写作水平不怎么样,但是他胆大不害臊,一是敢经常躲在家里写作不干活,二是敢往外投稿。那时还没电脑,投稿全靠手抄邮寄,这样,老范就经常收到牛皮纸大信封。全村只有我知道那是退稿,但是老范却吹嘘说他和全国各地的杂志社有"联手",他很快就会成为大作家的。当然他说这话的时候,肯定是我不在场的时候。

后来有一天,老范接到县文化馆的一个通知,让他去县里参加一个创作学习班。这下老范可牛起来了,包括跟我说话都变了腔调。几天以后他从县里回来,更是鼻孔朝天。而且他还宣布了一个惊人的消息:市文联准备推荐他去上大学了。

当时我真有点羡慕嫉妒恨。更让人受不了的是我村的好几个姑娘都对老范刮目相看。说实话,老范人长得一般,再加上好懒馋滑和家境不好,以前想娶媳妇简直白日做梦。这回好了,好几个溜光水滑的大姑娘轮流往他家里跑。老范最后选中的是村花金枝。金枝本来是我的梦中情人，她主动投入老范的怀抱，对我的打击很大。但是我一点办法都没有。

金枝很快嫁给了老范，用现在的说法就是闪婚。刚度完蜜月，老范就说他该去上大学了。这天他打起行李，拿上家里和金枝娘家为他凑的上千块钱，雄赳赳气昂昂地上路了。我为他扛着行李，金枝为他拿着书包，一直把他送到车站。我跟老范握了握手，赶紧识趣地走开。走出很远还看见金枝抱着老范的腰在哭哩。

老范走了以后，只给我来过一封信，说他在大学里学习很好，同学们都很崇拜他。我看信封上的邮戳，却是从县里发出来的，心中不免有点疑惑。大约过了两三个月的样子，老范突然又回来了。他的解释是：身体不好，学校让他回来休养。我看他的身体也不像有病的样子，问他在大学里都学了什么，他却支支吾吾地说不清楚，我的心中不免更加疑惑。

过了几天，邮递员给老范送来了一封信，落款是市里的一所大学。老范说，这是校长亲自写给他的，并开始当众朗读。信的内容是让他好好养病，病好后赶紧回校，老师同学们都在等他。相信他很快就会成为一个大作家。如是云云。他的家人一时都乐得屁颠颠的。我把信抢过来一看，却差点叫出声来：这不是老范自己的字吗！我把怀疑的目光投向老范，他的脸不由一红。当晚他把我约到村外，痛哭流涕地对我说，他的确是撒谎了。其实他根本就没有去上大学，而是拿着家里的钱在县里游荡，想去打工又怕吃苦。钱花完了他就回来了。回来之前他往邮筒里扔了一封信，目的是打掩护，也抬高自己的身价。

我沉默着，一时无话可说。分手时我说：放心吧，我会替你保密的。

从此，老范就成了“专业作家”。他家里里外外的活全是金枝一个人干，整天累得东倒西歪的。可怜的金枝，精神上却很快乐哩。

老范每天草刺不捏，理直气壮在家写稿，还像大爷一样摆谱。他也的确写了许多稿，拼命地投出去，不是石沉大海，就是原件退回。一年多时间过去，他连一个字也没有发表出来。老范有点着急了。

这天，老范满脸通红跑来找我，抖着手递给我一本杂志，说他的作品发表了。我接过来一看，竟是一本省级文学期刊，上面的一部中篇小说，赫然印着老范的名字。我震惊、嫉妒、高兴，迫不及待地读起来。越读越觉得老范根本就没有那个水平。语言风格、题材内容，与老范根本不搭界。这是怎么回事呢？

老范“发表”的消息再次在村里引起轰动，金枝那张早已变得粗糙的脸上，洋溢着骄傲的笑容。我心里虽有怀疑，但还是当众替他鼓吹了一番。

又过不久，我的一篇作品在县里的刊物上发表，人家通知我去参加创作学习班。刚到县里，就听说了“文抄公案”，说我县一个姓范的作者，把一个当红作家的稿子只是换了一个标题，就一字不改地发表在一家省刊上，人家正在追查。

虽然这事不是我干的，但我依然感到无地自容。学习班我也不参加了，怒气冲冲就往回返。一路上我都在想怎么臭骂老范。发表不了就抄袭，简直太可耻了！

可是回到村里，我又放弃了这一做法。我真的不忍心去毁掉老范全家特别是金枝的美梦。唉。老范！你好自为之吧。

（原载于《精短小说》2014 年第 4 期）

独 狼

每天黄昏时分,独狼都会出现在驼山顶上。最初的时候,它都会举颈向天,发出几声悠长凄厉的嗥叫,仿佛在招呼远方的同伴前来跟它会和。可是后来,它不叫了。它每天依然准时出现在那里,但只是默默地站立或者蹲伏,似乎在向远方张望。在夕阳余晖的映衬下,独狼的身影由剪影再到黑点,直至被浓黑的夜色所吞噬。

一连十几年,几乎天天如此。

山下村庄的村民,早已习惯了独狼的存在。开头几年,也有几个不怕死的后生,结伙上山去打狼。结果狼毛没打到一根,反倒惹得独狼夜里窜进村里来闹事。村主任一声令下:今后谁也不许上山去惹那条狼,要惹后果自负。再后来,国家保护野生动物日紧,这条狼就更是无人敢惹了。

独狼当年是如何落脚驼山的,没人知道;它是公狼还是母狼,也没人知道。村民只知道一点,这条狼很“仁义”:它在此居住十几年,除了急眼时下山闹过两回,其他时间它对村民简直秋毫无犯,甚至可以说是十分友好。比如,有人在山上或路上遇到它,它总是主动避让;山下人家的驴猪羊狗它从来没有吃过,就算它们自己不小心跑到山里去,送货上门,它也从来不动。前些年驼山上树木稀少的时候,有人看见它总是外出打猎;这些年驼山上树木成林,荫翳蔽日,林中的动物日渐增多,独狼当然不必外出了。它深居简出,只有黄昏时才显露峥嵘。

就有许多关于独狼的神秘传说到处流传。久而久之,独狼身上就有了诸多神秘的光环,光环加上狼威,独狼就变得无比强大。任何人想进驼山,最恐惧的就是独狼。特别是那些想趁月黑风高到驼山上去砍几棵树下几个套的人,往往会因为独狼的存在而打消念头。不经意间,独狼竟成了驼山的保护神。这几年,民间还真的有人把它奉为狼神,每到年节就开始给它烧香上供了。

然而这几天,独狼却不见了。

最先发现独狼不见的是老村主任。老村主任已经不是村主任,但是他仍然喜欢管村里的事。不知为什么,他在心底深处一直对独狼抱有好感,或者说,他们之间存在着一种心灵默契。甚至有的时候,村主任觉得那条狼就是自己的化身。村主任在位多年,没少得罪人。而且他感到人一旦当官,往往就和众人有了距离:掌权时高高在上,退下来却像山上的独狼一样孤独寂寞。有一天他心情极其糟糕,鬼使神差竟去山上寻找独狼,而且居然真的找到了。他们在百米之内四目相对,默默注视,眼神里互相传递着说不清道不明的信息。就这样互相打量了十多分钟,才各自掉头走开。回到家,老村主任觉得自己的心情竟然好了不少。

从那以后,老村主任就有了黄昏站在院子里看独狼的习惯。他对它行注目礼,有时还会说上句“老伙计,你还在”之类的话。在独狼的身影消失的第三天,他用拐杖敲响了现任村主任家的门。

“驼山上的独狼不见咧,你要组织几个人去看一下。”

“一条狼,看它做啥哩嘛,我一天到晚正经事还忙不过来哩!”

“它对咱村有功哩。要不是它在山上镇着,驼山上的树林能

起来？早被偷着砍光哩。我当年不让动它，就是为了这个。还有，它和咱村那么和谐……”

“我没空哩。愿去你去呗。”

第二天，老村主任要上驼山寻狼的消息便传遍了全村。先是一个两个人要跟着他去，等到出发的时候，他的身后已经聚集起了几十号人。大家有的空着手，有的拿了把铁锹，有的还拿了一块肉，众人浩浩荡荡向山里进发。现任村主任想拦，一时又找不到拦的理由，索性装不知道。

众人上了驼山，在老村主任的指挥下分成许多小组，开始在密林沟壑间寻找独狼。最后，他们在一个隐蔽的山洞里发现了独狼的尸体。这是村民第一次近距离看到狼窝和独狼。狼窝里铺满茅草，里外弄得干干净净。独狼头朝外卧在那里，双目紧闭。从它的牙齿和瘦骨嶙峋的身架上看，独狼应该是老饿而死。

众人就唏嘘不止，老村主任更是热泪盈眶。

大家议论了一回，决定就近挖一个大坑，把独狼埋了。然后，又做了一个墓碑，上写“独狼之墓”几个大字。老村主任站在墓前，恭恭敬敬地行了个礼，他说：伙计你别急，再过几年，我就来跟你做伴儿哩！

（原载于《百柳》2014 年第 6 期）

好汉罗耀

第一次见到罗耀，是在一次家庭聚会上，罗耀和他的夫人一起来了。小个子，黑黑的一张脸，耷拉着个眼皮，一副没精打采的样子。没怎么推让，他竟然就在主位上坐下来。也不看别人，低着个头，好像别人都欠他的钱。

幸亏他的夫人很开朗，和每个人都热情招呼。倒酒的时候，只听他的夫人说：给他拿个大玻璃杯来。接着就给他咕咚咕咚倒了一满杯白酒，应该在四两左右。他的夫人说：他每次就喝这么多，大家不用管他。

整个宴会过程，都没听到他说一句话，只是自顾自地吃菜、喝酒。吃完喝完了，就站起身，坐到旁边抽烟看电视去了。他的夫人替他解释说：大家别见怪啊，我们老罗喝酒喝坏了，他以前可不是这样的。大家嘴上说没啥没啥，心里却都在想：这家伙，脑袋不是进水就是被驴踢了。

下次再聚会，就不带他们两口子了。席间还有人把他当笑话讲。这时，有个知情者说："哎，你们都不知道吧，这个罗耀年轻的时候可真不是这样的。想当年，他在草原上当知青的时候，可是大名鼎鼎的好汉啊。打个比方说吧，有孩子哭了，怎么也哄不好，一说罗耀来了，马上就不哭了……"

众人哪里肯信，这位知情人就讲起罗耀的故事来。

罗耀上中学的时候，是个调皮捣蛋的家伙儿。别看他个子小，可是他打架不要命，所以周围的人都怕他。二十世纪七十年代，知识青年大批上山下乡，罗耀和他的同学也一起来到了内蒙古草原上。

说是草原，其实是个半农半牧的地区，这里的贫下中农一半是蒙古人，一半是汉人。蒙古人要放牧，汉人要种地，难免发生矛盾。这一年，蒙汉两伙人为了耕地和草场打了起来。双方剑拔弩张，眼看一场械斗就要发生。干部劝不住，忽然想起了知识青年，想借助他们的力量平息械斗。别的知青听说打架都吓得两腿筛糠，唯有罗耀立刻像打了鸡血似的。他飞身上马，一冲就到了两伙人中间，扯起嗓子大吼："住手，都给我住手！我是知青罗耀，有事儿跟我说！"

双方见来了个小个子，都当没看见他，反倒怒吼着要开战。却见罗耀纵身下马，他先冲到汉人面前，劈手夺过一把短刀，扑哧一下插在自己的左臂上；接着又冲到蒙古人面前，又夺过一把刀，扑哧又插在自己的右臂上。他就那么带着两把刀，挥舞着血淋淋的两只手，吼叫："蒙汉人民是一家，就像我的这两条胳膊。你们觉得这样互插一把刀好吗？你们谁有种，就来砍我，来啊！"

众人见过狠的，可是没见过这么狠的，一时都呆住了。随后都乖乖放下了武器。接着，罗耀又在有争议的地方画了一条线，说："就这么定了，谁再闹事，老子就跟他白刀子进去，红刀子出来。不信就试试！"

一场流血冲突，就这么戏剧性地结束了。而且罗耀画的那条线似乎一下成了"三八线"，从此双方都认真遵守，再也没有发生过冲突。

小个子罗耀，不怕死的罗耀，从此声名大噪，蒙汉百姓有什么事情摆不平，甚至是家里打架，都来求助好汉罗耀。罗耀去了，先不开口，让双方说话，他听完了，马上评判谁对谁错，大多数人都服气，就算有不服气的，也不敢说啥。

只有一个人曾经对罗耀的权威进行过激烈反抗，那是蒙古人巴特尔。巴特尔蒙语本身就是英雄的意思，可是这家伙一点儿也不英雄，整天吃喝嫖赌，啥坏事都干。他很少着家，一着家就死命打老婆。他老婆听说了好汉罗耀的义举，遂四方打听后来找罗耀帮忙。罗耀知道巴特尔是个刺头，连干部都管不了他，但他还是答应了。

罗耀来到巴特尔家的时候，那家伙儿正在边骂老婆边喝酒。这是个身材高大的家伙，强壮得就像一头公牛，所以当小个子进来的时候，他并没有拿正眼看他。罗耀就在他的对面坐下来，也不说话，两眼狠狠地盯着他看。他的眼神就像刀子一样，最后把那家伙儿看毛了，他跳下地说："我知道你是来干啥的，也听人说你厉害，可是老子不怕你！你能把老子怎么样？"

罗耀说："老子不想把你怎么样，老子就是想叫你做个好人！你整天不务正业，还打老婆，你算个什么英雄！"

巴特尔说："老子就这样，你管得着吗？"

罗耀说："你打女人，我当然管得着！"

双方越说越僵，最后巴特尔说："废话少说，咱们对打。你如果能打赢我，我就听你的，要不你给我滚蛋！"罗耀说："大丈夫一言既出，驷马难追，来吧！"话音未落，砰砰两拳已经过去，把巴特尔的两眼封了。巴特尔被打了个冷不防，气得鬼叫，拼命朝罗耀反扑过来。但是他的两眼肿起老高，看不清目标，加上罗耀灵活躲闪，他根本就打不着罗耀，倒是罗耀从腰里抽出一根皮鞭来，这一顿暴打，直把那家伙打得在地上翻翻乱滚，喊爹叫娘，磕头求饶。从此，他果然改邪归正，一见罗耀就像老鼠见猫。

这一下罗耀的名气更大了，他简直就成了正义和力量的化身。七里八乡的漂亮姑娘都上门找他，现在的夫人便是那些姑娘中最漂亮的。知青返城的时候，蒙汉老乡都哭着喊着不让他走……

知情人讲到这里，满座皆惊，都说真的是人不可貌相，海水不可斗量，没想到罗耀还有这样的英雄史。可是他为什么变成了这样呢？

知情人叹了口气说："这都是酒把他害的。"

原来罗耀回城后，当上了县政府小车队的一名司机，专门给县领导开车。没人找他劝架了，但是却有人找他喝酒，当酒囤儿。这家伙儿在酒场上还是那股劲儿，喝起酒来不要命，经常帮助领导摆平客人，即使喝得吐血也在所不辞。久而久之他竟然酒精中毒，身体垮了，工作也受了影响，至今仍是个普通司机。为此，他的夫人不知道跟他打过多少架，每次都劝他保重身体。他当年帮人调解是高手，却调解不了自己的内心。好在夫人不离不弃……

（原载于《啄木鸟》2014 年第 11 期）

将军与母老虎

将军威风凛凛，英气逼人，他是军人的灵魂和骄傲。

但是，将军家里却养着一只母老虎，经常令他颜面扫地。

母老虎是将军从老家带出来的。将军出来当兵的时候，并没有想到将来自己会当将军，他草草地与村中一位不丑不俊的姑娘订了婚，以防将来退伍回来娶不上媳妇。没想到将军入伍后竟一路凯歌，步步高升，这位不丑不俊的姑娘自然也跟着夫贵妻荣。

将军是在当团长的时候才让家属随军的。这时候将军就已经发现自己娶了一只母老虎：她不但对父母颇为不孝，而且他每年回去探家，虽然在家的时间极为短暂，但母老虎都会对他发威数次，让他苦不堪言。将军多次想与母老虎离婚，但每一次都被母老虎的“我去部队告你”的威胁吓倒。将军怕这泼妇真的闹到部队去，他丢不起那人。

所以，将军一直不肯让她随军。

但是，母老虎后来却从别人那里知道了随军的条件，她又哭又闹，撒泼放刁，将军在万般无奈之下，这才同意她带着孩子随军。

起初，母老虎由于不熟悉环境和部队规矩，还老实了一段时间，但当将军再次升迁以后，母老虎的本相便又暴露出来。

母老虎不但经常和将军吵架，而且她还把气撒到部队派来的勤务兵身上，闹得勤务兵一进她家的门就发抖，一发抖就出错，一出错母老虎就变本加厉。

将军也多次痛下决心教育母老虎，甚至关起门来对她施以拳脚，但是母老虎激烈反抗，大声嚎叫，闹得四邻不安，鸡犬不宁。事后母老虎还跑去找首长告状，闹得将军十分尴尬。而且，在母老虎那里，她这个“不识几个字的农村妇女”竟成了响当当的金字牌子，而将军越是才华横溢不断升迁，就似乎越是有罪。他官职越高，母老虎越敢跟他闹。

为了孩子，为了后院稳定，为了……一切的一切，将军在苦苦忍耐着，忍耐着。

老母亲的八十大寿到了，将军将她老人家接来部队，想隆重为母亲庆祝一下生日。说是隆重，将军不过是在自己家里安排了两桌酒席，请来了一些亲朋好友而已。由于母老虎厨艺太差，所有的饭菜均由酒店送来，将军安排母老虎坐在母亲身边，希望她能装一会好儿媳讨得老人欢心。

将军首先致辞，他说：母亲是最伟大的，如果没有她老人家，当然就没有我；如果没有她老人家的培养、教育和支持，也不会有我的今天……

将军正说着，冷不防母老虎却在一边跳起来，她当着众人的面，居然点着将军的名字说：你怎么光知道说你妈，那我呢，没有我你能到今天这步吗?

所有的人都愣住了，将军的脸由红变紫，但是他仍然说：你坐下，今天是给妈过生日，不是给你过生日，你的功劳以后再说。

但是母老虎却哭了起来，她说：不行，你眼里只有你妈，没有我，你这个没良心的！母老虎好像受了天大的委曲似的，忽然哗啦一下掀翻了酒桌。

亲友们纷纷站起来，向门外走去。

老母亲双泪交流，几欲昏厥。

将军的脸色变得铁青，他一下跪在母亲面前，给她磕了一个头，说了一声：妈，儿子对不起你！随后，他让女儿扶着奶奶走出屋去。

屋中只剩下了将军和母老虎，将军也忽然变成了一只猛虎，他一记耳光将母老虎打翻在地，又去墙上的一件衣服里掏出了一把手枪，咔嚓推上了子弹，黑洞洞的枪口对准了母老虎的脑门。将军的话从牙缝里一个字一个字地蹦出来：你这个混蛋！你怎样侮辱我都可以，但不许你这样伤害我的母亲！

伴着母老虎惊恐的尖叫，屋中响起了三声枪响。

人们冲进屋，看见母老虎还在地板上喘气，口中兀自在叫：别打死我，我……改呀。在她脑袋左右的地板上，出现了三个黑洞。

一旁的将军泪流满面。

（原载于《小小说大世界》2014 第 7 期）

老歪造神

李老歪蹲在自家门前的那棵歪脖树下，挖空心思想着发财的主意。

这些年为发家致富，李老歪可没少折腾。他除了贩卖人口和毒品，几乎什么都干过了，无奈他头上一直有霉气星罩定，到头来还是穷光蛋一个。如今他老了，折腾不动了。李老歪决定想一个好主意，一个不用出力，就能让票子滚滚而来的主意。

他的目光落在身边这棵歪脖树上。这树是棵老榆树，应该有上百年历史了。它的主干已长到两人合抱那么粗，可惜不到一人高就分叉歪向一边。也许正因为它不能成材，所以它才能在这里自由生长。现在李老歪看着它，突然眼前一亮，奶奶的，何不如此如此……

第二天一早，村人被一阵激烈的鞭炮声惊醒。出来一看，只见李老歪家门口的那棵歪脖树披红挂彩，树下摆张桌子，桌上摆着供品，插着香烛，李老歪一家人正跪在树下，极其虔诚地顶礼膜拜。

越来越多的人围拢来看热闹，不知道李老歪这是唱的哪一出戏。

李老歪看看能来的人差不多都来了,就站起身说:乡亲们,这些天,这棵树一直给我托梦,说它得天地之灵气,日月之精华,已经成了仙树。它不但可保一方平安,而且可以为人驱魔看病,并要我当它的替身。乡亲们若有大灾小病,就来求仙啊!

大家听李老歪说完,一起笑着走开,都说这李老歪的脑子不是让驴踢了就是进水了。不错,这年头人们生活好了,但却越来越迷信了。但这不等于说你李老歪说什么成仙什么就成了仙啊。青天白日的,胡说八道呢!

可是没过几天,就有几个城里人前来拜树。拜完以后,一个说自己的头疼病马上好了,另一个说他在这边一拜树仙,她在医院难产的老婆立马就生了，而且生了个大胖小子。他们欢呼雀跃,当场就给了李老歪不少钱。

村人对此不屑一顾,说这一定是李老歪雇来的托儿。

又过几天,村里的吴二娃家的牛丢了,上天入地寻不着。有病乱求医,最后他将信将疑前来拜树仙。就见李老歪净手焚香,然后把耳朵贴到树上,嘴里嘟嘟哝哝了一阵,然后他说:此牛就在西南方向的一条沟里,赶紧去找吧。吴二娃撒腿就跑,果然在一条沟里找到了他的牛。

这件事一时轰动了,都说树仙真的灵验哩。可是村人李虎却说:纯粹是瞎猫碰上个死耗子。他还指着李老歪说:既然你家有树仙,你怎么不让它运些票子来给你花哩?省得你穷得掉渣儿。李老歪狠狠地看着李虎说:李虎,你不要张狂,十天以内,必有大灾降到你的头上。李虎笑道:好,我等着。

说也奇怪，二人说完这话的第五天，李虎赶辆马车去拉庄稼，路过南沟时，马莫名其妙地惊了。结果翻进沟里，压断了李虎一条腿。

这件事更轰动了。人们不得不重新打量那棵歪脖树，重新打量李老歪。看着看着，就看出了神秘，看出了威严。他们将自己的体会、猜测和想象加以综合，再添油加醋，以讹传讹，一时间李老歪和他的歪脖树声名大噪，传遍了十里八乡。很快，四面八方都有朝拜者赶来。

李老歪当然看不了什么病，许多病人都被他给耽误了。这些他当然闭口不提，也没有人宣传，被统统掩盖了。但是他偶尔蒙对了的事情却被无限放大，歪脖树的神仙地位竟然渐渐不可动摇了。

李老歪造神成功，受益匪浅。他每天只消坐在歪脖树下摇唇鼓舌，就有钞票进账。这年春节，他得意忘形地请全村人喝酒、看戏，结果他喝多了。他一手拉着吴二娃，一手拉着李虎，热泪盈眶地说：我家这棵歪脖树能成摇钱树，多亏了两位兄弟啊。现在我告诉你们吧，当初二娃家的牛是我藏下的，我自然知道在哪；还有李虎翻车，那是我藏在沟里惊了你的马……

吴、李二人也喝多了，面对这样惊天的谜底，他们居然说：这没什么，只要以后你多请我们喝酒，给个红包什么的，我们一定替你保密到底。

（原载于《东京文学·大观》2014 年第 1 期）

小木瓜

小木瓜是我中学同学，姓穆。小木瓜是他的绰号。

闭上眼睛，我现在还能想象出小木瓜的模样：矮矮的个子，一双有点微凸的眼睛，大大的脑门儿，稀疏的头发。他全身的“零件”似乎都没怎么长好，特别是两条腿短而侧弯，这使他走起路来摇摇摆摆有点像鸭子。

别看小木瓜其貌不扬，但是他的脑子却特别灵光，看书过目不忘。可惜小木瓜生错了时代，在稀里糊涂地结束初中生活之后，他所面临的唯一选择就是下乡，去接受贫下中农再教育。

记得那天，城里召开大会，欢送又一批知青下乡。我作为还乡青年代表也参加了会议。之后人们站在街道两旁，敲锣打鼓喊口号，就像当年欢送子弟兵奔赴战场。知青们胸配红花，排着队伍过来了，许多人都显得雄赳赳气昂昂。我看见了队伍里的小木瓜，他却显得一脸苦相。我喊他的名字，他跑过来跟我握手，眼里含着泪花说：老同学，再见了，这一去我还不知道能不能回来！我当时的思想还比较激进，听他这么说觉得他是对前途悲观失望，就教训他说：哎，你这么说可是不对，农村是一个广阔天地，在那里是可以大有作为的。他看了看我，苦笑了一下，转头走了。我看着他摇摇摆摆的背影，忽然想到：可怜，我们还只是十六七岁的孩子啊！

这年冬天，小木瓜突然到城郊我的家里来看我。我发现他又黑又瘦，两眼无神。说起下乡的生活，他语调忧伤地说：什么再教育，人家根本就不欢迎我们，认为我们占了他们的土地和口粮。白天干一天活，晚上回来还要自己推碾子压玉米面，不然明天就没有吃的。我们又不会做饭，老乡不但不帮，还在一边看笑话。

我当天留他在家里吃饭，母亲做的是小米干饭炒酸菜，小木瓜吃得很香。他羡慕地说：你多好啊，在父母身边，有人照应，我们却像没娘的孩子。那天我第一次知道，原来出生在乡下比出生在城里还幸福。

第二年夏天，小木瓜又回来了。他显得更黑更瘦。在又一次吃了我家的小米饭炒酸菜之后，他忽然说：吃完这顿饭，死了也值了。接着他就邀请我进城去玩。

去了他家才知道他家真的比我家还穷。他们虽然住在城里，其实就是菜农。他家孩子多，父母身体又不好，一家人挤在低矮的两间房子里。小木瓜当天请我吃的饭是玉米面饼子就咸菜，喝的是白开水。吃饭的时候我隐约感觉到，他们家里人之间的关系似乎很冷漠，彼此不怎么搭理。

吃完饭，小木瓜陪我去逛街，他的一个弟弟非要跟着。小木瓜打他他也跟着。我提议先去书店，一向喜欢看书的小木瓜却说，去那里干什么呀，现在读书还有什么用吗？接着他又说，人活着，怎么这么难，这么没意思呀！

我们在县城毫无生气的街道上漫无目的地走着，忽然就路过了一个棺材铺。小木瓜竟然停下脚步，提议进去看看。棺材铺，我听着都害怕，立即坚决反对。但是小木瓜却三脚两步走了进去，还饶有兴趣地视察起各种各样的棺材来。无奈，我只好硬起头皮进去，看那些让人心惊肉跳的棺材。在一口不太大的棺材前面，小木瓜站下了，他突然两眼放光，赞叹道：哎呀，这口棺材太漂亮了！说着他竟然打开棺材盖跳了进去，并躺在里面体验起

来。好一会他才出来，兴高采烈地对我说：这棺材就是给我做的，不大不小正合适，躺在里面真舒服哇！接着他又对弟弟说：你记住，假如我死了，就让家里给我买这口棺材。对了，也别忘告诉我的这个同学。

我以为小木瓜是说着玩的，当天下午就回家了。没想到第二天他的弟弟就一路打听来找我，说他的哥哥死了，是昨天夜里上吊死的。我又惊又怕，急忙跟他再次进城，只见昨天还跟我说话的小木瓜，直挺挺躺在他家院里，真的与我阴阳两隔了。我无论如何都想不明白，小木瓜这么年轻，怎么会这么决绝地结束自己的生命呢！

在他家人商量如何安葬小木瓜时，由于我和他弟弟共同作证，小木瓜生前的愿望得以实现，他们买回的正是他昨天躺过的那口棺材。

那时候还没有实行火葬，小木瓜入土前我见了他最后一面。令我惊异的是，一向表情忧伤的他，脸上居然挂着几丝笑意。

（原载于《小小说选刊》2014 年第 24 期）

野猪林

野猪林里其实只有一头野公猪。

这头野猪能存活下来的原因很简单，这家伙实在太厉害了。

这头野公猪，个头比牛犊还大，再配上凶狠的眼神和利剑一样的獠牙，简直就是个巨无霸。据几个和它交过手的猎人说：没见过野猪有那么精那么凶的。夏天的时候，它会到松树上去蹭松油，然后去沙地上打滚，就这么一层油一层沙的，形成了厚厚的防身盾甲，简直刀枪不入。它眼观六路，耳听八方，稍有风吹草动，立刻逃之夭夭。如果狭路相逢，它就会口喷白沫，坦克一般向你冲来，连撞带咬，让你轻则受伤，重则丧命。几个猎手曾经合围过它几次，结果不是给它逃了，就是被它伤了。最后只好望猪兴叹。

再到后来，实行禁猎。野猪成了保护动物，猎枪也收缴了，这头野公猪彻底被解放。野猪林成了它的一统天下。

奇怪的是这头野猪也好像知道危险解除了似的，山下村庄的村民，经常可以看见它大摇大摆地下山来喝水，村民种的地瓜啊，玉米啊，它也会吃上一些。毕竟只有一头猪，吃点就吃点吧。人们对此给予了极大的宽容。野猪呢，也从此不再伤人。据说一天有两个孩子进山去采野果，不想迎面碰上了野猪。两个孩子当时就吓尿了裤子，爹呀妈呀地哭叫奔逃。跑了一段听听后面没有动静，回头一看，野猪根本就没有追来。

就这么相安无事和平共处了好几年。

也是事出偶然。山下老赵家的老母猪有天丢了，后来又回来了，过了一段时间竟然生下了一窝身上有花花道的小猪。明眼人一看就知，那是小野猪。也就是说，老赵家的老母猪红杏出墙，跑到野猪林里和野公猪勾搭成奸，生下了野种。一时村里轰动了，大家纷纷来看稀罕。虽然是老母猪犯下的过错，但是老赵家的人依然觉得很没面子，商量着要把小野猪消灭掉。正巧他家来了个城里的亲戚，闻听此事却连连叫好。他说，现在生活好了，城里人的口味越来越刁了，都喜欢吃野味。野猪肉的价格是家猪肉的一倍哩。老赵家的人听了亲戚的话，就把这窝小野猪养大成猪，果然卖了个好价钱。

第二年，老母猪刚一发情，老赵家的人赶紧就把它赶进了野猪林。这时他们发现，往野猪林里赶母猪的已经不止他们一家。老李家、老张家、老王家、老孙家的人争先恐后，纷纷把发情的半发情的甚至还没发情的母猪往野猪林里赶。有的母猪因为胆小不敢进野猪林，想回家，便遭到主人的拦截和无情打击。于是，野猪林那儿猪哼人喊，一时热闹非凡。

要说那野公猪还真得人心，它发扬助人为乐的精神，躲在密林深处勤奋耕耘，竟然令一头又一头的母家猪成功受孕，小野猪生了一窝又一窝。最先获益的老赵家捷足先登，他们与村委会签订合同，承包了野猪林；接着在离野猪林不远的地方建起了一个养猪场，买了十几头母猪，轮番往野猪林里送，一下子成了暴发户。

野公猪义务为家猪配种的消息传到城里，引得报社记者前来采访，消息一经刊出，立即产生了轰动效应，许多城里人千方百计跑到山村里来看野猪林。老赵家灵机一动，马上通过城里的亲戚与旅游公司联系，开辟了野猪林旅游路线，并在猪场不远的地方建起了野猪林山庄，打出了“游野猪林，吃野猪肉”的牌子，一时间人满为患，财源滚滚。

老赵家知恩图报，经常往林子里送好吃的东西；也有眼红的故意到林子边上去放鞭炮。老赵家不让，两下就打起来，甚至动了刀子。

这年又到了母猪发情的季节，老赵家又轮番把母猪往野猪林里赶，却发现母猪都是空腹而归。进林察看，发现送去的吃食许久未动。老赵家的人慌了，急忙组织了一些人去寻找野公猪。他们找遍了整个野猪林，也没有见到野公猪的影子。糟了，他们的财神爷不知何时林间蒸发了。

老赵家不甘心，又带人到深山里去寻找。最后，他们在一片更大的树林里发现了野公猪的踪迹。经商议，他们回去取来了锣鼓家伙，成散兵状敲敲打打，想把野公猪向野猪林驱赶。众人边走边敲，冷不防树后腾起一个巨大的黑影，黑影发出雷鸣般的愤怒吼声，直奔众人冲来，吓得大家丢盔卸甲，拼命逃窜，结果还是被野公猪伤了两人……

野公猪从此销声匿迹。野猪林里再无野猪矣。

（原载于《小说月刊》2014 年第 3 期）

羊爱上狼

那首歌叫什么来着，哦，是《狼爱上羊》。说的是在北方的荒原上，一匹狼受了重伤，但它侥幸逃脱了，救它的是一只羊。就这样，狼爱上了羊，爱得疯狂，它们相互搀扶去远方……

这首歌讲述的，其实就是母羊黑花的故事。

那年，黑花刚两岁。但是作为羊，它已经是个怀春少女了。它身上的毛有白有黑，好像穿了一件花衣裳，再配上一双黄褐色的大眼睛，这使它在羊群中格外惹眼。它腰身修长，叫声婉转，年龄大的母羊已经开始嫉妒它，还有那几只风骚的种公羊，也已经开始对它垂涎三尺，甚至为谁先占有它而打得不可开交了。

但是黑花对嫉妒的眼神和勾引的暗示统统不屑一顾。它每天昂着高傲的头颅，想一些其他的羊根本就不会想的问题。它在想：我为什么会是一只羊呢？而羊的性格为什么会那么懦弱不堪呢？母羊们个个胆小怕事，最大的本事就是争风吃醋；公羊看上去挺威风,其实它们更恶心。它们个个恬不知耻,每天想的就是多占有母羊,即便见了一条狗,也会拼命逃窜。唉,这就是羊群里的男子汉啊!

最令黑花不能容忍的,是羊群里根本不存在爱情。当母羊长大成熟之后,那些公羊也不问你是不是喜欢它们,就理直气壮地来践踏你了。在野蛮粗暴地占有你的身体之后,它们连一句温存的话也没有,甚至都不再看你一眼,就又去追求其他母羊了。老羊们说历来如此,历来如此难道就是合理合法的么?

黑花从此成了一只有心事的羊。每天随羊群上山吃草,它经常一个人呆呆地思考。因此它常常掉队,遭到羊倌的呵斥和群羊的嘲笑。黑花这天终于把心一横,拜拜吧各位,我要走了。

黑花决定去寻找真正的爱情。它想去找谁还不太清楚,但那必须是一种强大的生命。这生命应该是英勇无畏的,热血贲张的,也应该是爱憎分明的,从一而终的。这生命在哪里,它不知道,但是黑花相信自己一定会找到。

在茫茫无际的山野之间,黑花开始了艰难的寻找。

黑花曾经找到过狗,交往了一段时间以后,它发现狗虽然凶猛,但是它的致命缺点是奴性,它在本质上其实和羊一样,完全受控于人类。

黑花果断地和它拜拜,继续艰难地寻找。这天,黑花遇见了狼。

那时候,时令已是寒冬,天气又阴晦了,北风呼呼地刮着,雪花纷纷地下着。黑花形单影只,孤立无援,它绝望地哭了起来。正在这时,它听到了一种声音在什么地方响起:嗷——呜——!这声音是那么高亢,极富穿透力,黑花听了不由为之一振,立即拔腿循声飞奔。第六感觉告诉它,它要找的强大生命出现了。近了,更近了，那声音却突然消失了。黑花正在疑惑，猛听见一陈剧烈的撕咬声传来，它举头一看，却见几条猛犬围住一个灰黑色的东西在搏杀。那家伙身材高大，动作灵活，它闪转腾挪，迅疾如电，一人独斗几条猎狗毫无惧色。看，一条狗被它一口咬翻，另一条又被扑倒在地。好，太精彩了！黑花在心里叫着，暗暗为它加油鼓劲。突然一声枪响，黑花悲哀地看见，那家伙一头栽倒了。随后有个猎人出现了，他扛着枪，上前把他的狗救起来，又查看了一下被他打倒的东西，踢了一脚，然后带着狗扬长而去……

黑花猛地冲了过去，它一下扑到那东西的跟前，轻轻地碰它：喂，你醒醒呀！黑花看见，那家伙双目紧闭，腹部有血水在流。黑花惊叫一声，赶紧用嘴撕下自己身上的毛为它堵住伤口，又一点点舔着它身上的血迹。

不知过了多久，那家伙的眼睛慢慢睁开了。当他看见救自己的居然是一只羊时，不由大吃一惊：这怎么可能！你……为什么救我？黑花腼腆地笑了一下：我寻找男子汉很久了，我觉得你才是真正的男子汉！我喜欢你！那东西却说：可是你知道我是谁吗？我是狼，是专门吃羊的狼。黑花的身体震动了一下，但是它马上说：那我也不怕！我相信狼和狼也有不一样的，就像我和别的羊也有不同一样。就算你真的吃了我，我也心甘情愿。宁为爱去死，也不要窝囊地活。

一串泪水从狼的眼睛里流出来，它挣扎着站起身，深深地吻了一下眼前这只可爱的小母羊。它说：简直太伟大了。今生今世，就是你了！

它们互相搀扶着往前走，一首歌谣在古老的荒原上流传开来……

（原载于《小说月刊》2014 第 1 期）

阴阳眼

阚老二天生一双阴阳眼，这是在他十岁那年被发现的。

那时，人民公社正在大办食堂，开头人们都抢着往死吃，后来就限量不够吃。有肚子大的人，夜里就去大食堂里偷着吃。

有贼就得抓。阚老二他爹是生产队长，便组织民兵夜里去蹲守，阚老二也跟着去凑热闹。可是他们一连蹲了三天，贼毛也没有抓住一根，但剩下的饭菜还是有所减少。阚老二他爹这天亲自上阵，带人守在食堂门外听声。夜深了，更深了，他们忽然听见食堂里面隐约传出碗筷的响声。阚老二他爹一声大吼，一脚把门踢开，打开手电筒率人一起冲进去，却发现根本就没有人——可是此时，跟在后面的阚老二却惊叫一声：鬼啊！匹然倒地。等他醒来，大家问他，他就说出来两个人的名字来，而这两个人，恰恰就是村里前些天被饿死的。大家上前观察，发现碗筷确实有动过的痕迹。饿死鬼前来偷吃饭菜，这真是非同小可。村里一连恐怖了多日，直到食堂停办，也没有人再敢去偷吃了。

这件事使得阚老二名声大噪，都说这孩子了不得，长了一双阴阳眼，不但可以看到凡间的人，也可以看到死去的人。这简直就是神仙。从此，人们便对阚老二刮目相看。

又有一年，村里搞政治运动，所有的一切都乱了套。村上有个叫吴奎的，依仗两片嘴皮能说，带头扯旗造反，夺了大队领导的权。他摇身一变，成了村里炙手可热的一号人物。没有多久，他的老婆芦花突然死去,随后,他便对村花李梅展开猛烈追求。以前李梅根本就不拿正眼看吴奎,现在吴奎成了一把手,就半推半就答应了他。这天他们举行了革命化婚礼,晚上,年轻人便去闹房。已经十六岁的阚老二也去看热闹。正闹着,灯光突然暗了,忽见吴奎两手捂脸,哇哇大叫,他好像被人追打似的,一会儿从地下跳到炕上,一会儿又从屋里蹿到院外,两边的脸很快肿了起来。众人正在莫名其妙,就听阚老二惊恐地大喊:芦花,是芦花!她说她是被吴奎害死的!说完又倒在地上。虽说是动乱年代,但毕竟是人命关天,上面还是派人来追查。来人找到阚老二,让他描述当时的情景。阚老二就说:他当时看见芦花披头散发,口鼻流血,拼命追打吴奎,嘴里还骂:是你往饭里下毒,把我害死的!后来经过开棺验尸和其他调查,证实芦花确实是被吴奎所害,于是将他逮捕法办。阚老二协助破了杀人案,村民对他更加敬畏,甚至有了崇拜的味道。

凭借一双阴阳眼,阚老二本可以去当巫师大仙,但是他却不肯去,只会在田里死受。他本来也是有老婆的,开始老婆还对他毕恭毕敬,可是日子久了,发现他也没有什么与众不同之处,甚至还不如一般的人灵活,最后竟弃他而去。阚老二也不着急,一个人不慌不忙过着光棍儿的日子。

阚老二五十岁这年,有了一次进城吃皇粮的机会。新任县长不知怎么知道有个叫阚老二的农民生了一双阴阳眼,就派人把他请去,要他到县政府收发室去看门,给他发工资。阚老二的任务其实就是夜晚在收发室睡觉,睡一个月就有三千多块钱进账。而且,县长一有空还来看他,给他拿烟拿酒拿吃的,对他就像对亲爹似的。这简直就是天上掉馅饼的好事,凡是认识阚老二的人都说这家伙的祖坟冒了蓝烟,对他甚至有点羡慕嫉妒恨。谁知这种幸福阚老二只享受了半年，就说什么也不干了。他打起行李回了乡下。

听说阚老二回来了，村人成群结队来看他，人人都想知道他辞职的真正原因，可是阚老二却死不开口。最后被问急了，他才说：你们等着看吧，到时候你们就知道了。

一年以后，那个县长突然被抓。原来这家伙为了捞政绩，往上爬，在当镇委书记时非法强拆，致几个家庭家破人亡。可怜几个家庭老弱不堪，状告无门，这家伙倒落得个快速升迁，随后大肆贪污腐化。他本人也知道自己罪孽深重，便把阴阳眼阚老二请来为他保驾护航，起码可以帮他看看有无冤魂索命。阚老二也许真的看到了什么，所以他才坚决辞职的。

至于阚老二看到了什么，他一直不肯说，那次几个好事者把他灌醉，才断断续续听他说：那些冤魂……好可怜啊！把我放那挡着……我能挡吗，我……能挡着别人报仇吗！谁作孽……谁顶缸吧！

过后再问阚老二，他却矢口否认说过这些。

（原载于《小说月刊》2014年第5期，入选《小小说选刊》2014第12期）

中　邪

小时在农村，经常听到人中邪的故事。中邪的人一般都是身体稍差的妇女，好好的一个人，突然倒地抽搐，口吐白沫，然后就开始又笑又唱，胡说八道。有时她们说话的声音，完全变成了另外一个人，所说的事情也离奇古怪。每到这时，就要请村上有经验的人前去“拿邪”了。

“拿邪”的方法却也简单，就是要给中邪的人戴上毛驴干活儿时套在脖子上的套包子，或是往她的脸上涂黑狗血，然后就拿一枚针，在她的身上寻找。发现什么地方在突突突地跳，就一针扎下去，便把邪灵扎住了。接着就逼问她（它），你是谁？住在哪里？为什么要前来害人？这时，那邪灵就开始坦白交代了：我是白仙，家住悠荡山，是你们家的谁谁谁惹了我，所以前来报仇。这边的针继续扎着，外边的人就开始到处寻找所谓“悠荡山”。所有的地方都找过了，没有；忽然一抬头，看见屋檐下挂着一个料斗子。搭梯子上去一看，嚯，一只大白兔子正四脚朝天躺在里面乱动。一棍打去，兔子死了，里头的人立即好了。还有的邪灵并不需要捉拿，她（它）只怕一个人，中邪的女人无论闹得多么厉害，只要这个人一出现，她就会立即恢复常态。

据说邪灵除了白仙以外，还有“黄仙”（黄鼠狼）、“长仙”（蛇）和狐仙，反正都是些存活多年、成精成怪的动物。这些动物似乎对人间的事情一清二楚，它们甚至可以说出死去多年的人的名

字,说出许多人的隐私,因此十分可怕。

不过以上所言,俱是道听途说,并非我亲眼所见。我只亲眼看到过一个人中邪,到现在想来还觉回味无穷。

那时候,我刚十来岁,正读小学。记得一天,村上“大纱帽”家娶媳妇,热闹非凡。特别是晚上闹洞房的时候,更是人头攒动。我们这些小屁孩便夹在人缝里,一心要看看新娘子的长相。听大人说,新娘子是邻村的谢秀花,是个天仙般的女子。此时她正蒙着红盖头,盘腿在炕头上坐着。众人正要上前嬉闹,不想那新娘突然将红盖头一把扯下,一个高从炕上跳起来,拍手击掌,又哭又唱,随后又开口大骂起所有的人来。她骂人的句子极其肮脏,绝不该出自新娘之口。

新娘中邪了!在新婚之夜中邪了!新郎一家人手忙脚乱,现场一片哗然。最后还是在大队当干部的“大纱帽”有主意,他一面疏散人群,一面请有经验的人上前拿邪。拿邪的人要给她戴套包子,不想新娘力气大得惊人,好几个人都按她不住。最后勉强把她按住,却找不到她身上突突跳的地方。正在疑惑,新娘忽然用一个男人的声音说话了:你们不用费事了,我是南山上得道多年的白仙,你们谁都治不了我……

真是令人毛骨悚然!可是拿邪的人不怕,还乘机跟她对起话来。问:大仙你家住南山哪里,到此有何贵干?答:家住哪里你们休想知道!我来这里,是替谢秀花出气来了。这么好的姑娘嫁给“大纱帽”缺心眼的儿子,纯粹是一朵鲜花插到牛粪上!问:那人家都结婚了,还能怎么样?答:你们这是包办买卖婚姻,“大纱帽”不就仗着有俩儿臭钱吗?谢秀花心里苦啊!说着便哭,哭得昏天黑地,悲悲切切。又问:大仙你老实说,这世界上到底有没有人能治你?她便用京剧念白腔调答:在你们村中,有一个人可以治我,他的名字叫作林立峰！

林立峰，这是我们小学校的老师啊！不等"大纱帽"下令，我们几个便如飞去找林老师。却见他正一个人呆呆坐在办公室里，对着一盏孤灯垂泪。听我们一说，他立刻箭一样往"大纱帽"家里冲。刚一进院，就听那"大仙"高声喊：来了，来了，治我的人来了！你们统统与我退了出去，关门关窗，我要和他当面论道，不然，谢秀花必死无疑！

"大纱帽"犹豫了一会，还是答应了。退出的人先是趴门缝窗缝往里看，结果里头突然灭了灯，接着，就听见林老师大声喝道：你是何方妖孽，敢来此闹事！又听新娘子喊：姓林的，你少管闲事！随后就是噼哩扑通的打斗声，哭泣声，呻吟声……大约过了十多分钟，灯忽然亮了，林老师大汗淋漓从里面走出来，说：好了，治住了。众人涌进屋，却见新娘乖乖地在炕上坐着，看见众人，她反倒一副很惊讶的样子，问：你们这是在干什么……

奇怪的是谢秀花此后每隔一段时间就要中一次邪，每次中邪都要请林老师来治，方法依旧，一治便好。大家都说林老师真是拿邪高手。直到谢秀花产下一子，人们越看越像林老师，才开始窃窃私语，"大纱帽"更是满腹狐疑。

一日，林老师和谢秀花以及那个孩子，突然一起人间蒸发。到这时，人们才恍然大悟。

（原载于《小说月刊》2014年第11期，入选《小小说选刊》2015第1期）

走出尚武村

再有三天，习武班就要结束了。法空和尚知道，危险的时刻来临了。

他是一个月前来到尚武村的。这个村子在江湖上非常有名，每年都要遍发英雄帖，邀请海内高手来村里传授武艺。但是听人说，最后却很少有人能活着出来。法空的师兄法天，就是去年在这个村里失踪的。

这么凶险的地方，法空并不想来。但是师父却逼着他来。

师父啊，我的功夫还不及师兄，你是要我去送死吗？

我要你去，自然知道你有比你师兄强的地方。去吧，去把事情搞清楚吧。

一个月来，法空小心翼翼，处处留心，但是他并没有发现村里有什么不对的地方。也许，师兄并不是在这里失踪的吧。

这天晚上，村主任请法空吃饭。村主任慈眉善目，说话和气，席间不断表扬法空，称他是他们请来的最好武师，连声问他可有什么要求。法空说：贫僧此来，一为弘扬佛法，二为传播我寺武学，除此别无所求。善哉，善哉！村主任最后和蔼地说：你这样讲，倒使我们过意不去了。客随主便，就听我的安排吧。

饭毕，法空回到住处，奇怪屋里怎么亮着灯，进门更觉香气袭人。抬眼望去，但见灯光之下，一个艳丽的女子正坐在他的床前向他含羞微笑。

你是何人，来此何干？

奴家就是村里人，奉村主任之命，前来为大师侍寝。

美女说着，上前要为法空宽衣解带。法空却闪身躲开了。

美女，法空本是出家之人，不近女色。谢谢村主任的好意，请你离开吧。

出家人不也是人吗？嘻嘻，像你这样的和尚，我也伺候过，来吧。

不得无礼！法空说到做到，请你速速离开！法空义正词严。

美女又磨蹭了一会，她见法空真的不为所动，意味深长地看了他一眼，走了。

次日一早，法空听见村里锣声阵阵，有声音在喊：收习武费啊！等他上完最后一堂课，就有人把他带到了村里的广场上。村主任正在那里等他。

大师，你辛辛苦苦为我村传武一月，无以为报，家家户户凑了点份子钱，请笑纳吧。村主任说着，抬手一指。

法空往过一看，只见广场中央摆了一张桌子，上面堆满了金银财宝，不用数，就知道足以使人富贵一生。法空看了一眼，他没有再看第二眼，他对村主任单手作揖：多谢村主任厚爱，法空本是出家之人，不爱钱财，善哉，善哉。

谁知村主任却哈哈大笑，他说：法空武师，你不必不好意思。和尚可以出家，也可以还俗，只要你喜欢，这钱就都是你的，包你有享不完的荣华富贵。

法空听了，赶紧掏了掏耳朵，他说：村主任，法空一心向佛，荣华富贵与我如浮云，我不是装，真是不能要的。

你可要想好了，过了这个村，可就没有这个店了。

不用想，我真的不要。贫僧告退。

法空说着，坚定不移地转身离开。在他背后，只听一声响亮，放桌子的地面突然裂开，桌子隐没，烈焰喷出。法空只用眼角扫了一下，不由惊出一身冷汗。

法空收拾了简单的行囊，拿起他那根僧棍，准备走了。村里静悄悄的，竟然没有一个人前来送行。法空刚说了声这样也好，冷不防就近一户人家院门突然洞开，几个人呐喊着：想走，没那么容易！手持武器将法空团团围住。

法空急忙把包袱扎好，挥舞僧棍，和他们战在一处。好不容易打退了这一家，另一家的门却又开了……真不愧是尚武村，家家户户都有奇招，南拳北腿，东邪西毒，刀枪剑戟，棍叉锹镐，真个是户户骁勇，人人善战，法空使出生平本事，只能且战且走。

这一场恶仗，一直从上午打到下午，又从下午打到晚上。当法空气喘吁吁、浑身是伤地打败了第九十九户人家时，月亮底下，他才看清自己已经来到了村外。

没人追来，只有村主任的声音在空气里炸响：法空大师，好样的！你是走出尚武村的第一人，你去吧，去吧！

法空转身作揖，口称阿弥陀佛，之后急急离去。

他知道自己该如何向师父汇报了。

（原载于《小说月刊》2014 年第 7 期）

张伯家的狗

张伯家的狗，是他的心尖子、命根子。

这条狗，其实是张伯进城卖瓜时捡回来的一条流浪狗。那年他家种的香瓜丰收了，光靠瓜地旁的瓜摊儿根本卖不完，他只好赶车进城去卖。

一连几天，他老是看见有一条狗在瓜车附近转悠，特别在他中午吃盒饭的时候，那狗便蹲坐在不远的地方，两眼巴巴地看着他。张伯看它可怜，就故意剩下少半盒饭拿给它吃。它用感激的眼神看看张伯，几口就吞进肚里，然后冲着张伯直摇尾巴。第二天它又来了，张伯看它一副瘦骨嶙峋的样子，动了恻隐之心，便多买了一个盒饭拿给它吃。狗吃完，竟然上前去舔张伯的手，摇头摆尾煞是亲热。张伯拍拍它的头说：哎哟，你还挺懂情谊的嘛。这么好的狗，是谁家说不要就不要了？你要不嫌农村，等我卖完瓜，就跟我走吧。

那狗居然就像听懂了张伯的话，等张伯回去的时候，它就在车后头颠儿颠儿地跟着，一路跟到了张伯的家。

开始的时候，张婶还埋怨张伯，卖瓜就卖瓜，怎么还带回一条狗来！家里地里忙得一个顶俩，哪里有工夫照顾它呀？张伯说：这狗可懂事了，反正家里就我们两个，就让它给我们做个伴吧。

其实张婶也就随口那么一说，既然来了，就得好好照顾。而且没过多长时间，张婶也开始打心眼里喜欢这狗了。

这狗真不是一般的聪明，仿佛它明白人间的许多事情一样。比如家里电话铃响了，如果老两口不在屋里的话，它就开始汪汪地叫，跑进跑出地通知示意，那架势，就差亲自去接电话了。再比如，老两口那天不知为什么吵起来，甚至还要动手。这可把它急坏了，它先是插在主人之间汪汪叫，随后又用嘴去扯他们的裤脚，最后竟然蹲在地上哭号起来。它的举动把老两口逗笑了，都说，看在狗的面子上，我就不跟你一般见识了。

这狗还有一个本事那就是认人。家里的亲戚或者邻居只要来过一趟，第二趟再来，它保证不叫了，还摇头摆尾热烈欢迎。但是有一条，你要是拿着东西进门可以，如果你带着东西出门，那是坚决不行的！它会发疯一样追着咬你，你要么把东西放下，要么叫张伯和他老伴来保驾护航。否则，你连他家一根草刺儿也休想拿走。

于是，大家就给这狗起了个绰号：把门虎。张伯说，这名字好啊！从此老两口干脆就管它叫虎子。

每到夜晚，虎子便成了张伯家的忠诚卫士。每隔一两个小时，它就会在院子里巡逻一圈，稍有风吹草动，它就会吠叫一通，警告蟊贼小偷，山魈鬼魅，本把门虎在此，休得轻举妄动。家里自从来了虎子，张伯和老伴睡觉格外踏实。

这年冬天，天气格外寒冷。张伯害怕冻坏虎子，晚上睡觉时，就把它关进屋里，让它到灶前去睡。可是虎子不肯，它拼命挠门，说什么也要出去值班守夜。早上起来一看，它的嘴巴和皮毛上都挂了一层冰霜。

可是这么好的一条狗，说没就没了。

原来张伯家这年买了一头驴。毛驴进门后，很快就与虎子成了好朋友。这年，偷驴风盛行。城里驴肉火锅店红火，贼人就窜到乡下偷驴往饭店里卖。村里接二连三丢了好几头驴，都是夜里被人牵走的。张伯就嘱咐虎子，你可得小心点呀，当心夜里有人来偷驴哩！虎子“汪汪”叫了两声，意思是说你就放心吧。

这天夜里，张伯前半夜还听见虎子在叫，可是后半夜却听不到动静了。老早爬起来一看，坏了，只见院门大开，驴槽上的驴不见了。再看虎子，竟然趴在窝里睡大觉。狗窝旁边，还扔着一个馒头。捡起来一闻，一股酒味扑鼻。不用说，是虎子没有经受住诱惑，吃了酒泡的馒头……

张伯气坏了，大声喊道：虎子，虎子！你给我出来，看你干的好事！

虎子半天才歪歪斜斜地爬起来，迷迷糊糊地还不知道发生了什么事。张伯上前踢了它一脚，骂道：你这个败家玩意，养活你是干什么吃的，把驴都看丢了！

虎子好像打了个机灵，醒酒了。它羞愧地呜咽一声，一头钻进了狗窝，任怎么叫也不肯出来。

当天晚上，虎子就不见了。张伯漫山遍野、旮旯道空地找了很多天，也没有再见到虎子的影子。

（原载于《荷风》2014 冬季刊，入选《小小说选刊》2015 年第 4 期）

2015 年

一匹有思想的马

毛莫利,一匹有思想的马。它是一个神,是上天派来帮助我的神。

那年我们怀着无限的憧憬,来到草原插队落户。草原却完全不是想象的那般模样,这里丘陵起伏,高山险峻,一马平川的地方寥寥无几。我们来到草原的第二天,嘎查(村)里给我们每人发了一匹马。嘎查书记用不太流利的汉语说:在草原上如果没有马,就像人没有腿一样。

我一眼就看上了马群中的毛莫利。但是书记告诉我,这匹马太烈。别说你,就是我们也很难驯服它。我不信,刚往它跟前一凑,它立刻咆哮如雷,两腿直立,两眼瞪得犹如铃铛,那架势好像要一下把我吃了。我犹豫了一下,就从挎包里掏出一支笛子吹奏起来。我的笛声悠扬悦耳,我看见毛莫利的目光一点点变得柔顺痴迷。我一步步走过去,就在笛声里和它亲密接触,最后,我竟然一跃跨上了马背。在场的所有人包括蒙古老乡都惊呆了,都说这简直太神了。而我则确信,毛莫利有思想,它懂得音乐。

从此,我和毛莫利成为形影不离的亲密伙伴。只要我出门,短笛一吹它就会如风而来。

毛莫利第一次救我,是在我们下乡的第一年冬天。这天,我们带着大包小裹,乘坐拖拉机兴高采烈回城过年。风雪弥漫,拖拉机手不辨路径，一家伙开进沟里。前不着村，后不着店，我们几乎都受了伤，天寒地冻，寸步难行。绝望之时我忽然想起了毛莫利，就抽出短笛吹起来。翻车的地方离牧人新村有七八里路，大家都说一匹马怎么会听得到。没想到十多分钟以后，一声马嘶响起，我的毛莫利竟然踏雪飞奔而来。大家就像看到了一棵救命稻草，争先恐后要往它的背上爬。想不到毛莫利又是一声嘶吼，躲去一旁只向我点头示意。我说：不行，我不能丢下大家，要走一起走！毛莫利怔了一下，竟然掉头飞奔而去。众人齐骂这马见死不救，我更觉得无地自容。

就在我们快要冻僵的时候，只听人喊马嘶，原来是嘎查书记带人来救我们了。书记说：多亏毛莫利回村嘶鸣刨地报信儿并带路前来。事后大家才明白：毛莫利当时是想先带我回去报信，见我不肯走，只好自己先走。如果它不这样做，我们大家就会一起完蛋。由此我更确信，毛莫利的确是一匹有思想和智慧的马。

当草原在我们的眼里不再神秘，当所有的浪漫都被现实击得粉碎，我们开始讨厌草原，做梦都想离开草原。离不开，就借酒浇愁，甚至酗酒闹事。这一天，我借着酒劲，和一个跟我抢夺女朋友的知青打了起来。因为没打赢，我恼羞成怒，冲进厨房拿了把菜刀，开始在草原上拼命追赶他，一心要把他砍死。眼看就要追上了，闪着寒光的菜刀马上就要劈到他的脑袋上了……就在这个时候，我突然感觉自己的身体腾空而起，像鸟一样飞了出去，重重地摔在草地上。我抬头一看，却是毛莫利在那里竖起前腿，对我生气地吼叫。过后大家都说，我们谁都追不上你，是你的马飞奔过去叼住你的衣服把你甩了出去，不然你就是一个杀人犯了。毛莫利在我失去理智的时候及时赶来制止我，可见它真的很有思想。

日子终于有了希望,国家恢复高考了。我借故回城复习了一段时间后又回到草原，准备在当地参加考试。没想到大雪洋洋洒洒,竟下了三天三夜。到了第四天,依然还没有停止的意思。书记怕出危险,劝我们放弃,并拒绝出车相送。最后我一个人来到马厩,对毛莫利讲述了事情的紧迫性,我说:伙计,我的命运能不能改变,就看你的了。毛莫利眨巴着大眼睛,好像听懂了,因为它不断向我点头。第二天一大早,天还黑着,风雪正紧,我和毛莫利偷偷地出发了。开始还很顺利,前面越走越难。有的地方积雪已到马肚子,人和马与其说走,不如说爬,在冰天雪地里一点点爬。

最要命的是,我们遇到了一群狼!

这显然是一群饿狼,这从它们的眼神里可以看得出来。在荒无人烟的雪野上，一人一骑遇到一群饥肠辘辘的狼，后果可想而知。我心里连喊完了完了，我甚至已经看到我和毛莫利的尸体被群狼分食的景象。就在这时我突听毛莫利一声嘶吼，它载我奋力跃上一个高岗,然后以蹄敲地,不断嘶鸣。我在它的吼声里找回了勇气，毅然拿出一沓复习资料用火机点燃，举起来挥舞，我和毛莫利一起发声喊，居高临下以泰山压顶之势冲向群狼,群狼竟然被吓得四散奔逃……最后,毛莫利终于带着我及时赶到了考场。

第二年春天,当我金榜高中,准备彻底离开草原的时候,毛莫利却不知所踪。我找遍草原,喊哑了嗓子,依然不知它去了哪里。我带着深深的遗憾离开了草原。

后来知青战友告诉我,多天以后,有人在草原那座最高的山上发现了毛莫利的尸体。马死一般都是躺着的，但是毛莫利的尸体却是趴着的。它头颅所冲的方向，正是我离开草原的必经之路。也就是说,毛莫利当时就是在这里默默地为我送行的。

哦,毛莫利,我的神啊!你的的确确是一匹有情有义有思想的好马啊!

(原载于2015年11月20日《文艺报》,入选《小小说选刊》2016年第1期)

鸡血王

那时候,巴林草原上的人们还过着并不富足但很平静的生活。

一日,村里来了个"南蛮"收破烂。所谓南蛮,是北方人对南方人的统称。这南蛮操一口蹩脚的普通话,个头不高,前额突起,双眼虎虎有神。当他喊着"破烂换钱"走到村北老冯家的猪圈旁时,忽然两眼发直。他绕着猪圈左转三圈,右转三圈,然后两手抖抖地敲开了冯家的大门,问的却是:你家的猪卖不卖?

在村上,老冯头是最精明的人,人家说他"眼睫毛都是空空的"。他一听一个收破烂的人开口要买他家的猪,心中立刻疑窦丛生。他的脑子飞快地转了一下,马上回答他说:可以卖,但是价钱很贵。南蛮愣了一下,又问:什么价?老冯头就说出一个天价来。南蛮想了一想,说:行。但是我有个条件,就是你家垒猪圈的这些石头要送给我。

要是换了别人,这笔买卖肯定成交了。一些破石头,送你就送你呗!但老冯头偏偏是个人精子,他的目光立即定格在猪圈墙上，连连说道：不卖了，我不卖了。接下来，任由南蛮磨破嘴皮，再主动提高价格，他也还是两个字：不卖！

待南蛮离开村庄之后，老冯头立刻组织全家人对猪圈墙的石头开始进行认真研究。他们首先把猪圈墙一层层拆开，想发现是不是墙缝里隐藏着什么宝贝，没有；接着他们又开始反复打量揣摩每一块石头，也没有发现什么特别之处。难道这个南蛮是个神经病，或者在逗人玩？也不像。那么南蛮到底为什么非要这些破石头呢！老冯头想疼了脑袋，也理不出个头绪来。

夜里，老冯头躺在炕上睡不着觉，他仔细回忆着建猪圈的整个过程：先是到后山的一个石坑里去一块块地撬石头，然后又用牛车一趟趟地往回运石头，接着又一块块地往起磊石头，猪圈很快建成了……这期间也没遇到什么怪异之处啊！都说南蛮的眼睛能识宝，难道这些石头里面有传说中的狗头金？

第二天，老冯头借来了石匠的锤錾，开始一块块地凿石头。咔咔地凿开一块，指望里面金光一闪，但是没有；再咔咔凿开一块，依然没有。倒是发现那些石头里面或密或疏地分布着一些鸡血一样的东西。奶奶的，这鸡血是怎么跑到石头里面去的呢，看见这东西是吉利呢还是倒霉呢！老冯头不管不顾继续凿着，可是等他凿完最后一块石头，也没有发现什么黄色的东西。他不甘心，挑大块的再往开凿。其中有一块最大的，里面的鸡血最多最密，老冯头一口气把它凿成若干小块，依然一无所获。最后老冯头家的大门口，就剩下一堆石头渣子了。

过了些天，那个南蛮又转回村里来了。他一看老冯家门前的碎石头，立刻心疼得哇哇大叫。老冯头出来了，两眼冷冷地看着他问：你还要这些石头吗？

南蛮的目光还在那堆石头渣子上粘着，他不断地吸着冷气，连声说着：可惜了，真是太可惜了。他忽然问老冯头：请问你的这些石头是从哪里弄来的？

老冯头张了张嘴，本想告诉他，但是他的舌头却打了个弯：你先告诉我这些石头到底有什么用吧，完了我就告诉你！

南蛮也张了张嘴，本想告诉他，但是他的舌头也打了弯：你先告诉我，我就告诉你！

你先说！

你先说！

你不说，永远都不会知道这个秘密的。

你不说，永远也得不到你想要的东西的。

二人僵持了许久许久，谁也没有屈服。精明对精明，针尖对麦芒，没有办法。

又过了若干年，巴林草原上人们过上了相对富足但躁动不安的生活。

这一天，已经老态龙钟的南蛮带着几个穿金戴银的人来到村里，他们直接来到了老冯头的家。接待他们的却是老冯头的儿子。

你家的那个老人呢？南蛮迫不及待地问。

他……已经去世了。

唉，可惜了。南蛮叹息道，你知道你家猪圈墙的故事吗？

知道。我父亲去世的时候还说，那个……掌柜的迟早还会来的，他一定会把那个秘密告诉我们的。您是不是……

是，我是。我现在就告诉你，当年你家垒猪圈的石头，都是鸡血石呀，是一种非常值钱的石头。其中一块堪称是鸡血王，价值连城，可却被你父亲凿碎了……

哦！我父亲还说，只要你能说出当年的秘密，就让我带你去

那个石头坑……

此后不久，一座早该诞生的巴林鸡血石矿终于诞生了。

（原载于《时代文学》2015 第 3 期，2014 年获“临川之笔”征文优秀作品奖）

《辞海》的诱惑

上中学的时候，我的同学李政神秘地告诉我，中国有一本书叫作《辞海》。他说，这本书有十个砖头摞起来那么厚，书中收录了古今中外的所有词汇，谁能拥有它，谁就是个大学问家。

我对李政的话深信不疑。因为李政出身书香门第，在我们班里，他是唯一拥有《汉语成语小词典》的人。他平时说话总是咬文嚼字，就像老鼠啃碗碴，口口咬词（瓷）儿，作文也常被老师当范文朗读。他是我人生中第一个学习的榜样。

后来，在李政的帮助下，我也有了一本《汉语成语小词典》。我走路、吃饭，甚至睡觉都带着这本书。我不断翻看、背诵那上面的成语，很快，我说话也满口是词儿了。我和李政成为班里一对最要好的朋友。

当我和李政都把《汉语成语小词典》背得滚瓜烂熟的时候，我们两个有了更大的野心，那就是要得到一本《辞海》。

为了能看到《辞海》，我们曾经去书店打听，去图书馆查阅。但结果都令人失望。虽然那时已经是二十世纪七十年代了，但是许多东西都还没有解禁，《辞海》也一样被关在笼中。

后来有一天，班级上劳动课，帮助教师办公室搞卫生。在走廊尽头有一间资料室，清扫时我发现书橱里有许多书，还隐约看到其中几本厚书的书名似乎是《辞海》。我的心怦怦地跳起来，很想打开书橱去看那几本书。但是因为有老师在场，只能拼命压制着自己的欲望。后来搞完卫生，乘老师不注意，我偷偷打开了窗子的插销，然后若无其事离去。

当天晚自习以后，我和李政悄悄溜到了教师办公室窗前。由李政望风，我顺利地推开了那扇窗，冒险跳了进去。我抖着手打开了书橱，摸索着找到了那几本厚书，然后把它递给了外面的李政。我关好书橱跳出屋子，两个人抱着书沿着墙根儿快速逃跑，边跑边说：君子爱书，算窃不算偷。

我们翻过学校院墙，一口气跑到了县城一条背街的一盏路灯下，迫不及待看那几本书，令我们无比失望的是，那书并不是《辞海》，而是《辞源》。

高中毕业以后，李政先下乡，后去当兵，我则回乡当了农民。我们之间依然通信不断，互相鼓励。几年以后，李政当了军官，他回乡省亲，我闻讯到县里去看他。出现在我面前的李政不仅相貌变化很大，而且我感觉到他说话的口气和内容都有了根本性的变化。他满口都是当时流行的政治术语，不断神秘地向我讲述上层政治斗争内幕，根本不容我插话。直到快告别的时候，我才有机会说起了读书，说起了《辞海》。没想到他却不屑地说：唉，那时候我们是多么幼稚天真啊！为了《辞海》，还去行窃。我告诉你，那本书我在北京已经看到了，真的太厚了，要是看完它非得近视眼不可。而且有什么用呢，最多变成一个书呆子！

李政的话使我目瞪口呆，我暗想他已经变成了一个政治动物。

然而我依然很想得到《辞海》。后来国家恢复高考，我因为一直没有放弃学习，终于考上了大学。在大学期间，我也曾经去图书馆寻找《辞海》，依然未果。

毕业以后，我从做秘书开始，竟然也很快进入了官场。头几年我还想着读书，想着《辞海》。几年以后，每天繁忙的工作加应酬再加上家庭琐事，把我弄得焦头烂额，就算有时有点时间，也被电视和网络占领。我摸书本的时间越来越少了，我几乎忘了《辞海》。直到二十世纪九十年代初，才偶尔听说上海人民出版社早已重新修订出版了《辞海》。我给秘书打了个电话，《辞海》很快就摆到了我的办公台上。

翻看这本曾经梦寐以求的大书(缩印本)，不知道为什么我的心情一点也激动不起来。回想起少年时代的青涩往事，想想已经失联多年的李政，再想想眼前官场的诡诈多变，我的心中甚至有点苦涩。这天我在《辞海》的扉页上工工整整地签上了自己的名字，写上了购书日期，然后把它带回了家，放进了自己的书橱里。我心里在想，等我有了时间，一定会坐下来认真地读它。

没想到一晃就过了二十多年。当我退居二线、乔迁新居的时候，我的手才再次触碰到了《辞海》。只见我当年的至爱，上面落满了厚厚的灰尘。这才想起它就这样一直被我束之高阁。

我不无愧疚地除去书上的灰尘，翻开书页，我突然发现我的眼睛已经很难看清那上面的蝇头小字了，我一下就失去了阅读它的欲望。

我呆呆地站着，心中百味杂陈。我忽然想起了外孙，他马上要读小学。对，我将来一定要把《辞海》连同所有的书籍传给他，让他做一个真正的读书人。

(原载于 2015 年 5 月 6 日《文艺报》)

东洋生灵

杨老大进城去捡“洋落儿”，没想到却捡到一个人和一条狗。

这是1945年的一个秋日，苏联红军犹如钢铁巨流，自东北方向席卷而来。被日本统治了十三年的县城，顷刻间天翻地覆。日伪人员死的死，逃的逃，城内和周边村庄的百姓冲进日本人的住处和他们开设的商铺，见啥抢啥。但是等杨老大闻讯赶来时，却毛也没剩一根了。

杨老大垂头丧气地往回走，忽听身后有响动。扭头一看，却是一条瘸腿白狗跟着他。那白狗的嘴里，还叼着一个军用水壶。杨老大眼前一亮，嘿，这是谁家的狗这么仁义，知道我没抢着东西，特意给我送来了。他看那条狗的长相并不凶恶，便上前去拿。但是那条狗却掉头就走，而且走走停停，一直把他引到路边的一条沟里来。当它最后停下的时候，杨老大看见那里原来躺着一个人。再仔细一看，不由吓了一大跳，那竟然是个穿军服的日本兵！他浑身是血躺在那里，眼睛紧紧闭着，只是肚子似乎还在起伏。

好家伙，这狗肯定也是个日本狗！它这是拿水壶当引子，要我来救它的主人哩！但是杨老大的第一反应，却是弯腰捡起一块石头。你们日本人欺压我们这么多年，烧杀抢掠，无恶不作，还指望我来救你！老子砸死你！可是杨老大往前一凑，那狗却呜呜地吼起来，露出尖利的牙齿。哎哟，还挺忠心的嘛。那好，那你们就在这里自己等死吧，老子走了。

没想到刚迈出几步，那狗却追过来，用嘴咬住了杨老大的裤脚，喉咙里发出了哀号之声，好像在乞求他。随后那狗又跑过去，用舌头舔去日本兵脸上的血迹，这下杨老大看清了，这日本兵还是个孩子，最多也就十七八岁。他马上就扔了石头，心想一个孩子能有啥罪恶呢？罢罢罢，救人一命胜造七级浮屠，谁让这狗这么通人性，把我引过来了呢！他想着就去把日本兵背起来，带着那条狗回了家。

杨老大家住山脚下，很偏。家里只有他和老伴。他把日本兵放下，跟老伴说了事情经过。老伴听了，就格外多看了那狗几眼，说这狗这么精啊，也许咱们活该救他。然后就忙着烧水熬汤去了。

杨老大脱去日本兵的衣服，看清他伤在腿上。正好家里有红伤药，杨老大就给他上药包扎。期间日本兵疼醒了，尖叫起来，接着又昏迷过去。杨老大包完他，又把白狗受伤的腿也包了一下。白狗摇着尾巴，眼睛红红的，好像很感动的样子。

接着就喂汤喂饭，也喂了白狗。这一兵一狗，就这样在杨老大家待了下来。

日本兵是第三天才清醒过来的。看见中国人，他很害怕，后来看见白狗在，他才慢慢平静下来。他竟然通一些汉语，说他叫相山，十八岁，是专门喂养那条狗的。那条狗是条军犬，它的命比他还要值钱。

家里一下多了一人一狗，粮食很快就不够吃了。老两口就吃糠咽菜，把省下的粮食给相山吃。白狗腿好了，竟然知道上山去打猎，把野鸡野兔什么的叼回来。老两口把野味炖了，仍然舍不得吃，肉给相山吃，骨头给白狗吃。

有一天，相山终于知道了真相，他感动得泪流满面，趴在炕上给老两口磕头，说你们就是我的中国爸爸和妈妈！这下杨老大高兴了，他说：我一辈子没儿没女，你就留下来当我的儿子吧。还有白狗，也算是咱家一口人了。

这期间，也有人来查过相山的身份，却被杨老大巧妙地应付过去了。

转眼冬去春来，相山的身体完全康复了。他身体好了，事情也来了。相山开始嫌老两口生活不文明、不卫生，经常谈论大和民族如何优秀，嘲笑中国人如何愚蠢。对这些话，杨老大有的听不懂，有的装糊涂。可是这天，相山突然提出要带白狗回国去。老两口一时目瞪口呆。

怎么劝都没有用，相山坚持要走。万般无奈的老两口，只好把一些话说给白狗听。白狗听得非常认真，好像听懂了一样。

这天半夜，杨老大被一阵狗叫声惊醒，起来一看，相山身背包袱，正准备出门。白狗拦在院门口，不让他走。杨老大一时觉得心都被掏空了，急忙扑过去喊：孩子，你不能走啊！说着上前死死抓住了他。谁也没有想到，相山竟然把杨老大死命一推。老汉猝不及防，仰面重摔，后脑勺恰恰碰在锋利的镐尖上，立刻血流如注。可怜他蹬了几下腿，就不动了。更不可思议的事情随即发生了，只见那条白狗突然怒吼着跳起来，张开大嘴直取相山的咽喉……

后来，这条日本军犬就与杨老太相依为命，直到走完生命的全程。

（原载于《海燕》2015 第 5 期，入选《小说选刊》2015 第 7 期，获《小说选刊》武陵“德孝廉”杯·全国微小说精品三等奖）

公司来了一只猫

自从公司办起食堂,老鼠就出现了。先是在食堂里闹,后来又到各办公室捣乱破坏,搞得大家苦不堪言。情况反映到老总那里,这天老总就对管后勤的老丁说:去买一只猫来吧。

那只猫恰恰就在这个时候自己出现了。

谁都说不清这猫到底是从哪里来的,反正它就来了。它中等个头,白毛夹杂着黄花,两只明亮的眼睛闪烁着幽蓝的光芒,走路轻快如风。这猫,怎么看也不像一只野猫,因为它身上很干净,而且一点也不怕人,见谁跟谁亲近。

老总说:这是上帝派来的使者。于是它的名字就成了“使者”。

使者白天跟大家玩,下班以后,公司就成了它的一统天下。谁也没有看到它的捕鼠过程,但是几天以后,老鼠就在公司彻底绝迹。大家都说:使者真是个好家伙!

使者就越发讨人喜爱,它成了所有人的朋友。

每天一上班,大家的第一件事就是呼唤使者,等它一出现,这个亲,那个抱,你给它带来一条鱼,我给它带来一块肉,使者成了人人争宠的香饽饽。

但是这种和谐局面并没有持续多久,就被一个意外事件打破了。

那天,美女小兰手拿一块鱼肉逗使者玩,她故意不让使者吃到。使者大概被逗急了,忽然纵身跳起,一爪将鱼肉抢去。就听小兰惊叫了一声,原来是她的玉手被抓破了。这一下不得了啦,小兰先是气恼地追打使者,打不着,就抱着伤手跺脚喊倒霉。一旁就有人吓唬她:这下完了,还不快去打狂犬疫苗,不然美女就会变成疯女的。美女当然怕死,赶快请假去了防疫站,一开单,好几百块,更不用说打针还挺疼的了。小兰拿发票去找老总报销,老总却说:这事虽然发生在单位,但责任在你。你上班时间逗猫玩,不批评你就不错了,还报销!小兰闹了个倒憋气,一腔恼恨全都转移到使者身上。

从此,使者在公司就有了一个仇人。小兰只要看见它的影儿,不是踢,就是打。她还拼命讲猫的坏话,说猫这东西自古就是嫌贫爱富的,品质极其不好。又说猫身上有跳蚤,而跳蚤最善于传播疾病。如是云云。让她这么一闹,女孩子都不敢和使者近距离接触了。

但是使者对此浑然不觉,它依然寻找一切机会和人亲近。女孩子不敢碰它,可是还有男孩子,他们照样和使者嬉闹。特别有个叫阿辉的小伙子,天生爱猫,他对小兰的言行颇为反感。他也不反驳她,只是用行动对她进行无声抗议。比如他仍然每天给使者带好吃的东西,还特意在他的电脑旁用书本搭了个小窝,底下铺上软布供使者睡觉。久了,使者知道这人对它最好,就每天粘着他,成了他的跟屁虫。

可是这天,阿辉的电脑突然坏了。上午还好好的,午休时也没有关机,下午上班,发现电脑线断了两根,键盘也坏了。急忙请人来修,花了好几百块。阿辉找老总签单,老总就问电脑是怎么坏的。阿辉说不清,小兰就举报说是使者搞的。阿辉说不可能,使者为什么要破坏电脑呢。老总说不是它,那就是你喽!钱你自己

出。阿辉无奈，只好自掏腰包。

阿辉却依然对使者好，他有意无意地念叨：谁这么坏啊，栽赃陷害一只猫！怎么把人家的功劳忘得那么快呢，人啊！

没过几天，小兰的电脑也莫名其妙地坏了。小兰大吵大闹，一口咬定就是使者干的。阿辉终于忍不住，拍案而起，他说：你不要欺负使者不会说话，请你拿出证据来！两个人就吵了起来，越吵越凶，最后惊动了老总。

老总前来破案。他左看右看，上看下看，怎么也无法断定电脑到底是怎么坏的。最后他说：算了，这次维修费单位出。但是使者不能继续在单位待了，你们谁喜欢猫，就把它领走吧。

可是却无人响应。只有阿辉张了张嘴，却又闭上了。因为他的女朋友不喜欢猫，他不能因小失大。

老总看看无人答应，就上前抓起使者说：没人要，只有我来处理它了。说着走到了窗前，打开二楼的窗子对使者说：使者啊，我知道你是一只好猫，但是你在这里的任务已经完成了，别的地方老鼠还很多，请你继续去为人类立新功吧。我们会记住你的。对不起，拜拜！

老总说完，手一松，使者就被丢到窗外去了。

（原载于《海燕》2015 第 5 期）

观音石

多少年了，村人一直都在村头供奉着那块观音石。

村人认定这块石头就是观音菩萨的化身，除了它和观音有些形似之外，还和一个美丽的传说有关。据说多少年前的一个风雨之夜，村前的东江涨水，一艘渔船在风浪里不辨方向，危难之时忽然发现前方有东西发光。立即划船向前，结果顺利靠岸回家。第二天船老大到江边寻找，发现了这块石头。他越看这石头越像观音菩萨，就把它恭恭敬敬放在村头的大榕树下，逢年过节，定来祭拜。

初时，信的人也不是特别多。后来，又发生了一件事，使得全村人几乎都信了。原来每年春节，信奉者都要去广州为观音请戏。而戏的内容则要通过扔贝壳来决定。在观音石前，他们拿出一个剧目名单，每念一个，就抛一次贝壳，贝壳朝上，则为观音认可。最后他们定了十出戏，第二天就派人从东江乘船前往广州。来到剧团，人家说你们已经有人来过了，定了剧目，只是没有交钱。拿出那人说的剧目一看，和他们定的一模一样。又问来人长相，说是挺富态的一个人，似乎是女扮男装。这一惊真是非同小可。回家一宣传，从此观音石前香火日盛。

话说到了“文革”时期，横扫一切牛鬼蛇神。造反的人晚上决定第二天就去砸烂观音石，可是早上一看，观音石却神秘地失踪了。找遍村角旮旯，前河后山，就是找不到。人们就在私底下说，这是观音生气隐身了。

动乱终于结束，一切都在恢复，村人便又想起了观音石。谁都没有想到，这天竟然是黄傻子抱着观音石出现在众人面前。后面跟着的，是他的哑巴老爹。傻子嘿嘿地笑着，口水顺着嘴角往下流，他的脸上写满骄傲。人们一下子围过来，哑巴啊哇哇一阵比画，大家这才知道，原来观音石当年是哑巴藏下的，就埋在他家的荔枝树下。一时间村人都感动极了，说聋哑之人比咱还"清醒"哩！于是就把哑巴和傻子当英雄拥戴。观音石也就归了原位，人们开始重新顶礼膜拜。

就这样又过了许多年。忽然有一天，观音石又不见了。

那时正要过春节，生活日益富足的人们，都攒着劲准备去拜观音，许许多多的活动都在筹备之中。可是观音忽然不见了，这让大家似乎一下子失去了主心骨，不知道以后的日子该怎么过。于是就开始上天入地地找。村角旮旯，前河后山都找过了，但是观音石依然没有找到。最后，大家的目光便集中在黄傻子身上。

黄傻子现在已经成了老傻子了。他的哑巴老爹早已去世，就剩下他一个人孤零零地活着。开始那些年，人们念他父子保护观音石有功，还记得照料他。可是渐渐地，就把他给忘了。他呢，似乎也知道村人对他不好，便不怎么在村里待，整天去镇上城里跑。饿了，就去饭店和垃圾箱里找吃的；困了，便随便往哪里一躺。他有时也回村里看看，人们看见他衣衫褴褛，蓬头垢面，臭气熏天，便都躲着他，小孩子甚至还追打他。有人就叹息说这傻子怎么还不死啊！

现在，族长等一行人找到了傻子，看着他破败的房子，狗窝一样的住处，唏嘘之余便开始做他的工作。

傻子傻子，是不是你又把观音石藏起来了？

嘿嘿嘿……

傻子傻子，你要把观音石拿出来，就给你修房子，娶老婆。

嘿嘿嘿嘿……

傻子傻子，你要说出观音石的下落，全村人就把你当神仙供着。

嘿嘿嘿嘿嘿……

不管怎么问，回答都是嘿嘿嘿；把他家里外挖地三尺，依然不见踪影。

大家就不耐烦了，骂骂咧咧拂袖而去。之后便召开会议，决定集资，修建菩萨庙，重塑菩萨像。

别看集资办公益人们很少买账，一说集资建庙，却是人人争先。正月还没过完，一座很气派的菩萨庙已在大榕树下拔地而起，一尊一人高的白瓷观音像也请回来了。人们给她蒙上红布，就等高僧前来开光。

激动人心的时刻终于来了，庙前人山人海，锣鼓喧天，鞭炮齐鸣，醒狮起舞，但是当高僧把红布揭开的那一瞬间，全场的人都傻眼了：只见请回的那尊观音不见了，取而代之的是黄傻子。他怀里抱着那块观音石，兀自站在那里"嘿嘿嘿"地笑。

（原载于《香港文学》2015 年第 10 期，入选《小小说选刊》2015 年第 24 期）

假小子

是我的眼花了，还是时光倒流了？眼前这个留着小平头的女人，不就是我少时的伙伴张秀琴吗？可是，应该快六十岁的人了，怎么还像个二十多岁的少女呢！

在火车站，我实在忍不住好奇之心，就凑到了那女孩的面前问：美女你好，请问……你认识一个叫张秀琴的人吗？

“美女”一下睁大了眼睛：当然认识啦——她是我妈。请问你是……

哦，怪不得长得这么像。我是她的小学和中学同学，我姓吴……

噢，你是吴大喇叭吧？我听我妈说过你。

我不由皱了一下眉头：这性格，怎么和她妈年轻时一个样啊！往事立刻就像烟雾一样在眼前飘散开来……

我们读小学五年级的时候，那场史无前例的运动开始了。每天看着大人写大字报，开辩论会、批斗会，甚至是武斗，我们的心里也怪痒痒的，恨不能也像大人一样去冲锋陷阵。张秀琴，就是变化最大的一个。

张秀琴本来是一个连跟人说话都害羞的小姑娘，可是忽然有一天，她把自己刚刚留起来的长发剃成了一个小平头，穿上了一件草绿色的上衣，把下摆扎进腰里，外面束一条宽皮带，袖子高高挽起，她的性格和性别好像一夜之间就发生了巨变。记得她当时手里拿着一个纸做的喇叭，往村中心的一个土台子上一站，开始用尖厉的声音，进行“誓死保卫、横扫一切”的宣传。

张秀琴的举动，引起了许多村民的议论，特别是她的爹妈，连喊“丢人”，要把她拉回去。但是造反派却对她啧啧称赞，并站出来为她撑腰。在这些大人的支持下，“红小兵战斗队”成立，张秀琴成了大队长。我因声音高，嗓门大，成了副大队长。我们二十多个孩子在张秀琴的带领下，每天冲冲杀杀，干了不少当时自以为无比正确却是贻害无穷的坏事。

我们曾经以“破四旧”为名，到各家各户去搜查，把人家的古瓷瓶、穿衣镜，还有古书、古画什么的，一律砸毁烧毁。现在看那些东西不知要值多少钱。

我们曾经在村旁的公路上设卡，责令过往的行人车辆背诵《毛主席语录》，背不出的，坚决不让过，造成车流人流大拥堵。

我们曾经去斗地主，给风烛残年的老头儿戴上纸糊的高帽子游街，那老头儿连羞带气，没过多久就撒手而去……

我们曾经……反正所有事情的指挥都是张秀琴。时代似乎真的把她变成了一个天不怕地不怕的小闯将，她说话像爆豆，走路一阵风，而且嗓门也越来越粗，不知道根底的还真以为她是个男孩子。于是“假小子”的绰号就取代了她的名字。

后来，学校复课了，我们进城去上中学。张秀琴依然是一身男孩打扮，把村里的那套搬进了学校里。但是这时毕竟是二十世纪七十年代了，社会秩序开始逐渐恢复，张秀琴的做派渐渐吃不开了。老师多次劝她恢复女儿身，说你上厕所吓坏了不少女生。但是张秀琴不干，和老师大吵大闹，最后索性辍学回家。听说张秀琴回家后依然我行我素，直到二十七八还没嫁出去，这才改穿女儿装……

我打量着眼前的这个女孩，很想问你妈后来到底嫁给了谁，为什么你要像她年轻时那样打扮。正在琢磨怎么说，忽然车站内大乱，只见一个疯子般的男人，手里拿一把大砍刀，正号叫着追着砍人。所有的人都在拼命逃窜，特别是一些青年男子，跑得比兔子都快。

我的第一反应也是转身逃跑，却见“张秀琴”站着不动，她对周围的人大喊：不要跑，有种的男人，跟他干啊！但是却没有一个男人停下来。那疯子大概听见她喊，举刀直冲过来，兜头就是一刀。只见她手抓椅背，嗖地跳到一排椅子后面，那刀咔嚓一下砍在椅子上。说时迟，那时快，她双手抓住椅背一按，将身跃起，腾空两脚，把那家伙仰面踹倒，刀也脱手了。她又扑过去把那家伙压住，大喊：来人帮忙啊！可是除了我上前把刀踢远了，还是没人上前。那疯子拼命反抗，一下把“张秀琴”翻到下面。幸亏这时警察赶来，三下两下把那家伙制服了。

我把“张秀琴”扶起来，她浑身是土，气喘吁吁。这时警察过来说：小姐，谢谢你。你能不能跟我们去做个笔录，另外对你的精神也要向社会宣传啊。“张秀琴”却说：我要上车，没空了。宣传啥，宣传男人都没种吗？这时我站在一旁，觉得脸上有点发烧。

分别的时候，“张秀琴”给我留了电话。她说：吴叔叔，我妈现在瘫痪在床了。有空你去看看她。她现在整天都在后悔，我呢，就是要替她重活一回！

（原载于《小说月刊》2015 第 10 期，入选《小小说选刊》2015 第18 期、《2015 小小说年选》）

癞马传奇

王成准备救那匹马的时候，南宋的天空残阳如血。

这时他的战友祝星对他喊：你不要命了！金兵就在后面……

王成往前走了几步，他似乎听见那马低低地悲鸣了一声，他就停下来说：不行，还是救救它吧，咋能见死不救呢！

这马，已经不像一匹马了。它瘦骨嶙峋，全身长癞，屁股上血肉翻出，正有几只乌鸦在上面啄食。看样子，它就要站不住了。

祝星瞪了王成一眼：救这么一匹癞马，值吗？要救你救，我先走了！

半年以后，王成所在军营多了一匹人见人夸的战马。但是它的名字却很怪：癞马。和它的名字一样怪的还有它的性格：它不肯和其他马匹在一起吃草；下河洗澡，别的战马都由主人骑着下水，只有它要自己下水。

这天，祝星家里有事。偏偏他自己的马又病了，他就对王成说：把你的癞马借我骑下吧。王成说好，可是祝星费了九牛二虎之力，却无法骑上癞马，十几个人帮忙都不行。那马前扒后踢，吼声如雷，谁也休想靠近。最后王成走过来说：算了，还是我替你跑一趟吧。只听他打了一声呼哨，癞马立刻安静下来。王成纵身上马，马镫一磕，癞马箭也似的射了出去，几十里山路，眨眼打了个来回。

又要和金兵开仗了。王成骑着癞马随军队再次来到边关，再次看到了金人的旗帜。王成的鼻孔里，似乎已经嗅到了几丝死亡的气息。

鼓声震天，杀声遍地，两边的马队开始冲锋了。癞马驮着王成，一马当先冲在前面。王成挥舞长枪，一连刺翻了几个金兵。可是很不幸，他们冲得太靠前了，几个金兵围上来，将王成也刺于马下。这一仗，宋军再次败退。

金兵打扫战场的时候，看到了感人的一幕：宋军的一匹战马守着一个战死的士兵刨地悲鸣。金兵在啧啧称赞之余，把它拉回了军营。但是它不吃不喝，更不让人骑。消息传到金兵主帅哈日胡那里，他亲自过来察看。一见那马，他立即喊了一声：好马啊！他屏退左右，走上前对马说：我知道你是一匹宝马，非常忠于主人。可是你的主人已经战死了。你如果肯为我所用，我就厚葬你的主人，给你最好的待遇……

说也奇怪，癞马听了哈日胡这番话，仔细看了他几眼，竟然安静下来，而且俯首帖耳地被哈日胡牵走了。哈日胡作战胜利，又得良驹，高兴得手舞足蹈，放言数月之内灭掉宋军。

哈日胡果然说话算数，他厚葬了王成，又把癞马养在最好的马厩里，喂的是煮豆子和煮小米，洗澡用泉水，精心修剪鬃毛，马鞍以金子和玉做成，装扮起来非常漂亮。哈日胡经常骑着它外出视察，前进、倒退、转弯，那马对他的口令心领神会。营中有宋军俘虏，认得这是王成的癞马，纷纷叹息："畜生就是畜生，哪里有半点良心啊！"

却说宋军首战失利，挫了锐气，便在山上扎营，多日不敢应战。这天哈日胡骑着他的宝马，耀武扬威来到军前骂阵。他对宋军喊：识时务者快快投降，否则将你等踏为齑粉！

就在这时，谁也想不到的一幕发生了。突听哈日胡坐下的癞马一声长嘶，它奋起四蹄，直朝宋军营寨冲来。它迅疾如风，宛如一道黑色的闪电，就那么驮着金兵主帅冲向宋军鹿砦。哈日胡反应过来，在马上拼命喊叫、勒缰，可是那马越跑越快，根本就不理他。哈日胡只好抽出弯刀往马脖子和马头上乱砍，霎时血流如注，但是癞马并不停留，只管向前冲着、冲着……

起初，宋军也没弄清怎么回事，直到守门的祝星大喊：哎呀，这是王成的马啊，快放它进来！大家才知道这是癞马在替主人报仇呢。大家赶快移开鹿砦，将这一人一骑放了进来，祝星等人一拥而上，硬是活捉了金兵主帅。宋军主帅立即下令：全线出击！大军洪水般杀出，朝金兵冲去。失去主帅的金兵乱作一团，大败而逃……

却说癞马进了宋营，便一头栽倒，奄奄一息。但是它却总有一口气不肯咽下。直到祝星上前说：癞马，你放心去吧。你死后，我会把你和王成合葬在一起的。癞马这才停止了呼吸。

战后，宋军从主帅到士兵多人受到嘉奖，祝星更是因活捉金兵主帅而连升三级。可是癞马却无人提起，它默默地被人掩埋了。

南宋的天空残阳如血。

（原载于《海燕》2015第5期，入选《小小说选刊》2015第12期、《2015年小小说年选》）

小人物（三题）

小猪倌

猪倌的地位，在村里是最低下的。

那时村里家家户户都养猪，为的是一年四季有油水吃。冬春时节，各家的猪可以撒开，让它们漫山遍野去找吃的。可是夏天和秋天不行，地里有庄稼呀。这时候就要找一个放猪的，把全村的猪集中管理起来。

正常点的人，一般是不会去放猪的。这活不但脏，而且名声不好听。人一说哎哟那个放猪的，好像在说一个臭虫，你说这活儿谁愿意干呢！

偏偏小六子愿意放猪，当小猪倌。

小六子那年十四岁，按理他应该上小学五六年级了，可是他还在二年级那儿晃荡。这家伙的脑袋不知道是怎么长的，一看见书本就脑仁儿疼。念了五六年书，字也认不得一箩筐。他经常逃学，还和同学打架，老师和学生家长动不动就找到他家门上。他爹经常把他吊起来，往死里打，可他就是不肯改悔。他爹最后叹道：我把你个驴日的，不愿念书你就去放猪吧！没想到小六子却像得了赦令，当即就把书本扔到灶膛里烧了，第二天就高高兴兴地去当猪倌。

撒猪唻——小六子站在村中间大喊，声音嘹亮高亢。听到喊声，家家户户就把猪赶了出来。猪一见面，强壮的就开始逞威风，弱小的则开始四散奔逃，整个局面乱得不可收拾。但是小六子不怕。他让他爹找人帮忙，把猪统统赶到后沟里圈起来。他拿个带榔头的棍子往沟口一站，看见哪头猪起刺他就打哪头猪。猪群在沟里挤挤挨挨的，一天时间就彼此熟悉了，爱起刺的也被他打老实了。第二天再撒猪，猪就合群了，服服帖帖地听小六子指挥。

小六子就这样当起猪司令来。每天早晨，等猪撒齐了，他就赶起猪群，或下河滩，或去后山。到了地方，小六子把猪往那一撒，让它们自己去找吃的。他呢，要么下河去摸鱼，要么上树去掏鸟。晌午歪了，猪们已经吃得滚瓜肚圆，他就把猪赶到泥塘里或是沟里让它们睡觉，他就开始忙自己的午饭了。

遍地都是庄稼，小六子想吃什么就吃什么。他摘来一个倭瓜，把里边掏空了，然后往里放上土豆、玉米，或是放上捉来的鱼，抓到的鸟，然后搁上点盐；倭瓜外边糊上一层泥巴，接着就挖个地灶，点火烧起来。哎呀那个味道，真是要多香有多香。小六子愿意放猪，要的就是这个享受。他有时候还去捉蛇，下套子捉野鸡、野兔，吃不了，就带回家里。

小六子还经常往回捡柴火。猪群拱出的草根，拱倒的蒿子，一划拉就是一大堆。小六子放猪回来，背上就背着一座小山，村人见了啧啧称赞。但是他爹仍然不喜欢他，动不动就骂他：就会放猪，看你那点出息！

有一天，小六子在后山放猪，暴雨突降，山洪暴发，村人都说小六子和猪群怕是出事了。可是赶去一看，人家早已将猪群赶到一个山洞里，毫毛未损。又有一回，一条像他小腿一样粗的巨蛇偷偷吞食了一头小猪。要是别的孩子，早吓得哭爹叫妈跑了，但是他没有。他在后边悄悄跟着那蛇。等那蛇盘起来睡觉的时候，

他突然上前,举起棍子猛击它的脖子,竟然将巨蛇打死。他就用这条蛇赔了小猪的主人。

小六子放了三年猪,就像田野里的野草一样自由生长,不但身强体壮,而且性格狂野,天不怕地不怕。用他爹的话说:简直就像个野种。

这年部队来征兵,还不到十八岁的他说什么也要去当兵。结果最后真的当上了。来到部队,小六子如鱼得水。投弹射击,野营拉练,他总是第一。他那不懂啥叫害怕的性格更是得到部队领导的喜爱。才一年多时间,他就立了功,当上了班长。当小六子把胸配红花、手握钢枪的照片寄回家里的时候,全村都轰动了,都说真没想到一个小猪倌能有这出息。这时他爹的脸上才有了笑容。

小六子当兵第三年回来探家,英武挺拔,哪里还有半点小猪倌的影子。村里的姑娘以前都没有正眼看过小六子,这会却成群结队往他家跑,搔首弄姿想引起他的注意。最后,小六子和村里最漂亮的春花姑娘订了婚。

小六子返回部队不久,赶上部队开赴边境作战。在战斗中,敌人一个设在悬崖上的火力点给我军造成了伤亡。小六子主动请战。他在战友的掩护下,使出放猪时练出的攀崖绝技,猿猴般向上爬去,直接把炸药包丢了进去。但是他离洞口太近了,爆炸的气浪也把他从悬崖上推下来。小六子重伤不治。他在弥留之际,没有说出什么豪言壮语,而是说:我想……回去……放猪。

小马倌

小马倌是个插队知青。他年龄小,个头小,胆子也小。头一天下地干活,就累得哭了鼻子。生产队长看他可怜,就说:农活你不用干了，赶明儿去放马吧。

放马首先要学会骑马。傍晚，生产队长从马厩里牵出一匹马，带小马倌来到村外草甸子上。他首先翻身上马，骑着马跑了一圈，然后又讲解了动作要领，就把马缰绳交到小马倌的手上。小马倌看看这匹高头大马，两眼发晕，双腿打战，哪里敢骑！生产队长就把他扶到马背上，让他一手抓住马缰，另只手抓住马鬃，然后在后面“啪”的一拍马屁股，马就跑了起来。可怜小马倌在马背上惊叫连连，要死要活，无奈那马就是不肯停下来，而且越跑越快。马儿在草甸子上一口气跑了三圈，小马倌在马上渐渐清醒，慢慢掌握了平衡，就这样，他学会了骑马。

学会骑马的小马倌信心大增，但是他不知道，这才是个开始，更大的考验还在后面。

原来放马这活儿，要黑白颠倒。马无夜草不肥，放马主要是在晚上。这样，牧马人就不能像正常人一样生活了。这个倒还没什么要紧，最要命的是黑夜外出放马，危险多多。其中最为恐怖的事情就是遇到狼。

这里是个靠近草原的山区，经常有野狼出没。一到夜深人静，那些家伙就不定在什么地方突然嚎叫起来，其声凄厉悠长，闻之头皮发麻。小马倌一个人赶着一群马，或在山谷间，或在草原上徘徊，耳边除了马儿吃草的声音、打响鼻的声音，然后就是自己的心跳声。开始，只要野狼一叫，他就浑身发抖。他经常骑在马背上不敢下来，嘴里还不停地说着：天啊天啊，你快点亮吧。

后来队长告诉他，放马的不用怕狼，野狼一般情况下是不会招惹马群的，除非它们饿极了。听队长这么一说，又回想自己的确只闻狼叫未见狼影，小马倌这才敢从马背上下到地面上活动。

再后来，因为备战需要，每个青年民兵都发了一杆枪。小马

倌也得到了一杆那种枪管上带眼儿的冲锋枪，还有一排子弹。这一下，小马倌如虎添翼，他感觉自己的胆子突然变得大起来。

小马倌从此对夜晚不再恐惧，每天他把马群赶到地方，就跳下马来，在马群周围乱转。有狼叫声传来，他不再害怕，有时甚至会尖起嗓子，故意学起狼叫来。他学得很像，有一回竟然引得几只狼边叫边向这边靠近。小马倌这才慌了，对准那边开了一枪。狼跑了。他从此不再学狼叫，而是改为唱歌。他放开嗓门拼命地唱，每天都要把自己会的歌曲从头到尾唱上一遍。

夜越来越深，唱歌唱累了，肚子也饿了。小马倌这时就骑上马，跑到附近的庄稼地去，掰几穗玉米，或者挖几个土豆，要不就摘个倭瓜，然后回到马群旁点火烧起来。等到吃得肚圆，他就找个合适的地方躺下来，数着天上的星星沉沉睡去。等到东方既白，他便赶起马群回家。

日子就这么有滋有味地过着，小马倌渐渐喜欢上了放马这一行。但是因为他后来太过胆大，这活儿他还是干不下去了。

那是个秋夜，小马倌照常去放马。后半夜，他正眯着眼在草地上躺着，忽然听见马群骚动。他跳起一看，月光之下，只见一只狼正在扑一匹小马驹儿，成年马则奋起反抗。小马倌大吼一声冲过去，边跑边摘下挂在脖子上的枪。那狼听见人喊，夹起尾巴就逃。小马倌开了一枪，翻身上马，随后就追。

在明亮如昼的草原上，一只狼和一人一骑展开追逐赛。前面冲上一座山坡，那狼忽然不见了。小马倌下马寻找，最后发现一个洞穴。刚一探头，就看到了一双绿绿的眼睛凶恶地瞪着他。小马倌二话没说，一梭子子弹都打了进去……

天亮以后，小马倌从这个洞里拖出了一只母狼和六只狼崽的尸体。他把这些尸体用绳子拴成一串，拖在马后，耀武扬威地回了村。

全村人都出来看热闹,都夸小马倌好大胆。只有队长说:你做得太绝太狠了,狼会报复的。放马这活儿,你不能再干了。

果然,当天夜里,成群结队的狼涌到村子附近嚎叫。幸亏队长早有准备,灯笼火把鞭炮铜锣齐上,还有几十杆枪严阵以待。直到天亮,狼群才退去。但是它们还是咬死了生产队出场放牧的一群羊。

直到招工回城,小马倌夜里都不敢再出门。

若干年后,成了大老板的小马倌回村探望。他说:我在这里锻炼了胆量,也学会了害怕。我觉得最对不住的,就是那只为了孩子而不惜冒险的母狼。

小羊倌

小羊倌,坐山根儿,搂着母羊当媳妇儿!上学的时候,和林一看见羊群,就会和伙伴们一起朝羊倌大喊大叫。羊倌要么不理他们,要么就用羊叉捡起石头,“嗖”的一下甩过来。他们就会哄笑着跑开去。

和林怎么也没有想到,他高中毕业回乡,竟然也当上了羊倌,而且还是个小羊倌——就是在羊群前面拦羊的“羊绊子”,他的一切行动必须听后面的老羊倌指挥。这一下,和林对那句自己喊过无数遍的话当然就讳莫如深了。

和林之所以肯当小羊倌,一是生产队长亲自上门来说,他一个新社员不能不给面子;二是妈妈说他身体差,一回来就去干农活怕是吃不消,而放羊毕竟没有那么累;三是和林很想看书,他经常看见羊倌在山上悠闲地抽烟聊天,他觉得这正是读书的大好时光。

和林怎么也没想到,他当小羊倌竟会使他一举成名。

在最初的日子里,和林几次都想扔下羊鞭不干了。放羊这活儿不但枯燥,而且还要受老羊倌的气。他总是对他指手画脚,吹胡子瞪眼,还动不动就扔下他和羊群,去找相好的鬼混。和林东奔西跑,刚把这边的羊拦住,那边又有羊要进庄稼地,他只好连喊带叫拼命冲过去。中午,羊群终于安静下来,东一群西一伙到树下崖畔乘凉,他掏出书本想看,眼皮却打起架来。一个多月的时间过去了,他竟然连一本书也没有看完。

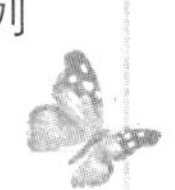

但是和林还是忍住了。忍住的原因是他怕人家说他做事没恒心,浅尝辄止。而且经过这一段磨炼,他的腿脚变得轻快有力,奔跑如风;他用羊叉甩石头的功夫也日渐长进,一是远,而是准,这样他就省了许多力气。他终于有时间坐在山坡上看书了。

那是两个月后的一个早上,天光似乎格外明亮,树上的喜鹊喳喳地叫个不停。和林和老羊倌一起像往常一样赶着羊群出村,走向远处青黛色的山谷。羊群在他的背后咩咩地叫着,如画的田野在他的眼前徐徐展开,和林忽然觉得生活原来这般美好。他忍不住哼起歌来。他有一种直觉,前面不远处正有什么好事情在等待着他。

临近中午,队里的一个社员气喘喘地进山来找他,说队长让他赶快回去,县里有记者来采访他。和林听了,头“轰”的一下变大,一颗心跳到嗓子眼儿,一个声音告诉他:和林,你的机会来了!他招呼都顾不上跟老羊倌打,撒腿就往回跑。

来的是县广播站记者,他们在公社听说有个高中生毕业当羊倌,觉得这和当时极力宣传的“反潮流、决裂旧观念”正好合拍,于是就赶来了。记者带了录音机,要和林谈体会,和林就慷慨激昂地讲了一通。第二天，和林放羊的事迹和他的声音就通过广播喇叭传遍了千家万户。

紧接着市报的记者也来了，这个记者进山拍了和林放羊的场面，很快，一篇《高中毕业当羊倌，彻底决裂旧观念》的通讯连同和林的照片就出现在报纸上。

这一下不得了啦，和林一下子红透了半边天。在他放羊刚满三个月，他就被树立为全市回乡青年的优秀代表，并和几个知青先进典型一起，组成一个巡回报告团到处去做事迹报告。他的事迹本不够突出，这不要紧，市里那些笔杆子日夜帮他挖掘、提炼、加工，最后他的报告变成这样：回乡放羊遭到家里的反对，村人的嘲笑，但是他顶住压力，为反潮流一往无前；中间又有地主分子破坏、山中斗狼等故事发生，他在“决裂旧观念”的道路上昂首向前……

起初，和林还不敢这么讲，讲了几次之后渐渐理直气壮起来，好像那些事情真的发生过。数月以后，当报告团解散和林回到家时，他已经成为一个名扬天下、满嘴谎话的人。在村民指指点点的议论声中，他火箭式入党，又火箭式被提拔为大队干部，放了三个月羊的小羊倌一跃成为“人官”。

小羊倌开始到处发号施令，带人盲目地开山修河，有反对者，轻则就地批判，重则捆起来送公社劳教。那个曾经欺负过他的老羊倌，因为说了他一句“吹牛皮”而被无情地在大队关了五天，害得羊群险些统统饿死……

时代有一天突然发生改变，小羊倌和许多伟人一样逐渐走下神坛。他很想通过考大学远走高飞，可是他当干部以后再不愿读书，学业荒废，所以几番冲刺尽皆失利。最后，和林为躲避众人的眼光，只好再次上山放羊。

白云苍狗，时光悠悠，早已变成老羊倌的和林每天在山上面对羊群，反复咀嚼着他青年时代的故事……

（原载于《东风文艺》2015 年第 2 期，《小马倌》入选《小小说选刊》第 6 期、《2015 中国年度小小说》获《小小说选刊》第 16 届全国优秀小说作品奖）

野菊花

儿子在城里打拼，是个老板。

老头在乡下种田，是个农民。

老头总想进城去看儿子，却一直没有得到儿子的批准。

这年秋天，正是野菊花开放的季节。儿子终于来了电话，批准老头进城去。

老头问：我去，给你带点啥呢？

儿子说：城里啥也不缺，你啥也不用带。

老头说：那怎么行呢？你不挑理，还有媳妇呢。我怎么也不能空着手去吧。

儿子想了想说：那你就带点野菊花吧，我想用它泡水喝。

老头说：这个好办，我明天就上山去采。

老头第二天一早就上了山。

山上的野菊花本来很多，可是采花的人也很多。近处的都被采完了，老头就往山里头走。他边采花边往高处爬。

半天时间，他采了半篮子野菊花，掂一掂，有三四斤重，其实足够了。但是老头觉得还不够多。

再多采一些吧，除了儿子喝，他还可以送人。乡下也没啥稀罕物，一个野菊花，又不花钱，还不多带一点？老头自言自语地说。

老头继续向山上爬去。

远远的，他看见一块巨石之上金黄一片。啊，野菊花，那里有一片上好的野菊花。可是巨石真的很陡。也许正因如此，上面的野菊花才没人去采。

老头站在巨石下，犹豫了好半天。自己年龄大了，手脚不怎么利索，万一摔下来怎么办？他甚至准备转身离开。但是最后，他还是决定往上爬。

离野菊花越来越近了，老头手脚并用，气喘吁吁，他明显感觉到自己体力不支。但是每爬一步，他就仿佛看到儿子接过野菊花时的笑脸，看到他喝野菊花茶时的惬意，还看到他送花给人时的自豪，他坚持往上爬着、爬着……

老头当晚没有回家。

家人求村里人打着灯笼火把，漫山遍野地寻找，最后终于在巨石下发现了老头的尸体。在他的身边，野菊花散落了一地。

噩耗传进城里，儿子非常悲伤，他在电话里哭着说：我的老爹啊，我就随便那么一说，你真的就去采呀！我要那么多野菊花干什么呀！

儿子本要星夜赶回，可是却有一个大的工程项目拖住了他的腿。他含泪往家里汇了三万块钱，嘱咐家人一定要办好老爹的葬礼。他说：项目一旦签约，我马上就会回家。

但是项目却一波三折。

等到儿子终于可以回家的时候，他却又不想回了。他说：老

爹已经没了,我还回去干什么!除了难受,已经没有任何意义了。

转眼又是秋天,山上又开满了野菊花。

进山采花的人发现,有座坟上的野菊花开得格外茂密。

可是没有人敢上前去采,他们害怕采出一个悲伤的故事来。

(原载于2015年11月12日《昆山日报》)

青皮

扎枪三又被狼吃掉的消息犹如巨鞭,一下子把猎人村的所有人都抽懵了。

昨天,扎枪三走的时候,那是何等的豪情万丈,何等的信心满满。他一口气干掉了三碗白酒,然后把酒碗往地上一摔,啪啪地拍着胸脯子,用打雷一样的声音说:不就是几只狼吗!老子打死的狼都能用车拉了!我也不用人帮,也不用带弓弩,就凭我的这杆枪,保证手到擒来!

扎枪三说着,还抄起他的那杆扎枪,嗖嗖地舞动起来,只见蛟龙附体,玉蟒缠身,枪头闪着寒光,红缨划出红线,众人齐声拍手叫好。

结果,他也一去不回。

这已经是猎人村第三个猎人被狼吃掉了。他们可都是顶尖级猎人啊!

巨大的悲痛感和恐惧感啃噬着人们的心,最后终于转化成为屈服。集族长、村长于一身的老丁头赤红着一双眼睛说:这肯定是狼神来报复我们了。狼神，我们能惹得起吗？各家各户准备东西，明天我们就进山去拜祭狼神吧。

于是全村人就忙碌起来，有去买肉的，有去买酒的，有去买香烛的，还有人在忙着给狼神画像。大家商量着，要不要在山里建个狼神庙，把画像挂进去，像供奉图腾一样供奉起来。

大家都在忙，只有一个人不忙，他就是后生青皮。

青皮还不满十八岁，属于候补猎人。他引以为自豪的经历就是曾经跟着他爹进山打过几次猎，那次他还瞎猫碰个死老鼠，竟然猎住了一只受伤的金钱豹，在村里轰动一时。他的猎人胆也因此提前炼成了。现在他看见大家都在忙着祭狼，觉得十分可笑。家里人多，用不着他干啥，他就忽发奇想，要偷偷进山去会一会所谓狼神。我就不信那家伙长着三个鼻子六只眼哩！

青皮也不声张，悄悄偷出了他爹的弓弩和扎枪，又巧妙地避开村人，大步流星直往山里走去。他听说几个猎人都是死在猎人谷的一棵大树底下，所以他就直奔那里而去。去干这么危险的事情，他却没有半点害怕的感觉，心里反倒充满兴奋，完全是一副初生牛犊不怕虎的姿态。

猎人谷到了，那棵大树也到了，可是却没有看到狼。只有一把带着红缨的扎枪，孤零零地插在树上。青皮上前查看，认出这是扎枪三的那杆扎枪。他费了好大的劲儿，才把扎枪从树上拔下来。他怎么也想不明白，扎枪三不把扎枪往狼身上插，为什么要往树上插呢，还使了这么大的劲，难道是他的眼睛花了？

青皮想着，就去溪边喝水。这时他听见身后有声响，猛回头，看见大树下面已经出现了五只青毛大狼。它们一起仰起头来，用凶恶和嘲笑的眼神打量着青皮。

青皮忽然觉得头皮一阵发麻，到这时他才知道害怕。可是一切都晚了，五对一，他今天怕是也要成为群狼的腹中餐了。

青皮猛吸一口气，在心里鼓励自己说：怕它个鸟，我有弓弩呢，我有扎枪呢，谁死谁活还不一定呢！

青皮想着，就刷地摘下肩上的弓弩，一扣扳机，一排利箭就发了出去。

群狼可能是太轻视他了，它们好像还没怎么反应过来，就被弓弩射翻了三只，倒在地上打滚、哀号，挺腿。这一下，青皮信心大增。青皮就端着扎枪三那杆红缨枪，啊啊地叫着冲了过去。

剩下的那两只狼似乎不慌不忙，它们一只靠着树干蹲下来，另一只呢，却跑到树后去，露出半个头来，好像是在看热闹。

青皮的脚步就犹豫了一下，同时他的脑子里“咔”的一下好像打了个闪，冰雪聪明的他，立刻就知道英勇无比的扎枪三是怎么死的了。

青皮继续往前冲，他大义凛然毫无惧色，手里的扎枪闪着寒光，眼睁睁就朝着树下那只狼刺去。奇怪的是那狼不但不躲，还像人一样站立起来，袒胸露腹对着青皮，似乎唯恐他刺不到它。

近了，更近了，就在最后的关头，青皮手里的扎枪突然反转，不是用枪头，而是用枪把朝狼刺去。但见那狼突然闪电般跳开，枪把“嗵”的一下顶在树上。说时迟，那时快，只见那狼再次闪电般跃起，张开血盆大口直取青皮喉咽。好青皮，迅疾收步，举枪上刺，扑哧刺入狼腹。在这只狼的哀号声中，青皮已经拔出扎枪，毫不留情地再刺入从树后扑来的狼嘴，一直往里插，直至枪头从狼的屁股里露出来。

此时的青皮，却像个撒气的皮球，一下瘫在地上……

当天下午，青皮爹发现弓弩、扎枪和青皮一起不见，立即呼天抢地。村里不得不把祭拜活动提前，几十人带着酒肉、香烛、画像等，战战兢兢走进山来。那时候，青皮已经恢复了力气，他把五具狼尸捆在一起，正拖着慢慢往山外走呢。

村人皆惊，从此把少年青皮奉为神人。

（原载于《女报·故事》2015 第 10 期）

忘了啥

临行前再次检查行囊，看看忘了什么东西没有。

名片，带上了。千万不要小看了这小小的名片，它在交际中特别是在和陌生人的交际中作用非凡。你的头衔，甚至包括你的成就，往往就浓缩在这张名片上。名片往对方一递，就把你想说又不好意思说的话全说出来了。看着对方惊诧的表情，听着对方恭维的话语，你的心里那真是甜丝丝的。名片是谁发明的呢，应该给他颁个发明奖才对。

充电器，带上了。现在，人是越来越离不开手机了。手机一旦没电，人就像被抽去了筋骨一般，心里那个急啊！仿佛有天大的事情被耽误了。就算没事，手机没电半天以上，那个滋味也是不好受的。你感觉自己突然变成了一个瞎子，整个人会六神无主，没着没落。几点了，不知道；有什么新闻，不知道；有短信和电话吗，不知道；微信朋友圈里又有了什么精彩内容，也不知道……你会有一种被世界抛弃的感觉。所以，充电器是万万不能忘记带的。

纸巾，带上了。别以为纸巾没啥要紧的。特别是在路上，忘带纸巾有时会使你陷入极度尴尬之中。不但擤鼻涕、擦手、擦嘴巴都离不开纸巾，最重要的是上厕所就更离不开纸巾。记得一次自己出门忘了带纸巾，正走在大街上，突然来了情况，而且还十分紧急，慌急中冲入一间公厕，蹲下就解，解完才发现身上没有纸巾。把随身带的包也里外搜过了，还是没有纸巾。最后没有办法，只好撕下两页手稿充当手纸。不好用不说，还使自己花了很长时间才把那两页稿子补上。但是无论怎么补都觉得不如原来的稿子好。这个惨痛教训是极其深刻的，当然是不能忘记的。

电动剃须刀，带上了。这个也很重要。不知什么原因，人一出门，胡须似乎长得特别快。尤其自己是个有连鬓胡子的人，只要两天不剃，黑森林（现在也有不少白森林了）就起来了，如果五六天不剃，大概就成农村老大爷了。这方面的教训也是有的。记得有一次自己用宾馆提供的老式剃须刀去刮，胡子没怎么刮掉，倒是把脸刮开了一道口子……

牙刷、牙签、指甲刀、换洗衣服……林林总总的，全都带上了。

嗯，这次出门准备很充分。提前五六天就开始把东西往一个地方集中。想起来一样放一样，以确保万无一失。这回是去领一个文学奖的，自己的一本新书获了一个不大不小的奖项，去了自然要出头露面。听说颁奖嘉宾还有名家大腕，千万不能丢三落四的闹出什么笑话来，不然的话人家就会瞧不起你。

所有的东西都装好了。慢着，再过一遍脑子，老伴你再帮我想想，还忘了啥没有。没有了，那好，我走了啊！你注意看电视，也许颁奖实况会通过电视转播呢。拜拜。

打的。进火车站。安检。检票。进卧铺车厢。找到自己的位置放好东西坐下来。卧铺车厢人满为患，这年头，卧铺也已经成为人们的争抢目标，人越来越懂得享受了。车开了。拿出手机给老伴发了个短信。抬起头，看见满车厢的人几乎都在低头摆弄手机，谁也不理谁。也就上了一下微信，在朋友圈里转了一遭，点了几个赞，赶紧关了蜂窝移动数据。流量有限，要省着点用。把手机装起来，忽然感到有点无聊。这时候，也只有在这个时候，你才突然打了个激灵，想起自己忘了带一样最重要的东西。

书！

怎么竟然会忘了带书呢！

是啊，以前出门，啥也不带也要带书。火车上、飞机上的时光，那是最好的阅读时间。你也算是个不大不小的作家，是写书的人，是整天和书本打交道的人，为啥这次什么都想到了，却偏偏把最重要的东西忘了呢！前一段你还在报纸上写文章，痛心疾首地讲述你在各种公众场合只见低头族，不见读书人，呼吁全社会都来读书哩，可是你自己怎么……

不好，怎么感觉周围已经有人认出了自己呢，而且在指指点点。脸上顿时火辣辣的。赶紧倒在卧铺上，用被子遮住了脸，并开始不断扪心自问：你这是怎么了呀……

（原载于2015年11月16日《长沙晚报》）

老辈人的爱情(四题)

秀珍

几十年前,我们村出过一个为爱而死的傻姑娘。她的名字叫秀珍。

秀珍本来是个幸运的女人,她通过亲戚介绍到镇中学做饭,当上了食堂大师傅。虽然工资和社会地位不高,但总算脱离了“农门”。秀珍天生丽质,马上成为校园里的一道靓丽的风景。无论学生还是老师,打饭的时候都会多看她几眼。

按理大师傅就应该有大师傅的生活,但是秀珍偏偏是个心气很高的姑娘。比如在婚姻这件事上,许多和她门当户对的小伙子她不爱,她偏偏爱上了不属于她这个阶层的一个大学毕业的青年教师。

那时大学生很少,学校好不容易才分来一个,当然格外引人注目。这个大学生名叫华强,人长得斯斯文文,走路不紧不慢。他的到来,就像一颗新星照亮了学校的四角天空。无论华强到哪,都会有艳羡的目光追随着他。

华强本人起初并不知道,在这些追随者的目光中有一双目光与众不同、充满柔情蜜意。这目光来自一个美丽的姑娘,她就是食堂大师傅秀珍。自从华强第一次来食堂吃饭开始,秀珍便不可遏止地爱上了他。

有爱就会有行动。秀珍开始对华强示爱，是在他来吃饭的时候多往他的饭盆里盛肉，后来发现他并不大喜欢吃肉，她又开始明目张胆地给他多盛他点的菜肴。华强每次来打饭，他盆子里的菜总是吃也吃不完。这样过了几天之后，华强就开始注意这个漂亮的女大师傅了。他开始冲她微笑、点头，以表示感激之情；秀珍呢，更是对他回以灿烂而夹带羞涩的笑容。终于有一天，误了饭时的华强抱着试试看的心理走进食堂，让他惊讶万分的是那个姑娘正在那里等他，而且还特意给他留了一份最好的饭菜。她热情百倍地招呼华强吃饭，又冲茶水给他喝，这使华强心中充满温暖和感激之情。

于是他们开始攀谈起来，当然也就彼此熟悉了。心存幻想的秀珍趁热打铁，几天以后竟然打扮一新，深入华强的单身宿舍去探望他。脱下工装的秀珍更加风姿绰约，让华强眼花缭乱。当天两人在宿舍里说了许久许久的话。

作为男人，华强当然收到了秀珍强烈的爱的信息，但是经过认真考虑之后，他觉得这件事有点不大靠谱。秀珍固然漂亮，但是她的文化水平实在太低了，关键是她是学校的临时工，身份说到底还是农民。如果和她组成家庭，将来势必会造成太多的麻烦。于是他决定立即疏远秀珍，斩断情缘。他的第一个举措就是自己开伙，不到食堂去吃饭了。

谁知秀珍看不到华强，又跑到他的宿舍来找他。一看他自己做饭，干脆从家里给他拿这拿那，热情得就像火炭儿一样。这个时候，华强应该明确告诉秀珍，我们是不可能的。但是华强却是个优柔寡断的家伙，她害怕秀珍伤心，那句话怎么也没说出口。眼见秀珍来他宿舍的次数越来越多，所有人都认为他们两个已经好上了。舆论一出，秀珍居然单方面承认了。

华强这才感到问题严重，这天他终于鼓起勇气，向秀珍摊了牌。不能自拔的秀珍一听，又哭又闹；华强无奈，只好请学校领导出面劝说，然而劝说无效。秀珍声言：我这辈子非华强不嫁，无论如何我都要和他在一起。

从此，秀珍每天一有空就往华强的宿舍跑，给他洗衣服，给他做饭，给他打扫房间，一心要感化他。华强也曾动摇过，但是家里却又死活反对，反对的原因也是秀珍的农村户口问题。他干脆变脸往外驱赶秀珍，但是秀珍每天照来不误。万般无奈，华强只好申请调走。

华强突然在学校消失，秀珍立刻像丢了魂一样，她见谁问谁华强去了哪里。人家只告诉他华强调走了，至于调去了哪里却无人知道。秀珍疯了一样跑到城里，不知费了多大周折终于找到了华强的家。她一进门就管华强的父母叫爹叫妈，并且抢着干这干那。她一口气在华强家里住了十多天，每天请求华强的父母告诉自己他儿子的下落，也请求他们接纳自己。但是华强的父母却再一再二再三再四地坚决拒绝了她。

秀珍问：我到底哪里不好？

父母答：你哪里都好，就是农村户口不好！谁叫你生在农村呢？

秀珍的忍耐终于到了极限，这天她把华强的家砸得一塌糊涂，大哭而去。

人们以为秀珍这回该死心了，没想到她的心里仍然装着华强，还是见人就打听华强的去向，样子已经有点疯疯癫癫的了。秀珍家人见状，就陪她一起进城去华强的家求情，不想人家早已搬走了。

最后一点希望也被斩断，秀珍的精神彻底崩溃。她每天都到大街上去寻找华强。开始还认识人，后来见到小伙子就追，成了地道的女疯子。

第二年，秀珍投水而死。人们捞起她的尸体，发现她的胸前紧紧抱着一个包袱，打开一看，是几十双绣了花的男人鞋垫。

老骚

十几年前，我们村里又出了件天大的丑闻，一对老不正经老不要脸或干脆就叫老骚的男女，双双自杀在城里的一个旅店内。而他们，各自都是儿孙满堂的人。他们踏上一条这么不光彩的不归路，使两个家庭都蒙受了巨大的耻辱。直到现在，他们的后人在村里还有点抬不起头来。

这件事如果放在今天，也许就不会发生了。现在的男女偷情，随便出去开房，店家也不问，公安也不查，但是十几年前在北方的小县不行。公安那时动不动就去查宾馆旅店，捉拿那些偷情男女课以重罚。这对老骚就栽在他们手里。

为了不惊扰死者的在天之灵，我们还是隐去他们的真实姓名，权且叫张老汉、李老太吧。

据后来所有的民间口头资料显示，张老汉和李老太从小青梅竹马、两小无猜。他们长大以后，又不断在高粱地里、在破砖窑里偷偷相会，他们两情相悦，私订终身。

但是，两个人偏偏生长在万恶的旧社会，男女的婚姻大事必须听父母之命，媒妁之言。简言之，两个有情人未能终成眷属。

张老汉和李老太都没什么文化，自然不懂得什么叫真正的爱情和怎样去追求爱情，他们认为人一旦有了自己的男人和有了自己的女人，就得老老实实居家过日子，生儿育女，所以二人虽同居一村，也从未敢越雷池半步。

几十年的光阴一闪而过，他们各自的儿女全都长大成家，而且他们各自的配偶也都故去了，这时候，他们也都是奔七十岁的人了。

既然已经老了，不用再去干活了，彼此串个门说个话啥的也不会再引起人们注意了。谁也没想到这对老人因为接触多了，居然旧情复发。他们不断在一起共同回忆年轻时的美好时光，不住叹息他们没有赶上好的时代。有时候，他们也小心翼翼地讨论他们的未来。但是，他们重组家庭的想法还没说出口，就马上又自我否定了。

唉，孩子都那么大了，他们会同意吗？张老汉说。

是啊，都老天巴地的了，让人家笑掉大牙呀！李老太说。

终于有一天，张老汉萌生了一个大胆的想法，他死说活说终于说动了李老太，那就是，他们要一起进城去逛逛，也像青年人那样风流一回。他们达成一致共识：风流一回，也算咱这辈子没白好一场。

他们悄悄做好准备，又向各自的儿女撒下美丽的谎言，然后又装成偶然相遇的样子，一起坐班车进城去了。

他们一起在饭店吃了饭。

他们一起去公园里散了步。

他们还一起去电影院里看了电影。

天渐渐黑了，张老汉忽然又提出：一不做，二不休，我们索性找家旅店住上一宿吧。

李老太起初死活不同意，怕被人家捉住，但她经不起张老汉的软磨硬泡。最后，他们去了一家最偏僻的旅店。张老汉拿着自己的身份证，豁上一张老脸跟人家说了半天，人家才相信他们是老两口，给他们开了一间房。

老头老婆进了房间，表现得就像青年人那么兴奋和激动，他们在床上奋力拼搏，你恩我爱，亲热无比，幸福无比。

要说这对老骚可真赶得巧，公安偏偏在这一天搞什么突击行动，清查旅店宾馆。一对老鸳鸯正在床上相拥而眠，却被逮个正着。可怜二人哆哆嗦嗦，哭哭啼啼，一下便被看出破绽。公安喝令他们拿出结婚证，拿不出就说要立刻通知他们的家人来交钱领人。最后，两个老人给公安跪下了，痛哭流涕说他们是从小的朋友，这是头一回犯错误，请求公安饶他们一回。但是公安原则性太强，只答应把罚金的数目由每人五千元改成两人五千元。说着就要把他们带走。

据说，先是李老太乘公安不注意，一头从窗上扎了出去，随后，张老汉惨叫一声，一头撞在墙角上……

鞋底

五奶年轻时是我们村的一枝花，如果她去大街上走一趟，身上就能抠下许多男人的眼球来。

但是古已有云："好汉无好妻，赖汉守花枝"，果不其然，五奶偏偏就嫁给了尖嘴猴腮的五爷。正所谓："一朵鲜花插在牛粪上。"

五奶是在新婚之夜才看见男人长相的，她坚决拒绝脱衣上床，不断进行激烈反抗，说什么也不肯把自己的娇美之躯，供那个奇丑无比的男人蹂躏。

五爷软硬兼施，一心要霸占花魁，但是花魁日夜防范，光腰带就扎了七八条，二人结婚已有半月，五爷仍然对她可望而不可即。

五爷无计可施，只好向父母哭诉。

花了巨资的父母自然痛心疾首，他们和儿子一起密谋策划，必欲将其制服而后快。

他们本想动用家法，但这个时候全国已经解放了，共产党的干部整天在村里走，他们怕惹来麻烦。他们也想众人一起上手将五奶扒光，帮助五爷达到目的，但想一想那样又嫌丢人。说来说去，事情还得五爷自己摆平。他们给他打了气，面授了机宜，要他依计行事。

第二天，阴谋开始实施。

这一天，一家人到离村很远的一块地里去干活，新媳妇也被喊去了。快到晌午的时候，公婆借故提前离开，只剩下五爷五奶仍在地里忙。

太阳越来越毒，地里越来越热。远远近近的农人全都撤出了阵地，田野显得更加空旷寂寥。这时五奶忽然有了一种很不好的预感，她收起工具，也想离去。

但是已经晚了，五爷已经黑着脸拦在前面。怎么，你想偷懒？五爷以这个理由发难，然后，他猛虎一样扑上前抓住了新媳妇，把她摔倒在半尺高的小麦地里。

五奶拼命反抗，但女人毕竟不是男人的对手，最后，到底是五爷把她骑在了身下。五爷口中一边骂着，一边就脱下了一只鞋来，他把鞋底抡圆了，就往五奶的屁股上没命地抽打起来。

这一顿鞋底打的，真个是天昏地暗，日月无光，五奶先是声声惨叫，随后便是连连求饶。五爷乘胜进军，喝令她自己解开那七八条腰带，就在太阳底下的小麦田中，把花魁给占领了。然后，他又亲自把五奶背回了家。

人说棍棒底下出孝子，没想到鞋底之下也出爱情。五奶自从饱吃了这一顿鞋底以后，竟然对五爷百依百顺，柔情似水，一口气给五爷生下了三男二女。

也有妯娌开五奶的玩笑，问她为啥就依了五爷。五奶红着脸说：在他打我之前，我怎么看他怎么恶心，可自他打了我之后，我却怎么看他怎么顺眼了。这也真怪。

当然也有人去向五爷讨教经验，五爷得意地说：你们就记住一句话“打到的媳妇揉到的面”。

边套

开始，老温是在山湾那里看水闸的。

水闸属于下游几个大队共同所有，所以老温也属于几个大队共同选派的，到年底每个大队都给他一定报酬。几个大队还在山湾那里给老温盖了三间房子，让他常年住在那里。

老温是个光棍，他收入高，干的活也清闲。特别到了冬天，河里的水结了冰，水闸当然也不用看了。老温一个人好生寂寞，便到就近的村里去串门。起初谁家都去，后来他就固定去小蛋家里。

老温去小蛋家是为小蛋他娘。

小蛋他娘那时候不到四十岁，正是徐娘半老，风韵犹存。但是小蛋他娘的命不好，她跟小蛋他爹生了三个孩子以后，小蛋他爹就成了瘫子，只会躺在炕头上要吃要喝。孩子们还小，里里外外都指望女人，日子当然格外紧巴。

老温开始来串门，只是聊天说话。每次他走，都会叹息说：大妹子，你可真不容易啊！后来老温再来，手上就多了米、多了面，甚至多了肉和酒。小蛋他娘开头死活不要,老温就说:大妹子,就算我在你这里搭个伙,偶尔吃个饭,还不行吗?小蛋他娘这才收了。

老温每次来,小蛋他娘都热情款待,又因为每次老温来家里都有好吃的饭菜,所以孩子们也很欢迎老温,叔长叔短叫个不停。瘫子呢,也不反对老温的到来。

老温是个能说会道的人,古往今来,南朝北国,无所不知。他给小蛋家里带来的,不仅有物质食粮,而且还有精神食粮。

老温来小蛋家的次数越来越多了,走的也越来越晚。这天半夜,小蛋他娘往外送老温,老温忽然一下就把小蛋他娘抱住了,他说:大妹子,我来给你家拉边套吧。小蛋他娘边推他边说:老温我怎么能让你受那委曲呢。走吧,去你那里,我给你一次就是。

谁知有了这一次,接下来就有了无数次。为了避人耳目,老温到小蛋家来的次数反倒少了,倒是小蛋他娘主动去老温那里了。小蛋他娘去老温那里的理由是去挑泔水。其实老温那里只有一个人做饭,会有多少泔水,明眼人一看就知道是个幌子。

村中的舆论也越来越强烈了。几个大队干部到一起一商量,决定免去老温的"闸长"职务,老温一下变得无家可归了。偏在这时,小蛋他娘的肚子也鼓起来了。

小蛋他娘这天跟瘫子摊了牌,要他在让老温来家住和自己跟老温走之间做出选择。瘫子经过反复权衡,终于选择了前者。于是,老温就扛着铺盖来小蛋家里安营扎寨了。

村里一时沸反盈天,许多人都跑到小蛋家里来看热闹。但是小蛋他娘和老温的反应都异常镇定。他们对外界宣布说:孩子们都认了老温做干爹呢,干爹是来他家暂住的呢。

过了半年,舆论刚刚平息,小蛋他娘却两腿一张生下一个和老温一个模样的儿子来，干爹成了“湿爹”，舆论再起。小蛋他娘仍然一脸坦然，她说：我家这个情况谁都知道，没有他叔帮衬着，我们娘几个怎么活呀！我不跟人家好，给人家生个一男半女的对得起人家吗？

事实也的确如此。自从老温进家后，家里外头、脏活累活，全由他来扛着。特别是三年自然灾害的时候，要不是老温会打猎，小蛋一家人怕要饿死一半。时间久了，村人也就不再说啥了。甚至还有女人对小蛋他娘表示艳羡。

老温和小蛋他娘的爱情就那么轰轰烈烈地进行着，两人好得好像大炮也轰不开。小蛋他娘又给老温生下两个孩子。老温这人，好就好在他对自己的孩子还有小蛋他们都视如己出，而且他对瘫子一直很好，当成亲哥哥一样关照。

遗憾的是老温还没有熬过瘫子。当孩子们渐渐长大，这个家庭的生活渐渐好转的时候，老温突然因脑出血撒手人寰。

老温死的时候，小蛋他娘哭得死去活来，口口声声地喊着：老温哎，你走了，我可怎么活呀，你可坑死我了！瘫子也哭了，他说：老温，我的好兄弟呀！

（原载于《创作与评论》2015 年第 2 期）

2016年

三

飞 狼

猎人刘老三在乌石山中追踪那条巨狼，最后累躺在一棵大树上睡着了。

恍惚间，他好像变成了那条巨狼，而巨狼呢，却变成了刘老三。他被它追赶着拼命跳窜。

一声枪响，他感到一条前腿一阵剧痛，低头一看，那条腿已经缺了一半。

原来猎枪真的好可怕……三条腿也要跑，无论如何不能被它捉住。他边想边跑，又听"咔嚓"一声响，另一条前腿又被提前埋设好的猎夹死死咬住了。

狡猾凶残的猎人，真是赶尽杀绝啊！他回了一下头，看见猎人刘老三正得意扬扬地提着枪向他走来，他脸上的表情好像在说：这回看你还往哪跑！

想捉我，休想！他毫不犹豫地张开大嘴，一口就咬断了被夹住的腿。而且他马上就像人一样站起来，就靠两条后腿支撑，重新飞一样向前跑去。

他仿佛看见后面的刘老三因为吃惊而五官移位……

恍惚间，他来到了一个巨大的狼穴之中。当他举着两条血肉模糊的残腿，迈着人一样的步伐走进狼窝的时候，他发现所有的狼立刻欢呼雀跃，口称大王，随后全都匍匐在地，中间让出一条甬道，而那甬道，直通一个金碧辉煌的宝座。

原来我是狼王！他走过去在那宝座上面坐下来，立刻就有母狼上前为他裹伤，随后献上鹿肉。他吃了一块生鹿肉，感觉味道是那般甜美。

他开口说话了。他明明知道自己是猎人刘老三变的，但是他却恶狠狠地说：

大王我这次出山，简直九死一生啊！猎人刘老三，他是我们的死对头，不，人类都是我们的死对头！以后大家见到人，就给我往死里咬，咬死吃掉，绝不轻饶！

群狼立刻大声附和：咬死吃掉，绝不轻饶！

接着，他好像把两条残腿搭在二狼王的背上，率领群狼去寻找猎人刘老三，也寻找其他人类进行报复。在很多时候，他会像人一样站立奔跑，迅疾如风。他很奇怪自己为什么会有这个本事，后来他想明白了，他本来就是人变的。

山中出现人狼的消息吓坏了人类，他们立即组织起来，进山来围剿他，必欲将他和群狼统统消灭而后快。这天他正在山间行走，猛听脚下一声响亮，他的两条后腿同时被猎夹打住了。他故伎重演，忍痛咬断了两条后腿，并向不远处的二狼王喊：快快过来救我！

二狼王跑过来，看见他已经成了一个没有四肢的肉段，嘴角竟然掠过一丝冷笑，它喊了一声：有人来了！就带着狼群飞奔而去。

都跑了，竟然没有一只留下。他的心掠过一阵悲凉。这时他看见刘老三又提着枪，得意扬扬向他走来，他把牙一咬，就顺着山坡滚了下去，直到落下悬崖。

居然没有摔死！他躺在草丛之中，望着天上的飞鸟出神。如果我能有翅膀就好了……谁知道他这么一想，突然感觉两肋发胀，随着身体的一阵颤动，他竟然真的生出一对翅膀来。这翅膀又宽又长，可伸可缩，更奇妙的是，他的四个残肢也同时变成了四个锋利的鹰爪。

没怎么费劲，他就腾空飞起。他飞上悬崖，在空中盘旋，很快就发现了刘老三，他向刘老三俯冲过去，口中大喊：刘老三，你去死吧！

他看见刘老三惊恐万状，连滚带爬，枪也丢了，鞋也掉了，最后也像他一样滚下了山坡，滚下了悬崖。

他哈哈大笑。接着他飞过山冈，一直飞回狼穴之中。他看见二狼王正坐在他的宝座之上发号施令，不由分说就直扑过去，伸出四只锋利的鹰爪把它抓起来，几下就把它撕成了碎片。然后他在狼穴里飞来飞去，怒吼着：你们这群没良心的东西，叛我者，死！他看见群狼瑟瑟发抖，全部趴伏在地，没有一个敢抬头看他，只是一个劲地喊：大王啊，饶命啊！大王啊，今后我们永远忠于你啊！

再接着，他每天都率领群狼出山，去和人类作战。他总是先让狼群隐蔽好，然后飞上天空侦察，一旦发现目标，就在天上指挥作战，屡战屡胜。附近的人类闻风丧胆，纷纷搬家滚蛋，把本来属于狼和其他动物的地盘一点点腾了出来。

狼王，会飞的狼王，有着尖牙利爪的狼王，很快成为山中的百兽之王。

他开始培育会飞的后代。不但要培养飞狼，还要培养飞豹、飞猪、飞蛇、飞獾、飞鹿……誓与人类血战到底！但是这天他正在天上做飞行示范，忽听下面响起了密集的枪声，他感到全身一震，直向山涧跌去……

刘老三大叫一声，在树上醒了过来。他在树上呆呆坐了半天，忽然跳下树，摔了枪，头也不回地向山外走去。

（原载于《小说月刊》2016 年第 10 期）

极品人参

岳父即将八十大寿，我决定买棵老山参去孝敬他。

我去找在医药公司上班的朋友老马帮忙，没想到他已经退休了。我找到他家，老马说：没关系，我儿子现在也进了公司，我让他帮你办就是。我说：咱不差钱，关键要买极品人参。老马点头答应了。

过了几天，老马打电话给我，说搞到了一支百年老参，不过价格不菲。我说：只要是真货就行。老马说：绝对错不了，我已经亲自看过了。你直接跟我儿子联系，到医药公司去交钱取货吧。他让我记了他儿子的手机号码。

但是老马的儿子小马却不让我过去。他说：王叔，您是我爸的老朋友，哪能让您跑来跑去的呢。您晚上下班就在家里等着，我七点钟准时给您送过去，包括发票。尽管是在电话里，但我却能感觉到小马的巨大热情。我连连称谢。

晚上下班，我回家草草吃了口饭，哪儿也不去，就等小马。奇怪的是左等右等也不见人影。打电话去催，说在路上，马上就到。可这一“马上”又过了一个多小时。直到晚上十点多钟，这才响起了敲门声。开门看见的是一个灵精虎眼的小伙子，手里捧着一个特别漂亮豪华的盒子。我还未开口就见他满脸笑容地说：王叔对

不起,真对不起。路上塞车耽搁了,请您原谅。

接着就打开了盒子。我看见盒子里静静地躺着一棵白白胖胖的人参，根须毕现。再看盒子上的说明和医药公司的正规发票,一切都在证明这的确是一棵极品人参。价格嘛……我就不说了吧。

我痛快地开了支票,第二天就和老婆一起去给岳父进贡。岳父见了大喜,和岳母一起把我着实夸奖了一番,老婆更是对我亲昵有加。在这幸福的时刻,我又特意给老马打了一个电话表示感谢,最后我还说:老马呀,你怎么生出那么一个精明强干的儿子啊,看起来比你聪明多了。老马也在那边笑起来。

岳父大寿那天，请了不少亲朋好友来喝酒庆祝。为感谢老马,我把他也请来了。岳父在高兴之余,竟把那棵人参拿出来当众展示。不料当老马看见人参的时候,脸色却突然变了。他把人参从盒子里拿出来,左看右看,说了声不对呀,就匆匆走了。老马突然离去给大家留下了一个谜团,事后岳父猜测说:是不是你的朋友认为人参卖贱了,他有点后悔。我说:不会吧,那人参又不是他家的!

大约又过了二十多天,我已经把这事忘了。忽然又接到了老马的电话,他告诉我晚上他要带着他的儿子去我岳父家,要我无论如何也去一趟。我问他什么事,他说到时候你就知道了。也不知道他的葫芦里到底卖的是什么药。

老马走进岳父家的时候，我发现他显得很憔悴，胡子拉碴的,跟在他后面的小马更是垂头丧气,好像是被抓的俘虏。奇怪的是小马的手里还抱着一个人参盒子。还没等我们弄明白怎么回事,只见老马转身就给了他儿子两记耳光,并喝令道:跪下！他的这些举动把我们都闹懵了。

我急忙上前去拉小马,并质问老马这是为什么。老马一脸羞愧地说:唉,都是我教子无方,我都说不出口。让他自己说!小马低着头,吭吭哧哧地说:王叔,我对不起你们,原来的那棵人参……我和别人……做了手脚。

在接下来的讲述中,我终于弄清了事情的原委。原来小马先前送来的那棵人参,虽然是真货,但是在送来的路上,小马为了另赚一笔钱,竟然和别人一起把它蒸馏过了,也就是把精华部分全都取走了。但如果不是内行的人,根本就看不出来。

哦,怪不得那天小马那么晚才来,怪不得老马一看就退席而去……事后,老马寝食不安,为弥补儿子的过失,他竟亲自跑去东北,又买回一棵百年老参来赔偿。

老马满脸羞愧地再次向我道歉,我却一下把他抱住了。我说:老马,我的好朋友,我已经知道什么才是极品人参了。

(原载于 2016 年 4 月 5 日《长沙晚报》)

绝　杀

森林、溪流、野兽、珍禽……当杜老四误打误撞发现这座美丽的山谷时,他的一颗心几乎就要从胸腔里蹦出来。他跳下马,端着老洋炮,小心翼翼地东张西望。在确信这里的确没有半根人毛以后,他立刻朝天“砰”地放了一枪,大声喊道:山神爷,感谢你!这里的一切都是老子的啦!

枪声和他有点发颤的声音在山谷间回荡,吓坏了飞禽走兽,

排排树木也跟着颤抖起来，树叶簌簌掉落。

杜老四翻身上马，冲出山谷。他在山口那里摆下了三块石头，作为记号和领地标志，然后又打马飞驰。在马跑到口吐白沫的时候，他终于望见了自己的村庄。他进门就喊：快把咱家的人都找来，这回咱要发大财啦！

几天以后，在一个漆黑的夜晚，几辆马车载着杜家老小几十口人，悄无声息地离开了村庄。一路上，本来辈分不高、排名靠后的杜老四神气活现，俨然成了家长；到了地方，他又号令大家搭帐篷、建房子，然后又给大家分工：谁谁去伐木，谁谁去打猎，谁谁做饭种菜……杜老四指挥若定，令全家上下刮目相看。

从此，这座沉睡千年的山谷，便飘起了人类的炊烟，终日响起吱啦吱啦的锯木声、砰砰啪啪的枪声，还有各种野兽珍禽的惨叫声……杜老四，这个大功臣，这个总指挥，他并不干活。他每天吃饱喝足，就倒背两手，到森林里去视察。他一会指责这个锯木不快，一会批评那个打猎不精，所有的人都对他毕恭毕敬，杜老四每天都在享受一个山大王的快乐。

当锯下的木头堆成山，熟好的皮张无处放时，杜老四又骑马出山去了。不久，便有大轱辘车一辆辆驶进山来。木头、皮张被一趟趟运出山去，换成了一堆堆的银钱。只一年工夫，杜家人人腰包鼓胀，家家盆满钵满。

严冬来临，有人提出拔营出山，立即遭到杜老四的严词斥责。他说：真没出息，发这么一点小财就知足了！你看这山上还有多少木头没有砍，还有多少野兽没有打啊。走？咱一走这地方就不是咱的了。要走的，永远都不要回来！

杜家人噤若寒蝉，继续留在山里伐木打猎。除非大雪封门，除了重大节日，他们终日都以抢夺的劲头，攫取山谷里可以攫取的一切。

又一年过去了，杜家人钱多得没处放，又有人提出应该出山去享福了，但马上又遭到了杜老四的斥骂。他说：看你们那点眼光！就知道想你自己这辈子的事情，那你的子孙后代呢？做人，要想到下一辈子，下下下辈子！

杜家人继续留在山里伐木打猎。除非大雨滂沱，除了重病在身，他们继续以抢夺的劲头，每日在山里攫取可以攫取的一切。

第三年，又有人想走，杜老四说：山外兵荒马乱的，你们想出去找死吗？

一连五年，杜家人扎根深山，毫不吝惜地把这座无名山谷上上下下里里外外搜刮了一个遍。能砍的树全砍完了，能打的珍禽野兽全打光了，甚至连山参等地下宝贝也挖绝了，他们家家户户富得都拿金银元宝丢着玩了。杜老四上山考察了一回，又去山外探访了一番，他终于说：我们可以出山去享福了。

杜老四是最后一个离开山谷的。驻地一片狼藉，杜家人只带走了金银财宝，其余的全都丢弃了——包括各种生活用具、衣服，被褥、粮食，成垛的肉食……全都丢啦！偏在这时传来几声狼嚎。对，不能把这一切留给别人，更不能留给野狼！狼这可恶的东西，曾经不止一次来找麻烦，走了也不能饶了它们。

杜老四立即找出一包砒霜，在水里化掉，全部洒在肉上，接着他又放了一把火，把所有的房子和里面的一切统统点燃了。他这才哈哈大笑扬长而去。

杜老四不知道，他放的火后来引发了山火，残留的生灵再遭涂炭。跑得快或藏在地下的狼、獾等随后又去吃了毒肉，成批死亡，山间的一切被彻底绝杀。

出山后的杜老四却幸福无边，荫及后世。他在城里买下了一

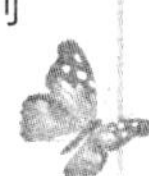

条街,先后娶了五房姨太,生了一大堆儿女,他成了富甲一方,被人称颂的英雄。他的后代儿孙对他更是顶礼膜拜。

杜老四活到七十岁那年,忽然想起要为自己树碑立传。他听说如果能请到外国人来写中国人,就会很快在全世界出名,于是就千方百计出重金请了一位黄头发、蓝眼睛、懂中国话的老外到家里来。

起初,老外很高兴,他整天有说有笑的,很快和杜老四成为朋友。可是一经进入采访阶段,那家伙脸上的笑容却一点点飞走了。这天他竟然提出,要到杜老四当年发财的山谷去看一下。杜老四拗不过他,只好亲自坐马车陪他前往。

出现在他们眼前的山谷,当年美丽富饶的山谷,现在却是一片荒凉。疮痍满目,乱石一片,几乎见不到任何生命迹象。老外的脸上,便是一副痛心疾首的模样。然而杜老四却兴致勃勃,指指点点向人家讲述曾经在哪里住,曾经在哪里猎杀过什么样的飞禽走兽……

老外拿出一个相机,拍下了山间的景象,也拍下了杜老四的得意嘴脸。回去以后,老外把杜老四预付给他的钱扔还给了杜老四,而且像被挖了祖坟一般指着杜老四的鼻子说:你,不是英雄,你是一个罪人!说罢,竟然拂袖而去。

杜老四想疼了脑袋,也不知道自己到底什么地方得罪了这个老外。他气得跺着脚骂:洋鬼子没有一个是好东西!

因为这件事没弄好,后来又听说那个老外在外国的报纸上写文章骂了他,杜老四心里窝囊,一年后抑郁而亡。

(原载于《小说月刊》2016 第 12 期,入选花城出版社《2016 年度中国小小说年选》)

军　号

他从部队复员回家乡的时候，除了穿回一身黄军装，再就是带回了那把闪亮的军号。

他说他在部队是司号员，军号一吹，千军万马就会冲锋陷阵。还有熄灯、起床、集合、行军等等，都是他用军号指挥的。

村民听了都笑，当面说你可真是了不起，背地却说看你那点小个，还没有摞起来的三块豆腐高，除了按首长命令吹吹号，别的你还能干什么！

他的绰号就叫“三块豆腐”。

因为个头矮、力气小，干活俩不顶一个，生产队就派他到后山去护林。反正他也娶不上个媳妇，一个人吃饱了全家不饿，派他去看山一个是照顾了他，同时也省得像那些有家室的人一样总惦记着往回跑。

在后山的林地间，靠着一面土坡，队里给他搭了一间小屋，他就在这里安了家。

这小屋，墙是土坯垒的，屋顶是用油毡纸苫的，里边锅台连着炕，简易得不能再简易了。但是他却很满足。他把那把军号端端正正地挂在后墙上，对它敬了一个军礼说：老伙计，我们今后的战斗岗位就在这里了。

每天早上，他爬起来的第一件事情就是吹响军号。先是起床号，再是冲锋号，滴滴答答，响彻山谷。晚上睡觉，他也要吹号。先是熄灯号，接着再吹上几段什么乐曲，小屋里立刻有了文艺氛围。

不但如此，白天上山巡逻，他也经常吹号。注意他的人说他经常站在山顶上吹号，一手叉腰，一手举号，面对山下的林海，滴滴答答地吹个不停，那架势，仿佛他是个大将军。

每当号声从山里隐隐传来，村民就说：听，“三块豆腐”又吹号了。吹得真不赖！

也有人说：什么不赖，他是拿军号在壮胆哩！如果没了军号，他连一天都不敢在山里待。

为了验证一下，就有人上山去把他的军号藏了起来。

果然，失去军号的他一下子变得六神无主。三十多岁的人了，哭得鼻涕老长，完全像个七八岁的小孩子。而当军号复归，他抱着军号那个亲呀，絮絮叨叨诉说思念之情，样子很像个精神病人。人们就说：这“三块豆腐”，全靠军号活着呢！

那年冬天，大雪封山。山里的野兽找不到吃的，一群狼竟然把他当成猎物，夜里团团把他的小屋围了起来。开始他还不知道，直到有一只狼跳到屋顶上扒开油毡钻进去，他才惊醒了。他的第一反应就是抓起军号，拼命吹了起来。在寂静的黑夜里，军号声格外响亮，气势磅礴，直冲云霄，真的像有千军万马杀来。群狼大惊，外面的仓皇逃窜，屋里的那只更是魂飞魄散，胡奔乱撞，最后竟撞昏在门旁，被他乱棍打死。

是军号救了他一条命。

日子一晃过去了许多年。这时的他，绰号已经成了“老豆腐”。他仍在看山，这片山林成了村里唯一的“集体财产”。山上的树木都成材了，有人粗略算了一下，木材的价值至少过亿。这首先当然要归功于“老豆腐”，还有他的军号。

很快有人打起了山林的主意，开始盗伐山林。“老豆腐”打起精神，没日没夜地巡逻，一有情况，他立刻吹响军号，山下的村民听见号声，就立即赶来支援。几乎所有的盗贼只能望林兴叹。

这天夜里，村主任破例带着酒肉来看他。临走，告诉他你今夜不用巡逻了，我来替你值班。起初，“老豆腐”的心里还暖意洋洋的。吃着肉，喝着酒，直说村主任真是个好领导。后来他出来撒尿，却发现情况不对。什么地方分明有锯树的声音隐隐传来。

不好！“老豆腐”立即操起军号，拧亮手电搜索过去。还真有一伙人在那里伐树，见他过来竟然不慌不忙。

住手！你们好大的胆子！谁让你们来砍树的？

哦，你是“老豆腐“吧？谁，是你们村主任呗，你就少管闲事，回去睡觉吧啊！

不行，没有林业部门批准，村主任也没有权利砍树……

“老豆腐“说着，举起军号就要吹。那些人立刻拿着电锯、斧头围上来。

老豆腐，你别找死啊，我们可是给你们村主任送了钱的。你敢坏我们的事，整死你！

“老豆腐”矮小的身影往后退去。那些人喊：对，你就识相点吧，回头也给你点好处！

回答他们的，却是一阵激昂的军号声。可以听出那是紧急集合号，急切，高亢，划破夜空，震撼山峦，势不可挡！

那些人先是呆住，紧接着猛扑过去。老东西，让你吹！一阵疯狂暴打。但是不管怎么打，军号仍然在响，上前去夺，却怎么也夺不下来，军号仿佛就焊在了他的嘴上一样，不停地响。

一个歹徒挥斧砍去，人倒了，军号没声了，但是手依然举着，号仍在嘴里塞着……

案很快破了，歹徒和村主任都受到了应有的惩罚。人们厚葬了“老豆腐”。陪葬在他身边的，是那把依然闪光的军号。

（原载于2016年9月8日《南方日报》）

口　罩

你一出楼门，灰蒙蒙的天空就横在眼前，鼻孔里好像马上就有异物钻了进来。你急忙把手伸进坤包里，掏出了昨晚刚刚买的口罩戴上，这才感觉好多了。

你沿着马路向前走，步伐和姿势与往日没有什么不同，但是你却发现经过你身边的人都用怪异的眼神看你，甚至还有个小伙子回头对你做了个鬼脸。

怎么了这是？

你低头看了一下自己的穿着，黑裙，灰袜，白色衬衣，两只衣袖挽起来，露出一段洁白的手臂，脚上是一双半高跟圆口皮鞋，这打扮完全符合一个中年女人的身份啊……怎么了这是？

难道因为你戴了口罩？

也不对啊，放眼看去，满街都是戴口罩的人。该死的雾霾，逼得人们不得不全副武装起来。说实话，你还是适应能力比较强的一个。人家都戴口罩好几年了，可你一直都没有戴，你在心里还笑那些戴口罩的人太过矫情。可是今年春天不行了，你第一次感觉到雾霾汹涌，宛如吃人巨兽。每天早晨，当你从家门口走到单位，两公里的距离，鼻孔里就能擦出黑色粉末来。

于是,昨晚上你终于去商店里买了个口罩,而且直接戴上就回了家。

回想昨晚戴口罩回家的情景,也没有人像这样看你啊!可是现在……大家看你的眼神为什么好像在看一个出土文物,或者是一个耍猴的?

难道是因为你戴的口罩颜色样式太老土了?

记忆中的口罩,几乎是千篇一律的白色。一块长方形的白纱布,一边一个带子,往耳朵上一挂,完事。可是如今的口罩,颜色五花八门,样式更让人眼花缭乱。你看到对面走来的这人,他的口罩竟然是黑色的,呈倒三角形,上面还印有交叉的骷髅。还有那人,口罩活像防毒面具……奇怪,为什么却没有人注意他们,更没有人笑他们呢。而你,戴的口罩雪白雪白,干干净净,怎么反而可笑了呢!

人的脑子现在都有病了!你想。心里的怒气渐渐升了起来。

不错,现在好像一切老的东西、传统的东西都受到了挑战。人们一味标新立异,好像在比着出怪,却把许多好东西都扔进了垃圾筐。比如吧,你是一名建筑设计师,前些年你设计的作品广受欢迎,现在你闭上眼睛,都能数出这座城市哪座楼房商场出自你的手笔。可是这些年不行了,你精心设计出来的东西却往往遭到非难甚至枪毙,罪名就是思维落后,缺乏新意。唉,世界真的变了,变得越来越不可思议了。年龄大了,这些你也都认了,可是你戴个白口罩招谁惹谁了,难道也那么不合时宜吗!

你们看不惯我,我还看不惯你们呢!老娘非要气气你们不可!你这么想着,便开始昂首挺胸,大步流星地往前走。你还故意把头微微仰起来,下巴朝前伸着,看吧,看吧,让你们看个够,气个饱!

更多的人朝你投来诧异的眼神,但是你统统置之不理,真的

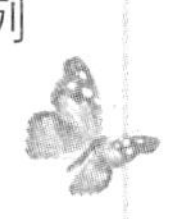

是我行我素！

又有个男人走过来了。看穿着像是个有身份的男人。他看了你一眼，脚步犹豫了一下，似乎想停下来跟你说点什么。但是你心中气体膨胀，你狠狠地瞪了他一眼，又瞪了一眼。那个男人急忙知趣地避开你的目光，脚不停步走了过去。

我就是要戴白口罩，我就是要坚持传统的东西，我就是要向你们示威！你在心里呐喊着，继续抬头挺胸向前走。雄赳赳，气昂昂，谁奈我何！

又有一个穿着入时的姑娘迎面走来，她两眼一直盯着你看，走近了突然开口说道：阿姨，你……

你正在火头上，不由跺了一下脚，嘴巴在口罩后面发出吼声：我怎么了？我怎么了！我戴白口罩害你哪根筋疼了？神经病！

那个姑娘被你吓了一跳，落荒而逃。周围的人也不敢再抬头看你。

你终于走到了单位楼下，你怒气冲冲走进楼道，几个年轻同事也眼神怪怪地跟你招呼，但是你却像一只骄傲的鸵鸟，目不斜视径直走向自己的办公室。你在心里已经计划好了，今天要设计一套更为传统的楼房图纸。如果院长再说不行，一定要跟他干，据理力争！

你走到自己的座位前，一屁股坐下来，长长出了口气。你慢慢摘下了口罩，随手把它扔在写字台上，这时你突然像遭到雷击一样呆住了。

雪白口罩的反面，有一个鲜艳的唇印——肯定是昨晚回家时印上去的口红。

原来如此！怪不得……你一时觉得好像丢失了很多东西。

（原载于《作品》2016 年第 12 期）

狼心宴

一进局长的家门,就闻到一股很大的腥味儿。局长说今天请大家吃稀罕东西,到底是什么呢?

四个副局长都到齐了,办公室主任、人事科长也都来了,局长说:大家上桌吧,酒宴开始。

开头上来的菜,都是司空见惯的。大家也不好意思问,很快就投入了战斗。因为是在局长家里喝酒,大家都不敢装假,两瓶酒不觉就见了底。人人都有了几分酒意, 关注点也都转移到酒上,早把“吃稀罕”的事情忘到爪哇国去了。

结果那道菜就在这个时候上来了。

一眼看去,就知道这肯定是什么动物的心脏,因为那切片都是带着尖的心形。局长就说:你们猜猜,这是啥东西的心——咱首先把人心排除了啊。

A 副局长看了看说:这么大个,我猜是牛心。局长摇头。

B 副局长想了想说:我认为是驴心。局长又摇头。

C 副局长闭了闭眼说:牛心驴心都不是,我觉得是马心。局长再摇头。

D 副局长晃了晃脑袋说:我猜是猪心。局长依然摇头。

办公室主任好像胸有成竹:哦,局长我知道了,这是羊心。今年是羊年嘛!

人事科长马上接话:不对不对,我觉得肯定是狗心! 局长还是摇头。

众人就说：这不是那不是，局长你就揭秘吧，这到底是啥心啊？

局长笑了笑说：如果这是你们所说的任何一种心，那还叫啥吃稀罕啊！告诉你们吧，这是狼心！是一个朋友从蒙古国特意带给我的。

啊！众人齐齐吃了一惊，接着面面相觑，一个个表情古怪。

局长率先举起筷子说：来啊，大家品尝吧，谅你们也没人吃过狼心。

众人参差不齐地应和着，犹犹豫豫伸出筷子去夹狼心，放进嘴里细细地咀嚼，纷纷说：嗯，好吃，好吃。只有办公室主任说：好吃是好吃，就是有点儿腥。

局长放下筷子说：好了，酒宴继续吧，我建议每人一杯酒。最后我总结。

A 副局长立刻站起来说：局长，小子不才，但是我有一颗人心。认同的，请喝一杯。说罢一饮而尽。

B 副局长不甘落后，马上也站起来：我跟局长干革命不少年了。我本事不大，但是我有一颗红心。认可的，满饮此杯。说完也一饮而尽。

C 副局长跟着举杯：局长，我什么也不想说，自认为这胸膛里跳动的，是一颗金心。大家也应该给予承认吧？说完把酒干了个底朝天。

D 副局长来了个狠的，他抓起酒瓶，咕咚咚倒了一茶杯酒，举起来说：红心、金心都让你们占了，我呢，就剩颗感恩之心了。说着咕咚咕咚一口气干了。

办公室主任看了看 D 副局长，抓起那只还剩半瓶酒的瓶子，一仰脖，全倒了进去，然后喘着气说：我无话可说了，反正我长的是什么心，局……局长知道。

人事科长最后站起来说：论喝酒呢，我不行，但是我始终记着局长的谆谆教导呢，就是人要有颗好心、公平之心……

局长坐在那里，脸上毫无表情，他就那么静静地看着众人的表演。最后他慢慢倒上一杯酒，举起来说：我看你们都喝差不多了。我这杯酒你们不用跟，听我说就行了。其实呢，朋友送我这东西是为了帮我治哮喘，他说这是偏方上说的。当然大家都没有这病，但是这大冬天的，它肯定能增强人的心肺功能。再说狼心这东西确实稀罕，我不想吃独食，所以我就把你们找来乐一乐，没想到你们……一个个都想多了，一个个表起忠心来了。也怪我考虑不周，我自罚一杯。

局长说完一饮而尽，还把杯子倒过来让大家看。

众人就莫名其妙噼里啪啦鼓起掌来。

宴会随即结束，不是不欢而散，也不是尽兴而归。那种感觉说不出来。

大家踉踉跄跄、东倒西歪地往家走，一路上心里还在嘀咕：局长今天请我们吃狼心宴，他……到底是……针对谁呢！

（原载于《小说月刊》2016 年第 3 期）

猎人刘老三(三题)

猎狼

那年春天,刘老三到草原上找活干。

乍暖还寒,草原上的积雪化了又冻,冻了又化,这里一片白,那里一片黑。刘老三骑马从草原上走过,远看就像是一只蚂蚁在黑白画板上爬行。

"蚂蚁"来到一座牧人新村前,看见那里正有一些蒙古人在聚集。他上前用蒙语一问,知道人家正在成立打狼队。他立刻说,那我报名行不行?打狼队长是个精干的蒙古族姑娘,她上下打量刘老三,见他也就十八九岁的样子,中等个头,黑不溜秋的,但是两眼却挺有神。她就问:你会打狼?刘老三说:我从小跟父亲学打猎,已经打死过十几只狼了,还打死过一头豹子。

姑娘仍用怀疑的眼神看他,忽然指着树上的一只鸟说:如果你能把它打下来,我就要你。刘老三二话没说,接过她的枪,熟练地压上子弹,举起来略一瞄准,"砰"的一枪打去,那鸟应声落地。蒙古族姑娘连喊:"赛赛地、赛赛地(好)!"真的让他进了打狼队。

打狼队的人每人发一匹马、一杆枪,拉到草原上去围狼。刘老三却喜欢单独行动。他神出鬼没,弹无虚发,每天都有野狼倒在他的枪口之下。那时每打死一只狼,苏木(公社)就奖励一只羊,结果刘老三这年共得到一百多只羊。到年底他把羊都卖了,再加上他顺手打狍子、打黄羊赚的钱，这年他腰包鼓鼓地回了家。

刘老三得了甜头,第二年夏天又来到草原。但是夏天不是打狼的季节,因为这时狼群已经化整为零了。除了头狼率领的小股部队,其余有生育能力的狼往往一对对组成一个家庭,隐藏到人迹罕至的地方去繁殖。等到秋冬季节,小狼长大了,再一起加入狼的大部队。

但是刘老三还有一门绝技,那就是掏狼窝。刘老三骑着马,专往荒山野甸里钻。发现狼的踪迹,他就在后面远远跟踪。

有句话叫做兔子不吃窝边草。那是因为兔子要靠窝边草来掩护自己。狼也知道保护自己的窝边草。它保护的办法是进出跳跃。狼来到自己的窝前,不断地东张西望。在确信没有危险之后,它猛地将身一纵,就像炮弹一般飞跃窝前的草丛,然后快速钻进去。出来的时候也是这样,仔细观察后一跃而出。所以狼的窝前,永远没有它走过的痕迹。

狼的这一招数,能骗得了别人,却骗不了刘老三。他躲在远处冷眼相看,看见狼在哪里跳高,就知道它的巢穴就在那里了。这时候他也不动,等到公狼母狼相继离开,他才纵马驰去。拨开浓密的草丛,黑乎乎的洞口就显露出来。只要钻进去,一抓就是一窝狼崽儿。

有时候,他正在掏狼窝,大狼却回来了。这时刘老三也不怕,他身上背着枪呢。狼在远处嚎叫他不理,如果它敢上前来拼命,他只要把枪一顺,便让一窝狼彻底绝根儿。

这年夏天，刘老三一口气掏了十多个狼窝，又得羊七八十只。

刘老三正在得意,没想到遇上了对手。这是一对正值壮年的

狼,公狼高大威猛,应该是狼群中的一个头目。这家伙机警得很,刘老三跟踪了它好几天,才找到了它的窝。远远看见两只狼先后走了,刘老三立刻打马冲过去,拿条口袋钻进了狼窝。好家伙,里面竟然有八只小狼。他把它们一只只装进口袋里,转身正往外爬,却见洞口一黑,一声雷鸣般的咆哮传入耳鼓。天啊!原来是公狼返回来了,露出利齿生生把刘老三堵在了狼窝里。

这可是他从来没有遇见过的情况。最要命的是,他的枪和马都在外面。刘老三的脑袋"轰"的一声涨大了,心想这下完蛋了,难道我要死在这狼窝里不成?但是刘老三毕竟不是一般的猎人,在短暂的慌乱之后,他记起自己的腰里还有一把匕首。他立刻拔出来,一手把装狼的口袋放前面往外推,一手就把匕首在眼前乱挥,一点点往洞口那里挪。狼窝狭窄,公狼不得不步步后退。到了洞口,刘老三突然把口袋往外一扔。就在公狼躲避,并为散落一地的小狼愣神的当儿,他一声大吼,猛然窜出,又把手中的匕首朝狼甩去。接着一个鱼跃,两个前滚翻,他已经操枪在手了。

这时再看公狼,发现它露出了惊慌的眼神。它想不明白,刚才它还占据着绝对优势呢,怎么转眼间就处于劣势了。它更后悔自己求胜护子心切,竟然没有把那个能打响能喷火的东西叼走藏起来。它不敢怠慢,一纵身窜到石堆后隐蔽,并开始高声嚎叫,召唤母狼回来帮忙。

刘老三朝石堆后面砰砰就是两枪,镇得公狼半天没敢发声。他乘机把在地上乱爬的小狼重新装回袋子,打个呼哨,叫回了跑到一旁的马,翻身上去,打马飞驰。凭感觉他知道狼在后面猛追,就在马上转过身,见影就开火,直到身后没有半点声息。

刘老三一直骑马趟过五条河,他觉得这时应该没有什么问题了。天渐渐黑了,前面正是牧人德勒根的毡包,里面传出喝酒行令的声音。刘老三把装狼的口袋藏在附近的一个土坎下面,然后就进去喝起酒来。当晚喝得大醉,就睡在德勒根的毡包里。

第二天一早，刘老三被德勒根连踢带打地弄醒了。出来一看,他傻了眼。只见德勒根家的羊圈里一大片全是死羊。旁边空地上,有一条被撕烂的口袋,除了两条死去的小狼,其余六条都不见了。

刘老三不由对天长叹。他只好用自己冒险掏狼窝换的羊赔了德勒根,落了一个白忙。

猎兔

此后很长一段时间，刘老三一直在草原上追踪寻找那对狼夫妻,想洗刷耻辱。但是他几乎跑遍了草原,也没有发现它们的身影,那六只小狼也似乎人间蒸发了。不仅如此,他竟然也很难再找到狼窝了。刘老三怀疑,一定是那只公狼下达了什么命令,狼们实行了坚壁清野。

刘老三不甘心,他继续寻找。有时他跑得很远,就露宿野外。这天夜里,他在山边搭了个石板小屋睡觉。说是小屋,实际就是三块石板对在一起。他头朝里睡进去,两只脚还露在外面。正睡着,猛觉得一只脚一阵钻心巨疼。他猛醒过来,边叫边向外开了一枪。这才觉得什么东西松口了。探出头,他看见月亮地里站立着十几只狼,眼睛都在冒着绿光。为首的正是那只高大的公狼。

刘老三这一惊真是非同小可。他急忙缩进石板屋里,举枪向狼射击。幸亏他枪法好,那三块石板沉重,这一夜他负隅顽抗,共打死了四只狼,但是天亮一看,他的马却被狼群分了尸,他的那只脚也被狼咬烂了。他真后怕,要是他头朝外睡,他早就一命呜

呼了。

刘老三这回算是领教了狼的厉害，他不敢继续在草原上待下去。他用那四只狼钱顶了人家的马钱，又把枪还给人家，之后就两手空空，拖着一只伤脚回到了草原边缘地带的村庄。

刘老三在家养伤，心情无比郁闷。等到伤好了，他的心情依然郁闷。作为猎人，地里的活他不会干，也不想干，但是山上草木日渐稀疏，也没什么猎物好打，只好赋闲在家。

刘老三游荡了半年。初冬的时候，他看见雪地上有不少兔子跑过的痕迹，就把他爹传给他的那杆老洋炮取出来擦亮，装上火药和铁砂，然后上山去打兔子。于是山畔沟里，便又响起了枪声。人们看见，刘老三每天都能提着野兔沙鸡回家，猎人刘老三又复活了。

但是附近的兔子很快就打光了，接着沙鸡也打光了，再接着大一点的鸟也打光了。刘老三英雄无用武之地，这时也传来了禁猎和收缴枪枝的消息。

这天晚上，村主任到家来找他。他以为村主任是来收枪的，便黑着一张脸不说话。

村主任却说：老三，别误会，我今天是来求你帮忙的。

刘老三也斜着眼说：求我，你还能求我？

村主任说：真的是求你。请你快想想办法，把咱村那个兔子精给除了吧。要不等收了枪，就更治不了它了。

哦，兔子精……刘老三说。他早就听说村后坟场那里，住着一只老兔子。许多人都看见过它，说它的后背上背着一个红月亮。但是刘老三从来没有看见过它，也不想去惹它。他爹活着的时候曾经告诉过他，兔子、黄鼠狼、狐狸这些东西，活的年头长的尽量不要去惹它，这些东西很邪性，一不小心就会惹祸上身。

村主任说:你说这个家伙,偷这家那家的菜吃也就算了,这两年它竟然学会偷酒喝。喝酒就喝酒吧,它动不动就迷人,隔三岔五就把孙寡妇迷得胡说八道的。

孙寡妇中邪,刘老三也知道。知道她一中邪就骂村主任,说村主任对她图谋不轨,还说一些莫名其妙的话。他想这也许正是村主任来求他的原因。村主任接着又说了许多的话,刘老三一直没怎么接茬,而且最后他也没有表态自己会不会去打兔子精。

第二天晚上,有人跑来找他,说孙寡妇又中邪了,让他去看看。刘老三刚走到她家院子里,就听见孙寡妇用一种很奇怪的声音在说:你们这个村子,我就怕一个人,那就是刘老三。但是谅他也不敢惹我,色鬼村主任去找他也没啥用。他要是惹了我,我就跟他没完……

刘老三听到这里, 转身就回去了。他在被窝里抽了半宿的烟,最后决定去会会这个兔子精。敢和猎人叫板,它真的是活腻了。就让你知道知道我刘老三的厉害!

天亮以后,刘老三就扛着老洋炮往坟场那里去了。坟场离村子并不远,刘老三每年只来一次,给他爹上坟。这一天,他却在坟场那儿整整转了一天,可是并没有发现兔子精。

当晚孙寡妇又中邪了,她口口声声大骂村主任,接着又骂刘老三。说刘老三是被人利用了,劝他不要没事找事。吓得刘老三他妈还有他老婆擦眼抹泪求他别去了。

但是刘老三的犟劲儿却上来了。他表面答应,却仍然偷偷往坟场那里跑,去仔细寻觅兔子精的蛛丝马迹。大约半个月以后,兔子精还真被他给找到了。

那是个晌午,日头暖暖地挂着,村庄和田野都静悄悄的。再次空手而归的刘老三走到村旁窑厂那里,他去解手,忽然发现一棵树下有个白色的东西卧着。小心地走近一看,天哪,竟然是一只大兔子趴在那里睡觉。它的背上,长着一片红毛,呈圆形,这就是人说的所谓红月亮吧。这家伙一定又偷了酒喝,大白天就敢睡在这里。不过这地方真的很安全。窑厂早已废弃,人迹罕至,看来它早就搬过来了,怪不得坟场那里找不到它。真是精啊!

刘老三屏住呼吸,卧倒举枪。他刚要搂火,想想不妥。他捡了块石头扔过去,大喊:喂,兔子精!你醒醒吧,该回老家了。边喊便觉得头皮发麻。

只见那大兔子"腾"的一下跳起来,撒腿要跑,但是晚了。随着一声闷响和一股蓝烟升起,白兔子一头栽倒,弹了几下腿,就躺在那里不动了。刘老三走过去把它拎起来,感觉足有十几斤重。它全身多处被铁砂击中,鲜血淋漓。刘老三冷笑着说:老家伙,这回你还敢不敢跟我叫板了!

当天,刘老三打死兔子精的消息轰动全村,所有人都跑来看稀罕,村主任更是对他赞许有加。刘老三一时成了村里的英雄。只有一个人远远朝他吐唾沫,那人当然就是孙寡妇。

晚上,刘老三把兔子皮扒了,把兔肉焖在锅里,准备和人一起喝酒庆祝。谁知道锅盖一掀,却是满屋腥臊,熏得人直想吐。那肉给狗都不吃。

第二天一早,村主任就带人来收了刘老三的枪。刘老三做梦也没有想到,他的猎人生涯就这么结束了。

猎鼠

好像只是一眨眼,许多年就过去了。

猎人刘老三早已不是猎人,这些年他除了不种地,几乎什么都干过。为了赚钱,好事坏事他都干过。

他的家庭也发生了很大变故:老妈去世,老婆离婚,儿子大了外出,他光棍独居。

村里的变化更大,一户又一户人家搬出村子,到镇上、到县城去居住。村里几乎一半的房子空着、锁着,院里的野草长的高过墙头。由于封山禁猎,山上的草木也疯长起来,又有野兽出没了。听说草原上的狼也回来了。有时刘老三躺在炕上,回想起年轻时候的事情,就想偷偷造一支枪,重新出去打猎。但是等到天亮以后,他又把这事忘了。

但是这些天,村里人却又把刘老三的猎人头衔提起来。因为村里闹起了鼠灾。

这些老鼠,先是在那些没人居住的人家里繁殖,吃他们没拿走的米面。等队伍庞大了,东西吃没了,它们便开始成群结队向有人住的房子进攻。起初,因为各家各户几乎都养了猫和狗,它们还不敢放肆。可是后来,它们的数量实在太多了,它们轮流进攻,闹得猫狗疲惫不堪。而且据说还出现了老鼠精,个头比猫都大,猫和狗见了就躲。

村民就来找刘老三,纷纷说:老三老三,你是猎人,当年能打死兔子精,快想办法治治老鼠精吧。不然,这村子就是它们的天下了。

刘老三口头答应,却一直没有行动。这是因为,老鼠不知为什么并没有来他家里闹,还有他本人是属老鼠的。就像有的属羊人不吃羊肉、属牛人不吃牛肉一样,刘老三在心里也对老鼠敬畏三分,有时甚至感觉自己和它们是一伙的。

这天,孙寡妇却主动上门来请刘老三了。

孙寡妇虽然年届五旬,但是风韵犹存。自从刘老三打死了兔子精，她再也没有中过邪，可是比中邪还厉害的是，有一天她却把村主任的脸给抓烂了，还跑到镇上去状告村主任。闹得村主任再也没办法在村里待，全家搬到很远的地方去了。孙寡妇虽然取得了胜利，但是从此全村的男人都躲着她，其中自然也包括刘老三。

自从刘老三离婚以后，孙寡妇却对他热乎起来，见到他就眉开眼笑、问寒问暖的，还几次送饺子给他吃。刘老三却一概拒绝了。他牢记着“寡妇门前是非多”的古训呢，更知道这个女人不好惹，最好离她远一点。

现在，孙寡妇不请自到，着实吓了刘老三一跳：你……你有什么事吗？

看把你吓的，没事我就不能来看看三哥吗？

你拉倒吧，我可不敢当你三哥。你不是天天骂我，半拉眼珠都瞧不上我的？

哎哟，看你这小心眼儿，还是男子汉呢！那是多少年前的事了，你还记着。我这些年骂过你吗？再说我当初骂你，那不是因为你帮助坏人嘛。那时候，那个该死的色鬼天天打我的主意，我好不容易找个老兔子当靠山，装神弄鬼吓他，却让你给打死了。

哦……这可是刘老三从来没有想到过的。他不由再次打量这个女人，感觉她还挺可爱，起码不像村里一些妇女，为了一点好处不是主动就给村主任脱裤子。

陈芝麻烂谷子的事情咱先不说了，你说你到底找我啥事吧。

我要你去帮帮我。我家里真有耗子精呢，把我家的猫都咬死了。它大白天都敢出来闹，我一个女人家，看见它就哆嗦。你不是猎人吗，就不能去帮我打死它吗？你当年能帮那个色鬼，就一点不可怜我这无依无靠的寡妇吗？都说人心是肉长的，我看你的心啊,倒像是石头做的……

孙寡妇说得激动,竟有点眼泪吧擦的了。

那好吧。刘老三奇怪自己怎么就一口答应了她。而且,他当晚就去了孙寡妇家。

孙寡妇家到处都收拾得干净整洁。这个女人，真是嘴一分子,手一分子。

刘老三手里拿条铁棍,进门就找老鼠,但是孙寡妇却端上了热气腾腾的酒菜,她说:三哥,不急,咱先吃着喝着。打耗子的事,赶趟儿。

刘老三只好盘腿上炕,吃菜喝酒。在这寂静的夜晚,在死气沉沉的村庄里,面对一个村里曾经最有姿色的女人,刘老三突然感觉到了一股久违的家庭味道。可惜……他不敢想下去。

三杯酒下肚,两个人就没那么拘谨了,敞开心扉说了许多心里话。

半斤酒下肚,两个人就有点迷迷瞪瞪的了。

再往下喝,两个人不知道啥时候就抱在了一起。仿佛干柴遇见了烈火,噼噼啪啪地燃烧起来。

激情过后,刘老三问:宝贝儿,那咱还打不打老鼠了?

孙寡妇说:傻子! 其实我根本就不怕老鼠,我家也没耗子精。我就是不想再守寡了,想跟你结婚过日子。

哈,你真的挺有心眼儿啊!

那是,我是谁嘛! 这不,咱三下五除二就把你这个大耗子精给逮住了。

哦……刘老三如梦方醒。

(原载于《佛山文艺》2016年第11期)

舍身崖

他去泰山舍身崖,寻死。

这个世界真是太冷酷太无情了:朋友骗他钱财,老婆跟人跑了,这时家里偏又传来母亲得了绝症的消息。他因寄不出多少钱,每天在电话里饱受亲人们的叱骂……他前思后想,觉得只有死路一条了。死了,就可以彻底告别这个残酷的世界了!

现在,他已经来到了天门之梯十八盘前。举目望去,一千八百二十七节台阶真的好像从天上挂下来一般,才爬了不远,他就开始气喘吁吁的了。

他想,连死都这么难吗?不如返回去,投河、喝药、上吊……怎么死都行。可他忽然又想起了母亲。听人说,泰山舍身崖又叫爱身崖,人在这里自杀,可以保佑生病的父母平安。娘啊,儿子死前也只能尽这么一点力了。

有泰山挑夫从他的身边走过。这些挑夫,一律光着上身,肩上挑着沉重的货物,手扶路旁的栏杆,一步一喘地向上攀行。据说他们这样爬上一趟,也挣不了几个钱……唉,人活在这个世上,真的好难啊。死了就可以一了百了啦。

又往上爬了一段,背后忽然传来一阵叱骂之声。回头看,却是一个头戴蓝草帽的汉子,驱赶着一匹矮脚马,一步步朝上爬来。矮马只有半人多高,但是搭在它身上的货物却像两座小山。它低着头,弓着腰,吃力地攀登着一个个台阶。蓝草帽倒很清闲,手里只拿一条马鞭,不时往马背上抽打一下,嘴里还叫骂个不停。

矮马经过他的身边,抬了一下头,一双灰蒙蒙的大眼睛好像看了他一下,眼神里充满乞求、委屈、愤懑、无奈,不知道为什么,他的心一下子就疼了起来。

他不由跟着他们往前走。这时他忽然发现,那匹矮马的脊背竟然被磨破了,血肉模糊,隐约可以看得到白骨。他立刻感到周身发麻,仿佛那伤口就在他的身上一样。他跟在后面,几次都想开口说说蓝草帽,但一想到自己是个将死之人,就又闭了嘴。

在蓝草帽的驱赶下,矮马很快把他甩到了后面。

他继续攀爬。前面的一个平台上有人聚集,近瞧,首先看到了那顶蓝草帽,接着看见那匹矮马趴在地上。蓝草帽不断挥鞭打马,嘴里大骂。那马也很想站起来,但是它太虚弱了,几经努力也站不起来,可以看见它身上的肉都在颤抖。旁边围观的人都在咂嘴叹气。

他的心再次疼痛,终于忍不住上前说了一句:我说哥们,这马都成了这样,你还打它!它也是一条命啊!谁知蓝草帽立刻瞪眼冲他吼道:你管得着吗!它是我花钱买来的,我养活它,它就得给我干活,不然我吃啥喝啥呀!真是多管闲事。

他再次感觉到了世界的冷酷,感觉到了人心的坚硬。这时那马在地上回过头来,又看了他一眼,眼神里充满了绝望和无助。他在马的眼神里一下子就看到了自己,看到了朋友的背叛和亲人的无情,他突然觉得,自己似乎就变成了眼前的这匹马。

打骂声再次涌入耳鼓,他忽然听见自己说:你这匹马多少钱,我买了。

世界一下沉寂下来,所有的人都在看他。很快,蓝草帽的脸上荡起了笑意,他说:那好啊。我不讹你,这马当初是我花了两万块钱买的，现在打五折，你给一万吧。

他知道蓝草帽在说谎。他说：我身上只有五千块钱。说着，他从贴身的口袋里拿出了那叠钱，还有一封遗书。这是他留给自己的最后一笔钱，他在遗书里说：好心人，如果你发现了我的遗体，恳求您用这笔钱买副棺材把我埋了……现在他想，大不了我死得难看一点罢了。

蓝草帽大概看他榨不出太多油水，就抢一样拿走了他的钱，打个呼哨，立刻有几个空身下山的挑夫围上来，把从马背上卸下来的货物挑走了。

转眼，平台上只剩下他和矮脚马。他这才惊讶地发现，矮马正在用感激的目光看着他，大眼睛里竟然流出了泪水。唔，原来它真的通人性呢。他弯腰拍了拍它的头，又帮助它站立起来，然后摘下它的笼头扔了，对它说：现在你自由了，赶快下山逃生去吧。他说完转身要走，不提防矮马却用嘴叼住了他的衣服，一双眼睛定定地看他。他赶快推开它说：可怜的小马，我是个要死的人，只能帮你这么多了。你快走吧，快点啊！说着，他跳开身，快速向上爬去。爬出好远，他才回头看了一下，天啊，矮马竟然就跟在他的后面。

他苦笑了一声，转身上前抓住马头，没好气地把它拉转身，往山下推。他说：傻瓜，你跟着我干什么，我顾不上管你，明白吗？但是他只要一转身，矮马就会立刻跟上来。他快它也快，他慢它也慢，仿佛成了他的尾巴，怎么甩也甩不掉。

就这么折腾了很久，他发起火来，挥拳打了两下马头，吼叫着说：你这个不识好歹的东西，你知道我去干什么吗？去跳舍身崖呀！你跟着我，难道要陪我一起去跳崖吗？

他震惊地发现，矮马竟然目光坚定地看着他，好像真的点了两下头。接着，它又亲昵地舔了一下他的手，用嘴叼住他的衣服，把他往山下拽。它的眼神里充满了鼓励和希望。

他呆住了，觉得内心深处一声巨响，有什么东西被炸开了，并开始一点点融化。他突然张开双臂，一下抱住了马头，眼泪就像断线的珠子一般滚落下来。

也不知过了多久，一人一马向山下走去。把压根不知长啥样的舍身崖，远远地抛在后面。

（原载于《百花园》2016 年第 2 期）

神　树

老刘带我去看传说中的那棵神树。

老远就看见一片绿荫。除了那棵大树格外惹眼，旁边还有一片杂树和一片绿草地。杂树里面有一颗凤凰树正在开花，火红一片。在城市的黄金地段，在这寸土寸金的地方，竟然能有这么一片绿洲，简直就是个奇迹。

老刘说，这片绿地能保留下来，全靠了这棵神树。

我们走到树下，仰头观看：真的是好大一棵树！这是一棵百年以上的老榕树，主干两三个人都抱不过来，根须毕现，盘根错节；上面分出四根大叉，枝叶浓密，荫翳蔽日。目测一下，它的占地面积约有七百平方米。这时我又看到，贴近地面的树丫上全都挂满了红布条，树底下还有一个香案，上面的香炉里插满香烛，有的正在冒着袅袅烟雾。看起来，前来拜祭的人不少，香火鼎盛。

老刘就给我讲起树神的故事来。

原来曾经不止一个房地产开发商打过这片地的主意，而且他们都千方百计地取得了使用资格。但是他们共同面临的一个难题，就是这棵大树。如果不挖走或者砍掉这棵树，他们就无法在这里破土建楼。

第一个开发商雄心勃勃地动手了。他想把树移走。但是挖树这天，两台挖掘机刚刚开到树下，原本晴朗的天空却忽然阴云密布，接着雷声大作，暴雨倾盆。更绝的是暴雨过后，两台挖掘机不知为什么同时打不着火，司机怎么鼓捣都不行。而且就在这时，老板在家里也闹起病来，头疼发烧，上吐下泻。有人向他报告了挖树的情况，他顿觉悚然，马上改弦更张，放弃了开发计划。

几年以后，又一个老板前来试火。他的办法是砍树。刀斧手来到树下，开动电锯上前锯树，却也奇怪，刚挨树身，那电锯竟然反弹回来，把那人的腿锯伤了。现场登时一片大乱。等把人送去医院，老板不信邪，亲自操起电锯上前锯树。但是锯了几下之后，他马上停了下来，命令人员撤退，项目取消。原来他亲眼看见，大树伤口里汩汩流出来的，竟是类似人血的黏液。

一时间，神树的故事不胫而走。在南方，这样的榕树本来并不鲜见，过去人们也并没怎么注意这棵树。现在好了，一传十，十传百，一批又一批人跑到树下来看稀罕。接着，一张张嘴巴就把神树的故事添油加醋演绎得神乎其神。终于，开始有人把树当神顶礼膜拜了。

但是这片地的开发价值实在是太大了。随着城市扩展，它已经成为黄金地段。在这里建楼，每平方米至少要卖到几万元。又有一个老板经不住诱惑，再次铤而走险。他首先要过的，当然还是神树这一关。

这个老板认为人多就不怕鬼，开工这天他组织了十台挖掘机，外加一百个手持铁锹镐头的民工，乘着夜色蜂拥而至，意欲一举拔除大榕树。但是到了树下，他们所有的人都傻了。只见神树四周，夜幕里一片火光闪烁。近前细瞧，原来里三层外三层跪满了男女老少，每人手里举一炷香，在那里静静祭拜，佛乐之音大作。这时有人看见，树冠之上，隐约有佛光闪动。镇得那些人不敢再近前半步。

两支队伍就在平静的气氛中对峙着，最后败阵的是老板。他叹息说：天意难测，民意难违。这种情况我若强行开发，就算能挣一百个亿，但是今后我还能活得好吗！罢了，撤退吧！

从此，就再也没人敢打这片地的主意了。

听着老刘的讲述，我对神树充满敬意。当然我也明白，这些传说包含着许多人们的想象加工成分，是不能全信的。我在周边视察，发现树下是人们的休闲锻炼之所。绿荫之下，打太极的，舞扇子的，悠然自得。再往前走，却赫然发现还有一排摆摊算命的，杂树林那儿，还有穿着暴露的女人在探头探脑……

出于好奇，我慢慢踱步过去，不想立即陷入包围。若不是老刘帮助，简直就难以脱身。我逃也似的离开神树，回头再看，却忽然觉得它没有那么高大，也没有那么神秘了。

这时忽然听见一声雷响，抬头一看，天上阴云密布，大雨马上来了。我们都没带伞，老刘就说：我们赶快到树下去躲躲吧。我说：在树下躲雨，容易受到雷击的。还是快跑吧！老刘却说：没关系，这是神树，怎么会被雷击呢？我说：快了，照这样肯定快了！

我拉着老刘，拼命向车水马龙的街道上跑去。

（原载于《小说月刊》2016 年第 7 期，入选《微型小说选刊》2016第 20 期、《2016 年中国微型小说排行榜》）

羊族秘史

一只老绵羊，在给羊族书写历史时有了一个惊人发现：原来古代的羊，也就是它的祖先，居然是凶猛的肉食动物。

老绵羊进入时光隧道，在那里发现了祖先们的最初形象：头上的两只角并不像现在这样弯曲，而是呈45度角直直向前伸出，顶端锋利，犹如利刃；牙齿也不像现在这样细密，而是高低错落，上下左右各有有一颗长长的剑齿；身上的毛也不像现在这样柔软，而是根根直立，硬如铁丝；它们的个头也比现在大得多，一个个都像小牛犊那么高。

羊的祖先也不是生活在草原上，它们生活在山间丛林之中。它们成群结队，奔跑如风，以猎取其他动物为食。因为羊多势众，所以就连剑齿虎、猛犸象等都惧怕它们三分。

可是后来……问题出在羊族的第555代传人身上。

这个传人，不，准确地说是传羊——老绵羊干脆叫它555，它从小娇生惯养，居然养成了好吃懒做，胆小怕事的性格，而且它的小资情调还很严重，总喜欢进行一些不切实际的浪漫幻想。

比如它会经常看着天上的云彩说：我们为什么不搬到云彩上面去住啊，如果那样，我们就不用费力奔跑了。

就是这样一只羊，因为它是头羊的长子，所以在头羊死后，它被拥戴为王。

成了羊王的555，却不想带领群羊去冲锋陷阵，猎取食物，它每天只管在山上和年轻母羊打情骂俏,嬉戏作乐。当别的羊为它猎回食物,它边吃还边流眼泪:哎呀,你们又杀生啊!

这个时候,世界正在发生剧烈变化,山林大量消失,每天都有动物绝种。羊群猎取食物越来越难,而且还不断被别的动物猎食。这时有羊提出,是不是转移到其他山林里去生活,开辟新的领地。但是555却不同意,他说,我们从小就生活在这里,熟悉这里的一切,有危险知道往哪藏,往哪躲。去陌生的地方,如果遇到强大的敌人我们该怎么办?

群羊只好继续生活在这片面积越来越小的丛林中。

吃的问题越来越尖锐突出了。

这天,555早晨起来,突发奇想。它异常兴奋地召集部属开会,在会上它提出了一个新思维:既然猎取动物如此困难,我们为什么一定要吃肉呢,我们为什么不可以像猛犸象一样吃草呢!

群羊听了,一片哗然。

555说:你们嚷嚷什么,其实我已经偷偷尝过了,这满山遍野的青草细嚼慢咽都是甜的,而且营养丰富。青草就地取材,食之不尽,不用打打杀杀就能轻松获得,我们何乐不为呢!

于是,羊群就展开了轰轰烈烈的食草运动。

一改吃草不要紧,群羊吃惊地发现,它们的角变弯了,牙齿变平了,身上的毛变软了,个头也变小了。而且最要命的是,它们成了所有肉食动物的攻击对象。就连过去见了它们就望风而逃的野狼,也开始以它们为食了。

群羊开始抱怨555,商议推翻它的统治。

但是,555这时偏偏又提出了一个新思维,那就是去投奔最强大的人类,寻求他们的保护。

人类很高兴地接受了它们的请求。白天,有人带领它们出去

吃草;夜晚,它们则住进人类为它们搭建的羊栏里。遇有危险,人类总是挺身而出,使它们化险为夷。

群羊很高兴,555 很骄傲。

但是很快,人类也露出了狰狞的嘴脸。一到年节,他们也不跟 555 商量,就大肆捉羊宰杀,食其肉,寝其皮,十分残忍。群羊毫无反抗之力,除了哀叫几声,只能任凭宰割。

这时 555 却对大家说:羊固有一死,与其大家困死山林,断子绝孙,还不如像现在这样牺牲少数,保护多数。实践证明,我们投奔人类的行动是英明正确的,可以说功在当代,利在千秋……

老绵羊看到这里,早已老泪纵横。它不知道,羊族的历史应该怎样去书写。

(原载于 2016 年 10 月 18 日《羊城晚报》)

野象的战争

在南方这座城市里,我有一个朋友,他是个钢杆驴友加冒险家。他十几年前在单位内退以后,每年只做一件事情,那就是旅游。他的足迹遍布祖国各地,一年到头几乎都在外面跑,就连他的亲人也很少能够看到他。

旅游当然需要资金,谁都纳闷他的钱从哪里来。后来人们就猜想,他可能是属于那种边旅游边打工,或者是边乞讨边旅游的人。可是那次我去外地出差,竟然在一家星级酒店见到了他。他还带着一个年轻漂亮的女孩子,见了我也没什么不好意思,还非要请我吃饭不可。他诱惑我说,作家,我有个非常好玩的故事讲给你听,可以做你的素材哦。

吃大餐,还有故事听,这当然是我求之不得的。于是我就听从了他的安排。那天吃的什么我早已忘记,但是他讲的那个故事,还有他那得意的神态,却在我的心头久久挥之不去。

我的朋友说,去年他到西双版纳旅游,本想到野象谷去钻原始森林看野象。让他没想到的是,野象却自己走出来了。那里,正在发生一场人和野象的战争。

我的朋友一边说,一边比画,我可以清楚地看见有无数唾沫星子从他的嘴里喷射出来。这让我感到恶心,但是他的故事却又吊起了我的胃口。他说,野象谷你肯定没去过吧,我建议你以后一定要去一下。那的山脚下,有一座彝族村寨,村寨里的姑娘真是漂亮极了。你要是会唱山歌的话,就会……

我不耐烦地打断他:你别说姑娘,你说野象。说野象的战争是怎么回事。

噢,他好像也意识到自己跑题了,就赶紧拐回来。这座彝族村寨,和野象谷的野象和平共处了许多年了。可是也不知道怎么的,那段时间野象谷里的野象却好像突然发疯了一样,每天都会出来袭击村庄。它们见人就追,甚至追到人的院子里,试图进入屋子。这情况可是从来没有出现过的呀!人当然也不是好惹的,他们组织起来,敲锣、打鼓、放焰火。开头,野象的确被吓跑了,可是它们慢慢搞清了人不过是吓唬它们,就又来进攻。闹得整个村寨鸡犬不宁。哎,你别光听我说,你吃东西,吃东西呀!

我心里想,还吃什么吃,吃你的唾沫星子呀!就催他:你就赶快说吧!

他笑了一笑,你这人真是个急性子。人和野象的战争,我赶上了，就参加了。哎呀那野象冲过来真的是好吓人啊，比一辆坦克的威力都大。好在它们好像也不想伤人，只是吓唬人。它们似乎总是想进入人的房间，进不去，就把鼻子伸进去，像是要找什么东西。大家就纳闷了，野象到底想要什么呢。你看它们要是会说人话有多好，可是它们却不会说，谁也不知道它们想要啥。这时就有村民说，野象在袭击村寨之前，先袭击的是山里的一个旅游开发基地，野象把那里刚刚盖了一半的房子统统推倒，把机器设备统统毁掉，施工人员全部逃跑了。野象在那里找不到人，才来袭击村寨的。我一听就鼓动村民，你们要去州里告那家开发公司呀，一定是他们破坏了自然生态，才引起野象反击的。你们完全可以向他们索赔损失，还可以要求他们想办法阻止野象进攻。村民听了我的话，就进城去找领导，领导就找到了那家开发公司。可是他们说他们也是受害者，不肯赔付村民的损失，双方一时僵持不下。可是这边，野象还在不停地进攻，而且从一天一次变成了一天两次或者三次。

说到这里，我的朋友不知道为什么笑起来。他的眼睛淫邪地看着身边那个漂亮的女孩子，甚至在她的身上摸了一把。我瞪了他一眼，摆头催他继续说。

他的声音突然提高了八度，唾沫星子也喷射得更远更密集了。他说，就在这个时候，哥们我发现了一个巨大的商机。哥们一把就赚了二十万元。你猜怎么着，那天野象又来的时候，我无意间发现，有个人跑进屋子，慌乱间把他家的一个罐子甩出来打象。罐子摔开了盖子，里头的白面撒了一地。那野象立刻用鼻子猛吸，最后竟卷起罐子跑了，而且一连好几天没来。哥们是啥人，咱立即上前沾起一点白面舔了舔，立刻就什么都明白了。哥们也没有吭气，第二天就花钱雇一个村民带路，冒险到山里去看那个基地。原来那个基地就建在山坡上的一个坑里。村民告诉我，过去经常看见野象到这个坑里来。我好不容易找了一块原土舔了舔，进一步证实了我的判断。第二天我就去了州里，想办法找到了那家开发公司的老板。我直截了当地说，如果你的工程还想做，又想野象不再找村民的麻烦，那你就给我二十万元，我保证把野象给你摆平。老板说，空口无凭，等你真的做到了，你再来找我。我说，那好，你给我写个字据吧。老板想了想，最后他同意了。

接下来的事情其实很简单，我用不多的钱买了两百斤那种白面运进山里，就撒在野象必经之路的另一个坑里，从此，野象再也没有来过。很快，工程重新开工，村民获得安宁，我二十万元也到手了，而且双方都非常感谢我。

那，你说的白面到底是什么呢？我很着急地问他。

哇，老弟，你也真够笨的，说到这份上你还猜不到吗？

你让我怎么猜呢。难道……是食盐吗？

嘿嘿，你说是那就是吧。我的朋友说完，挽起漂亮女孩的手，迫不及待地回房间去了。只留下我一个人在那里久久发呆。

（原载于《鸭绿江》2016年第1期，入选《小小说选刊》2016年第4期）

月色琴声

汉族小伙李江到草原上去打工。除了挣钱，他还想找个蒙古族女孩当媳妇。

蒙古族女孩多好啊，纯洁美丽，温柔善良。村里已经有了一个好榜样，那就是东子哥。几年前，东子去草原放羊，认识了一个蒙古族女孩。开始时语言不通，但是东子歌唱得好，他就用歌声来表达爱情，终于打动了女孩的心。后来他们幸福地结合，在草原上安了家。他们生活富足，生了两个大胖儿子。春节东子带着蒙古族媳妇回村的时候，开着小轿车，大包小裹的，全村人都羡慕不已。

经人介绍，李江也去给一户牧民放羊。真是巧得很，这户牧民家里就有一个年轻漂亮的女孩。而且她会说汉话，写汉字。她的名字也很好听，乌兰。

乌兰高中毕业没有考上大学，阿爸让她去放羊，她不肯，每天躲在屋里不出来。她神情忧郁，不说话，更听不到她的笑声。李江弄清原委，觉得这正是接近她的好机会。李江很想通过歌声打动她，可是他没有东子哥的好嗓子。后来，他想到了一个办法，那就是吹口琴。每当吃罢晚饭，李江就坐在羊圈旁边，掏出口琴，对着乌兰住的蒙古包吹奏起来。

李江吹奏最多的曲子是《敖包相会》。在悠扬的琴声里，月亮真的升起来了，旁边真的没有云彩，草原一片迷蒙，但是乌兰的蒙古包却毫无动静。李江在心里一千遍一万遍地呼唤：美丽的姑娘哟，你为什么还不跑过来哟……

李江坚持不懈地吹奏了半个多月，这天他终于看见乌兰蒙古包的门打开了，接着，他看见一个苗条的身影向这边走来。他的心不由狂跳起来。但是让他万万没想到的是，耳边却传来一声呵斥：这位大哥，你天天吹，还让不让人活了？

李江立即停止了吹奏，他感到从头凉到脚，呆呆地望着月色下的美人。接着又听见她小声说了一句：你不知道人家有多烦吗!

李江立即抓住了这个对话机会,他说:我吹口琴,就是想让你高兴起来呀。

哦?你想让我高兴?你了解我吗,你知道我的内心有多么痛苦吗?

不就是没有考上大学吗,那有什么了不起!人生的路很长,也很多,为什么要自寻烦恼呢。你要是愿意听,我可以给你讲讲我的经历,我就是从这种痛苦中走出来的。

噢,原来你也……你倒是说来听听。

这一晚,李江和乌兰在月亮地里说了许久的话。此后,他每天上山放羊,都会给乌兰发短信,写一些诗意的句子。晚上回来,他又把乌兰约出来。他们谈话的地点越来越远,但是他们身体的距离却越来越近。终于有一天,李江在动情地讲述了东子哥的故事之后,就大胆地拉住了乌兰的手,问她:你可以做我的女朋友吗?

乌兰的手凉凉的,有点颤抖。她说:让我考虑考虑吧。

李江满怀信心地等待着乌兰的答复,没想到乌兰却不再赴他的约会,怎么发短信也不回复。李江百爪挠心,后悔那层窗纸捅破太早。晚上他又开始吹奏口琴,琴声充满忧伤。更让他想不到的是,这天他放羊回来,竟然发现蒙古包里不见了乌兰的身影。

李江一遍遍地拨打乌兰的电话,听筒里传出的话却让他冷入骨髓:我阿爸阿妈不同意我找汉人做男朋友,你们太坏,靠不住。李江哑着嗓子吼:你们这样说,有什么根据?乌兰说:根据就是你说的什么东子哥。我们打听过了,他因为盗窃,已经被公安局逮捕了……

一声雷在李江头上炸响，他怎么都不相信这是真的。东子哥，我的偶像，怎么可能啊！他立即打电话进行核实，得到的答复却是肯定的。东子染上了赌博恶习，把好好的一个家败了。后来他就去偷别人的牛羊卖钱赌博，最终落入法网……

天哪，早知如此，我为什么要提他呢！反而给人提供了参照……李江肠子都悔青了。

这天，他正在山上放羊，来了一辆小汽车，车上下来两个穿戴阔气的人。他们过来搭讪李江，满脸堆笑，最后说出了他们的目的：能不能偷偷卖几只羊给我们。反正这羊群又不是你的。你偷偷卖上几只，回去就说是狼吃了或者丢了，这钱就是你的了。说着，他们拿出了一大把钞票。

李江的心动了一下。这一年羊价很贵，一只就能卖一千多块。但是我如果这么做了，和东子又有什么区别呢？人家蒙古族人不是更看不起我们了吗！李江坚决地说：不行！

当晚，李江又坐在羊圈旁，望着头上的明月，忧伤地吹起了口琴。吹着吹着，他感觉有泪水顺着脸颊流淌下来。亲爱的乌兰啊，你怎么才能相信我呢！忽然手机响了一下，打开一看，竟是乌兰发来的短信：李江哥，恭喜你今天在草原上经受住了考验。阿爸阿妈说你是一个诚实可靠的人，同意我们处朋友，我明天就会回到你的身旁。爱你的乌兰。

巨大的幸福感洪水般涌来，李江扔了口琴，在草地上喊叫着打起滚来……

（原载于《黄河文学》2016年第12期）

中国式英雄

傍晚,崔爽吃完饭,又开始沿着铁路散步。

夕阳的余晖还留在天际,笔直的铁轨反射幽光。崔爽边走边欣赏铁路两侧的风景。作为一名铁路职工,他对与铁路有关的一切事物都充满热爱。

忽然,崔爽看见两个十来岁的孩子在铁轨上玩耍。他立刻快走几步,大声喊道:喂,小朋友,赶快离开铁轨。那里危险啊!两个孩子听见喊声,抬头看了看他。大概见他穿着铁路制服,就乖乖地跳下铁轨,很快走进铁路对面的树林里。

崔爽继续散步。大约过了十多分钟,一列火车轰隆隆地驶过。崔爽心想,要是两个孩子还在铁轨上玩,就有点悬了。接着,崔爽就回家去看电视了。

第二天,崔爽到单位上班,无意间说起昨晚有小孩在铁路上玩被他赶走的事情,恰巧被铁路机务段的报道员龙一听到了。龙一正愁没完成每月三篇的写稿任务呢,他就问了崔爽一些细节,然后写了个小稿发出去顶缸。

这篇小稿就这样到了省城铁路分局报社编辑黄羊的手里。黄羊马上打电话给龙一,他说,这么好的新闻素材,让你给写瞎了。你就不会进行一些适当加工,把它弄得生动感人一点吗!你听着,按我的思路马上改,你要这样这样……

过了几天,《铁路人报》上刊登出了龙一的特写,题目是:《儿

童铁路玩耍遇险，铁路职工奋勇相救》。文章写道：……两个孩子只顾低头在铁轨上玩，全然不觉一列火车正在高速驶来。五百米、三百米……越来越近了！在这千钧一发之际，正在铁路旁散步的铁路职工崔爽几个箭步冲上去，把两个孩子一手一个夹在腋下，然后翻身滚下路基，火车就贴着他们的身子飞驰而过……

龙一是第一个看到报纸的，他觉得有点心虚，就把单位的几张报纸都藏了起来，也没敢对崔爽说。好在这是铁路内部的报纸，发行量不大，看的人也不是很多，这件事情好像就要这么过去了。

又是黄羊多事！不知道是为了赚稿费还是为了出名，他把那篇稿子又做了一些修改加工，然后署上他自己的名字，发给了地方的省报。省报马上跟黄羊联系，并派出著名记者阚峰和他一起奔赴崔爽所在的市，要深入挖掘，大做文章。阚峰对黄羊说：你的新闻敏感性很好，但是你的高度不够。你还不知道吧，崔爽救孩子的地点和欧阳海当年拦惊马的地方离得很近，不用拔高，这就是当代的欧阳海啊！黄羊听了连连咋舌：哎呀呀，我怎么就没想到呢！

长话短说。他们驱车到了崔爽所在市，通过龙一很快找到了崔爽。崔爽听说记者要采访他救人的事情，感到莫名其妙，继而坚决拒绝，拂袖而去。

偏偏阚峰却不罢休。他说：这种情况我见得多了，我们要树立一个正面典型、学习楷模，往往不是那么容易的。一起做做工作吧。

于是就找机务段的领导跟崔爽谈，帮他树立集体荣誉感，并诱以官禄德。最后，崔爽只好接受采访。阚峰不但采访他救人的事情，还采访他从小到大的许多事情。甚至他小时候帮人推车背伙伴过河的事情都问得非常仔细。单位领导也把一些是他不是他做的好事统统安在他的身上。阚峰还给他拍了不少照片，还翻拍了他以前的许多照片，然后走了。

几天以后，省报以整版的篇幅，刊登了长篇通讯《当代欧阳海之歌》，把一个普普通通的铁路职工崔爽，写成了从小就不断做好事、关键时刻挺身而出的英雄。很快，多家报纸、电视台的记者蜂拥而至，长枪短炮对他轮番轰炸，宣传崔爽的报道铺天盖地。崔爽一遍遍地述说着救人的过程、成长的经历，最后竟然连他自己也有点相信，他的确是个真正的英雄了。

崔爽的事迹，立即引起铁路部门和地方领导的高度重视。果然，各种光环和荣誉滚滚而来。他经常外出参加各种会议，到处去做报告，嘴皮子练得越来越溜，脾气也越来越大了。

这天，崔爽竟为一点小事和恩人龙一大吵大闹，出言不逊。龙一气不过，立刻在单位公布了当年事情的真相，并写信给报社和有关部门，揭露崔爽是个假英雄。

经调查核实，组织上准备对崔爽进行处理。但是他本人不服，到处申诉。他说：当初并不是我自己要当英雄的，而是你们非逼我当的。帮我弄虚作假的人很多，要追究的话就应该一并追究，包括龙一等人。

崔爽觉得自己很委屈。

（原载于《百花园》2016 第 6 期，入选《微型小说选刊》2017 第 1 期，《2016 中国年度作品·小小说》）